――ローレンセンの市場にて
オーデル
ドナ
ユーリ

サヤ&セナ
商都の市場で爆買い!!
難民の姉妹が売っていた商品とは――?

転生者は世間知らず

～特典スキルでスローライフ！
……嵐の中心は静か——って、
どういう意味？～ 2

唖鳴蝉

ぶんか社

CONTENTS

プロローグ　旅路～南南西に進路を取れ～

まだ汗ばむ陽気の残る八月末、生まれて初めての……いや、前世現世を通じて初めての馬車に揺られながらこの五年間を振り返って……

〝面白い事になったものだ〟――と、転生者ユーリは考えていた。

前世の人生に終わりの見えてきた頃、どこをどう見込まれたのか神の厚意によって、こちらの世界に生まれ変わる事ができた。

コミュ障というほどではないにせよ前世の人生の大半を病床で過ごした自分が、生まれ変わったとは言え初対面の人間と円滑に交流できるとは思えなかったので、人気《ひとけ》の無い、しかも農業に適した場所……などと無茶な注文を出してみたのだが……さすが神様と言うか、廃村という注文どおりの場所を見つけ出して、そこに送り込んで下さった。全く以《もっ》て感謝しか無い。

ひょんな成り行きから、酒精霊などというファンタジックな存在と同居する事になったのも、今となっては幸運だったと思う。神様から戴いた【言語（究）】のお蔭で小鳥たちと会話できたとは言え、これまたひょんな成り行きでエンド村の住人と出会った時、スムーズに会話できたのも、今にして思えば酒精霊のマーシャ《マーシャ》が、五年間の話し相手になってくれていたからだろう。

そんな彼女を廃村に一人残してきた事は気になるが……当人は自信満々だったたし、仮にも精霊なんだから、留守番くらいはやってくれるだろう。

……などと考えていたユーリであったが、浮かれた様子のドナから声をかけられて、その思索を破られる事になった。

「ねぇ、ユーリ君は塩辛山《こっち》に来るまでに、他の土地も廻った事があるのよね？」

そう言うドナは生まれてこの方エンド村を出た事は無く、今回が人生初の「お出かけ」である。なので、各地各国を巡った大先輩としてのユーリに助言を貰《もら》おうとでも思ったのかもしれないが
……当のユーリにそんな経験は――無い。

前世で人生を終えた病院のベッドから、直行であの廃村に送り込まれたのだ。表向きのカバーストーリーはどうあれ、実際には――この世界の――他の土地など、目にした事も無い。ユーリが知っている僅かな知識は、酒精霊のマーシャや小鳥たちから教えられたものばかりである。

つまり……この場面での知ったかぶりは、ボロを出す危険に直結する。なのでユーリは、

「……子どもの頃の事は、正直あまり憶《おぼ》えていないんです。祖父の後を蹤《つ》いて行くだけでしたから」

――と、はぐらかすに留《とど》めておく。ドナは残念そうであったが、これが目下《もっか》の最善手だろう。

そんな二人の様子を横目に見ながら……

〝面白い子と知り合ったものだ〟――と、商人アドンは考えていた。

各地で不足気味の食糧を仕入れに、予《かね》て馴染《なじ》みのエンド村に足を伸ばしてみたところ、思いがけ

ない人物と出会う事ができた。あるいはこれも、神の思《おぼ》し召《め》しというやつかもしれぬ。何しろその人物は――

（……あの塩辛山《しおからやま》の麓の廃村で、五年間もたった一人で生き抜いてきた、僅か十二歳の少年というのだからな……）

世間知らずなところがあるようだし、カモろうとすればできなくも無いだろうが……旧友オーデルが懇意にしているようだし、今回は食糧も提供してくれた。アドンとしても義理と人情を欠くような真似《まね》はしたくないし……何より商人としての勘が、この子とは誠実な付き合いをすべきだと囁《ささや》いている。塩辛山の産物を、今後も手に入れるための伝手《つて》だと思えば、下手な扱いはできない相手である。

そしてそれらを別にしても……

（……色々とおかしなところのある子どものようだ。この旅で、その為人《ひととなり》の一端でも知る機会に恵まれれば良いのだが……）

――などと考えていたのがフラグであったらしい。

第十四章　楽しいハン行

1．狼《おおかみ》なんかこわくない

エンド村を出て暫《しばら》く経った頃、ユーリの【探索】と【察知】に反応があった。

「クドルさん、狼みたいなのがこちらの様子を窺《うかが》っているようです」

「何？」

斥候役が何も言ってこないうちから狼らしき動物の存在を指摘したユーリに、「幸運の足音」のリーダーであるクドルは疑いの視線を向けた。……が、すぐに考えを改めた。

この子どもは——正直、今でも半信半疑だが——魔獣の跳梁跋扈《ちょうりょうばっこ》する山の中で、五年も暮らしてきたのだという。俄《にわか》には信じがたい話だが、昨晩見せてもらったギャンビットグリズリーの毛皮は、紛《まぎ》れも無く本物だ。罠を仕掛けたか毒でも使ったか……その手段はともかく、魔獣の気配ぐらい察知できなくては、あの山で生き抜くなど不可能という事だろう。ならば狼の気配がするというのも、満更《まんざら》出任せばかりではあるまい……

——そう判断したクドルは、直《ただ》ちに御者台の方へ声をかける。

「フライ、ユーリが言うにはこの先に狼らしい反応があるそうだ。注意してくれ」

「マジかよ……解った、警戒しておく」

御者台に座っている斥候役の男——フライという名の獣人——にユーリの懸念を伝えたクドルは、

改めて目の前の少年を見直す。仮にも獣人の——彼らの感覚は人間より遥かに鋭敏だ——斥候役が気付いていない狼の存在を、この子は一体どうやって察知したというのか……？　スキルの事を詮《せん》索《さく》するのは冒険者のマナーに反するが……

「ユーリ、すまんが……」

「——動き出しました」

だが、その質問を遮るようにユーリが言葉を被《かぶ》せ、そして……

「リーダー、捉《とら》えたっ！　山犬《ワイルドドッグ》——五頭ほどの群れだ！　こっちへ向かってる！」

数瞬遅れて御者台の斥候役《フライ》からも叫び声が上がった。

「ちっ！　解った。全員下車して用意しろ！　獲物《おきゃくさん》を出迎えるぞ！」

山犬《ワイルドドッグ》ごときは歯牙《しが》にもかけぬ様子の「幸運の足音」。それを頼もしげに見守るアドンとオーデル老人、少しばかり不安な様子のドナ。

そしてユーリはと言えば……

（……山犬のずっと後ろに、こっちを窺うような群れがいるんだけど……多分これ、魔獣だよね。それも山犬よりずっと強い。……用意しておいた方が良いかな……）

馬車の外では「幸運の足音」が山犬たちを蹴散らしている気配がある。これは山犬が一対一であしらえる程度のレベルであり、山犬のように群れる獣は分断して闘うのがセオリーだという事もあるのだろうが……ともかくその過程で冒険者たちはそれぞれ散開してしまっている。さすがに護衛対象の馬車から離れないように注意はしているようだが……

「アドンさん、山犬《ワイルドドッグ》どもは追い払いました。皆殺しってわけにはいきませんでしたが……」

「充分ですよ。約束どおり報奨金はお支払いします。五頭でしたね？」

「恐縮です。……それとユーリ、今回は助かった。お蔭で……」

「——クドルさん、新手が来ます。山犬よりも反応が大きく、そして速いです。七頭ほどが左手の方から、散開してこっちに向かって来ます」

　淡々と凶報をもたらしたユーリを、全員が信じられないように見つめる。

　事の真偽を問《と》い質《ただ》そうとしたところで、斥候役の叫びがその答を教えてくれた。

「グリードウルフだっ！」

　ユーリを除く全員の顔が、青白く強張《こわば》った。


　グリードウルフ。群れを作る狼型の魔獣。草原性で、頭から尻尾《しっぽ》の付け根まで約一メートル半。一頭でも強力な魔獣であるが、十頭以上の群れだと危険度は一気に跳ね上がり、どうかすると騎士団でも危ないほどになる。戦術の基本は機動包囲戦で、従って自分たちの群れで包囲できない相手には攻撃を仕掛けない。そのため村や大規模な商隊《キャラバン》を襲う事はほとんど無く、それがために危険度は過小評価されがちである。条件が悪くなるとさっさと移動してしまう事もあって、魔獣の中でも討伐が困難な事で知られている。

　そんな危険な魔獣、しかも七頭もの群れに狙われていると聞いて、全員生きた心地がしないようだ。しかし、さすがに冒険者のリーダーを務《つと》めるクドルは、すぐに気を取り直して指示を放つ。

「全員戻れ！　今のままじゃ各個に狙われる！　馬車の傍《そば》に戻れ！」

山犬《ワイルドドッグ》を蹴散らしていたため、現在冒険者たちは離れた位置に散らばっている。このままでは分断されたまま各個に狩られるだろう。

「ちっ！　犬どもを追い散らしていたのが裏目に出た……」

「どういう事ですか？」

「ん？　……あぁ、山の中じゃグリードウルフに出会《でくわ》す事ぁ無《ね》ぇか。グリードウルフの戦術ってのは機動包囲戦でな、群れで相手を包囲してから攻撃するんだ。だから、自分たちの群れで囲めねぇ相手にちょっかいを出す事ぁ、普通は無ぇんだが……」

「山犬を追い廻して馬車から離れたため、狙われる事になったわけですか？」

「そういうこった」

現状で最も危険なのは冒険者たちであろうが、その次に狙われるのは馬車だろう。何しろ一メートル半の狼が七頭もいるのだ。四台構成の隊商《キャラバン》であっても安心はできない。

「連中が腹を空《す》かせてさえなきゃ、暫《しば》くすりゃ諦《あきら》めて行っちまう事も期待できるんだが……」

「あれ？　そうなんですか？」

「あぁ。割に合わない相手と見るとあっさり見限るのは、狼系の特徴だな」

……だとしたら、自分を狙ってきた連中は一体何なのだろう。執拗《しつよう》に襲って来たのだが……

内心密《ひそ》かに首を傾《かし》げるユーリであったが、今はともかくグリードウルフである。

「僕もお手伝いしますよ」

「馬鹿《ばか》言え、子どもにそんな真似……いや……そうだな、頼む」

クドルには子どもを戦闘に巻き込む事への逡巡《しゅんじゅん》と葛藤《かっとう》があったようだが、今はとにかく手勢が欲しい。魔の山で五年も生きてきたユーリなら、並の冒険者以上には使えるかもしれぬ……

「ユーリ君……」

「大丈夫。ドナは危ないからここにいて」

確かに初見の魔物ではあるし、今まで相手にしてきたウルヴァックより大きいが、ユーリに怯懦《きょうだ》の色は見えない。危険と言えば危険だが、どうせ魔獣は何だって危険だ。

自分の力量は「最底辺」であると誤解しているが故に、ユーリは対魔獣戦の研究と研鑽《けんさん》に余念が無かった。【田舎暮らし指南】のサブスキルである【対魔獣戦術】のテキストには、隅から隅まで眼を通し、内容はほぼ暗記している。この先出会《でくわ》すであろう「自分より強力な魔獣」に立ち向かい、あるいはそれから逃げるために対策を練る事は、ユーリにとっては当たり前の事であった。その過程の中で必然的に、グリードウルフに遭遇した場合についても検討していたのである。

（……ウルヴァックより少し大きいけど……狼系の魔獣には違いないよね）

ウルヴァックは森林性で物陰からの連続奇襲を得意とし、対してグリードウルフは草原性で機動包囲戦を得手とする。そういった違いはあるにせよ……

（狼系の魔獣は、まず足を停めるのが原則――ってね）

散開して猛スピードで迫って来ていたグリードウルフの前に、突如として大小様々な穴と石杭《くい》が出現した。穴に足をとられ、石杭にぶつかって動きを止めたグリードウルフの鼻面へ、強烈な【ウォーターハンマー】が叩《たた》き込まれる。

（さて……クドルさんの話だと、割に合わない相手だと示してやれば撤退するそうだけど……）

その点を確認しておきたかったユーリが、いつも使っている【アクアランス】の代わりに、やや致命度の低い【ウォーターハンマー】を使ってみたのである。そうしてみたところが……

「あれ……？　本当に襲って来ないんだ？」

先陣切って突っ掛かって来た三頭は、どうやら若い個体のようだった。ユーリの水魔法に恐れをなしたのか、そのままの位置で逡巡している。しかし、その後ろから迫って来るのはもう少し年経た個体らしく、怯《おび》えた三頭を蔑《さげす》むように横目で見ながら吶喊《とっかん》して来た。

「あー……これはもう、仕方がないか……」

同じように穴と石杭を、今度は少し規模を大きくして出現させ、足を停めたところをアクアランスで片付ける。魔力さえ籠《こ》めれば岩すらも貫く中級魔法である。それをまともに食らったグリードウルフに、生き残る術《すべ》は無かった。

2．冒険者へのお誘い

「……さぁて、と……」

徐《おもむろ》にグリードウルフの屍体《したい》に歩み寄ったユーリは、早速解体に取りかかろうとして……

「お、おぃ……ユーリ……それをどうするつもりだ……？」

「え？　血抜きして捌《さば》こうかと……あ、そうか。時間、かかっちゃいますね」

今は宿場町への移動中であり、解体にかけられる時間の余裕は無い。その事に気付いたユーリは、後で解体するべく【収納】しようとして……すんでのところで他人の目がある事に気付く。【収納】スキルの事は話していないのだ。マジックバッグに仕舞うふりをしないと駄目《だめ》だろう。

危ない危ない――と、立ち上がり、身に着けたマジックバッグを取り出して仕舞い込もうとしたところで、クドルが呆《あき》れたように言葉を続ける。

「いや……時間もそうだが、獲物は自分で解体せずに、冒険者ギルドへ持ち込むのが普通だぞ？」

「え？　そうなんですか？」

ユーリにとっては初耳の情報であった。

「あぁ。ユーリの腕前は知らんが、俺たちだとギルドの解体係ほど上手《うま》くは捌けんしな。下手にバラすと傷が付いて、買取価格が下がっちまう事もあるんだよ。あとはインチキ対策だな」

「インチキ？」

次から次へと知らない話が出てきて、怪訝《けげん》の色を深めるユーリ。その様《さま》を見たクドルが説明してくれたところでは、昔強力な魔獣の素材を買い取って、それをギルドに――自分で討伐したと偽って――提出した愚か者がいたらしい。まぁ、ギルドの職員だって馬鹿ではない。あっさりと見抜かれて処分を食らったのだが……

「……以来、そんな馬鹿が出ねぇようにってんで、丸ごと持ち込む事にしたわけだ」

「へぇ……知りませんでした」

「ま、ギルドが買取をしていない山犬《ワイルドドッグ》なんかは、そんな気遣《きづか》いは不要だがな」

――それでは、と山犬の方を見れば……

「肉も毛皮もボロボロですね……」

「あ～……俺たちは討伐証明部位だけあればいいからなぁ……」

グリードウルフのような魔獣はともかく、さしたる値打ちも無い山犬の肉や毛皮にまで執着するユーリは、クドルからすれば珍しく思える。そう告げたところが……

「肉も毛皮も、無いと死んじゃいますから」

……サラリと重たい答えが返って来た。

確かに、あんな危険地帯で自給自足の生活を送るんなら、肉や毛皮はいくらあっても足りないかもしれぬ。なるほどと納得したクドルであったが……

「まぁいいでしょう。このまま放って置けば、逃げたグリードウルフが餌《えさ》にするでしょうし」

「……餌？」

逃げたグリードウルフを追わないのはまだしも、餌まで気にするのはなぜなのか。不審に思ったクドルが訊《たず》ねてみると、

「今回の経験から人を襲わないグリードウルフが増えたら、助かるじゃないですか？」

「そういう風には考えた事が無かったな……」

実効性のほどはともかく、ユーリの考え方はクドルには新鮮に思えた。

妙な具合に感心していたクドルであったが、やがてその口から一つの提案が語られる。

＊＊＊

「冒険者登録ですか？」

「あぁ。ユーリぐらいに腕が立つんなら、すぐにでも上級に手が届くぞ」

そう言われても、僕は冒険者なんかになるつもりは無い。どう答えたものかと言葉を濁している

と、逡巡しているのを見て取ったんだろう。登録した場合のメリットを教えてくれた……その内容は、僕にとっては驚愕《きょうがく》ものだったけど。

「それに、冒険者登録しておいた方が、素材の買取価格も上がるしな」

……素材って、普通は売るものなのか……

僕にとって素材というのは、生活必需品に他ならない。……売るなんて考えもしなかったよ。

「……お誘いはありがたいんですが、僕には畑もありますし……」

そう答えると、クドルさんたちは暫く呆気《あっけ》にとられてたけど……

「……そう言えばそうだったな」

「ユーリは農園主だったよな……衝撃的な光景のせいで、すっかり忘れてたぜ……」

いや、農民って、害獣との戦いは日常茶飯事なんですよ？

「グリードウルフを害獣扱いかよ……」

「さすが、塩辛山《しおからやま》に住んでるだけの事はあるな」

……塩辛山？

「あの……塩辛山って……僕の住んでいる近くにある山の事ですか？」

「と言うか、あの一帯をそう呼んでるな」

名前があったんだ……あそこって。……いや、そんな事より、
・・・・・・
「亡き祖父と二人で建て直した住処《すみか》でもありますし、今はまだそんな気になれないんですよ」

よし。これなら言い分も通るだろう。外へ出て面倒に巻き込まれるなんて御免だからね。

何しろ僕は転生者だ。一応スキルやステータスには偽装をかけてるけど、看破される可能性が皆

無というわけじゃない。迂闊《うかつ》に冒険者登録なんかして、バレる危険を冒すわけにはいかない。

「それに……冒険者って、一定期間依頼を受注しないと資格を剥奪《はくだつ》されるとか、そういうペナルティがあるんじゃないですか？」

――と、ラノベで得た知識を基に質問してみると、案《あん》の定《じょう》、

「あぁ……そういえば、F級にはそういうペナルティがあったっけな。けど、採集でも何でも熟《こな》してさえいりゃ……」

「いえ、だから僕が住んでいる辺りには、冒険者ギルドなんか無いんですってば。数ヶ月置きに町まで出ていたら、畑仕事の方に差し障ります」

そう重ねて言うと、クドルさんたちは残念そうに引き下がってくれた。

誘ってもらえたのはありがたいけど、僕みたいな若輩者には冒険者なんて荒事稼業は向かないと思うんだよね。田舎でちまちまと害獣退治をしているのが分相応だよ、うん。

――その「害獣」というのが、冒険者たちから恐れられている魔獣である事には、最後まで気付かないユーリであった。

3．ハンの宿場

途中軽い――註：ユーリ視点――アクシデントには見舞われたが、ともあれ馬車は無事にハンの宿場町に着いた。今夜はここで一泊して、明朝にエンド村の年貢《ねんぐ》の手続きを済ませ、その後でロー

レンセンの町へと向かう予定である。そしてユーリにとっては――こっちの世界に――生まれ直して初めての宿場町であった。

（うわぁ……）

中世ヨーロッパ風の、異世界の、宿場町の、実物を、生まれて初めてその眼で見て、大いにテンションを上げるユーリ。いくらコミュ障の気があると言っても、単に風景として眺めているだけなら問題は無い。

そして……そんなユーリをやや不思議そうに眺めるオーデル老人とドナ。

はて……幼い頃は祖父と旅暮らしをしていたとか言ってなかったか？　それにしては……まるで生まれて初めて宿場町を見たような燥《はしゃ》ぎっぷりなのだが……？

内心首を傾げた二人であったが、子どもの頃はゆっくり眺めるゆとりが無かったか、あるいは単に忘れていたのだろう――と、好意的に解釈する。……小さな疑いの芽は芽吹く前に摘まれた。

（おっと……あまりキョロキョロしていたら拙《まず》いかもね）

遅蒔《おそま》きながらその点に気付いたユーリが、今更ながらに態度を改める。が……残念ながら、子どもが精一杯大人のふりをしているようにしか見えず、一同の微笑《ほほえ》みを買うのであった。

ちなみに、転生前からユーリは童顔であり、年相応に見られない事――二十六歳で中学生に間違えられた時の屈辱は、未《いま》だにトラウマになっている――が悩みであった。転生後もその悩みはついて廻りそうだが……ユーリはまだその事を知らない。

＊＊＊

「クドルさん、さっき訊き忘れた事があったんですけど……今、いいですか？」

宿で夕食の席に着いている時、会話のタイミングを見計らってユーリがクドルに問いかけた。

「あ？　あぁ、何だ？」

「冒険者ギルドでは、ギルド会員の身分を証明するカードのようなものを発行してますか？」

ラノベではギルドカードの存在は定番なのだが、ここは現実の異世界。そういうものが存在すると決めてかかるのは拙いだろう。

「あぁ、ギルドカードだな」

……と思ったが、現実も案外ラノベのとおりらしい。

「その、ギルドカードによる身分証明が必要になるのは、どういうケースですか？」

「どうって……そうだな。まず、ここみたいな宿場町は別として、ローレンセンのような町へ入る時には、手続きとしてギルドカードの提示が要求される。持ってない場合は保証金を払う」

「保証金？」

「町によって違うが、銀貨五枚というのが相場だな。町にいる間何も面倒を起こさなけりゃ、町を出る時に返してもらえる。何か面倒を起こしたら、保証金は没収されて町から叩き出される」

銀貨五枚というところでユーリの表情が揺らいだが、

「あぁ、心配には及ばないよ。ユーリ君の身元は私が保証するから。無論、そちらの二人もね」

「――という具合に、町に定住しているお偉いさんが保証してくれれば、保証金を支払う必要は無い。俺たちみたいな冒険者稼業だと、そこまでの保証は無いけどな」

「それに……ユーリ君はそもそもグリードウルフの屍体を四頭も持ってるだろ？　あれを売れば銀貨五枚どころじゃないよ？」

毛皮だけでも、一頭分で銀貨五十枚（＝半金貨一枚）にもなると聞いて驚くユーリ。オーデル老人とドナを自宅に案内した時、何やら挙動が不審だったのはそれかと、今更ながらに思い当たる。自分にとっては生活必需品という認識だったが、世間の評価は違うらしい。

「毛皮の売り買いの話が出たからついでに言うと、商取引の場合もギルドカードはあった方がいい……と言うか、大抵の場合は無いと話にならないな」

これは少々厄介な話だ。ユーリが作物を売買するに当たってもギルドカードが必要なのだろうか。その場合、どこのギルドになるのだろう。農業ギルドか、それとも商業ギルドなのか。

巡らせた視線でオーデル老人に問いかけるが……

「いや？　儂《わし》らのような農民じゃと、ギルドに入っておらぬ者も珍しくはないぞ？　小作農なども多いしのぅ」

あぁ、別に入らなくてもいいんだ、とユーリは胸を撫《な》で下ろす。

対して、これを皮切りにユーリにギルドに入るよう説得しようかと思っていたクドルとアドンは、密かに渋い顔である。

ともあれこの日は、ユーリがギルドカードの事を確認して終わった。

＊＊＊

翌朝、エンド村の年貢を代行して奉納しに行った――この宿場に、領主の代官の出張所があるらしい――アドンを待っているうちに、ユーリはふとした懸念を覚えた。

――自分は税を納めなくてもいいのだろうか？

「別にいいんじゃねぇのか？　そんな話は聞いてないんだろ？」

面倒臭げに言い放つクドルを見て、相談する相手を間違えたと悟るユーリだが、

「クドル……もう少し親身《しんみ》になって考えてあげなさいよ」

「んな事言っても、年貢を納めた事なんか一度も無ぇんだぞ？　何をどう答えりゃいいんだよ？」

正論である。……正論ではある。

そんなリーダーの様子を見ながら、溜息を吐《つ》いて金庫番のオルバンが言うには、

「確か……戸数が少ないとか、村を作ってから間が無い場合は、免税の対象になった筈《はず》だよ。ユーリ君の場合もそれに当たるんじゃないか？」

なるほど、免税というのがあったか。これは後でアドンに確認して……

「止《や》めとけ止《や》めとけ。折角丸く収まってるもんを、寝た子を起こすような真似してどうすんだ」

「クドル！」

……先達《せんだつ》の意見というのは大事だなぁと、しみじみ思うユーリであった。

第十五章　ローレンセン道中記

1．盗賊退治

午前にハンの宿場町を出てかれこれ六時間、そろそろ日が傾き始めた頃になって、ユーリが待ち伏せの気配を察知した。

「クドルさん……進路前方に八人ほどが屯《たむろ》しています。道の脇にではなく、道から少し離れた林の中に隠れているみたいですから、盗賊の待ち伏せとかじゃないですか？」

「何……距離は？」

「ざっとですが一キロ……いえ、一キット弱といったところでしょうか」

「一……そ、そうか……解った。俺たちの方で対処するから、ユーリは手を出すな」

クドルは一キロ――こちらでは一キット――という数字に驚いていたようだが、存在自体はもっと前から察知していた。ただ、林の中にいるというだけでは真っ当な狩人の可能性も捨てきれず、ユーリも報告するのを躊躇《ちゅうちょ》していたのだ。報告を躊躇《ためら》ったもう一つの理由は、盗賊の待ち伏せなら物見役ぐらいは派遣していそうなものなのに、それらしき者が見当たらないという事もあった。しかし監視を続けている間ずっと街道脇から離れる様子を見せず、気配を隠そうとしている――成功しているかどうかは別として――様子も窺えたので、ユーリも注進に及んだのだ。

ユーリからの報告を受けたクドルは、即座に仲間に警告を発すると同時に、ユーリに外へ出ないようにと言い含めた。グリードウルフをあっさり狩ってみせたとは言え、クドルから見ればユーリはまだ子ども――実際には、あと一年で冒険者ギルドに登録できる十二歳なのだが、童顔のせいか十歳くらいと思われていた――である。盗賊とは言え人殺しに手を染めさせるのは無論、見せるのも教育上宜《よろ》しくない。クドルなりの配慮であった。

その後も暫《しばら》く走っていた馬車が急に停まると、外から荒々しい叫びと悲鳴が聞こえて来る。ドナをはじめオーデル老人とアドンは少し身を硬くしているが、肝心のユーリの方は――自分でも思った以上に――冷静に事態の成り行きを見守っていた。【探査】やら【察知】やらのレベルが並外れて上がっているために、馬車の中にいながらにして、外の様子は手に取るように判る。

――斥候役《フライ》が短剣で盗賊の首を掻《か》き斬ったのも、弓使い《ダリア》の放った矢が盗賊の胸を射抜いたのも、壁役《オルバン》が盾で盗賊を殴り潰《つぶ》したのも、魔術師《カトラ》の風魔法が賊の喉笛《のどぶえ》を斬り裂いたのも、クドルの剣が頭目らしい男を袈裟《けさ》懸《が》けに断ち斬ったのも……そして……辛《から》くも逃げ延びた一人が、人質を取ろうとしてか馬車の扉に手をかけたのも。

「――おいっ！　動くんじゃねぇ！　温和《おとな》しくしてりゃ命まで……ぐふっ！」

凶暴そうな目付きで馬車に乗り込んで来た賊は、脅迫の言葉を言い終える前にその生涯を閉じた。【隠身】によって物音一つ立てずに背後に回ったユーリが、横に寝かせたナイフの刃を肋骨の隙間《すきま》から突き入れて、その一突きで賊の心臓を貫いたのである。

――十二歳の子どもとは思えないほど、鮮やかな暗殺の手並みであった。

実は【田舎暮らし指南】に含まれている【対魔獣戦術】には人型の魔獣との闘い方も……そして勿論《もちろん》、対人戦闘そのものの技術も詳しく解説されていた。魔獣の中には魔力の動きに敏感なものもいるので、生き延びるためには魔法に拠《よ》らない戦闘技術も必須である。命大事を信念とするユーリは、何の疑問も無くそれらの技術を習得し……そして今回それを躊躇う事無く行使したのである。

日本に生きていた頃のユーリ、いや「去来笑有理《いさらいゆうり》」であれば、その手で人を殺すなどという行為には、激しい嫌悪を示したであろう。しかし、こちらの世界に転生し、こちらの世界の苛酷《かこく》さ厳しさをその身で知った「ユーリ」としてみれば、魔獣であれ人であれ、自分の安全を脅かすものに対して容赦《ようしゃ》する理由など無いのであった。

これについては、ユーリが既に人型の魔獣との戦いを経験していたというのも大きいだろう。森の中に入った時、どこか爬虫類《はちゅうるい》めいた小人のような魔獣――【鑑定《かんてい》】によればレプトゴブリン。リザードマンとはまた違うらしい――の小グループと一戦交え、これを殲滅《せんめつ》していたのである。人型なら交渉も可能だろうかという期待に背《そむ》き、ユーリの姿を見るなり――例によって例のごとく――グギャゲギャと喚《わめ》きながら石槍《やり》や石斧《おの》を振り回して襲いかかって来たので、ユーリとしても感情を交えず殲滅作業に就《つ》く事ができた……どころかきっちりと解体して、魔石や素材、肉に至るまで回収したのであった。

――ここで少々裏話を明かしておくと、ユーリが殺人に嫌悪感を抱かなかったのには、神による若返りの処置が関係している。あれは単に肉体を若返らせているだけではなく、転生後の生活に支障が出ないようにメンタリティを調整する効果もあった。

以前にユーリたちのいた世界から「召喚」した人材が、殺人に対する嫌悪感から長生きできなかった——殺された——という失敗への反省から、転生者のメンタリティをこちらの世界に適合するように調整する事は、神たちが人材を転生させる時のスタンダードな手続きと化していたのであった。

ともあれ……

何の感情も表さずに自分が仕留めた男の屍体を見下ろすユーリに、ドナが怖《お》ず怖《お》ずと声をかける。

「……ユーリ君……あの……」

「ユーリっ！　すまん、大丈夫かっ⁉」

更に、自分たちの失態からユーリに人殺しをさせてしまったクドルたちも、沈痛な表情を隠そうともせずに乱入して来た。

——心配そうな彼らの声を聞いて、ユーリは我に返ったように顔を上げた。

「あぁ、心配させてすみません。別に気分が悪いとか、そんなんじゃありませんから。ただ……」

「——ただ？」

「いえ……獲物を狩ったのに血抜きも解体しないというのが、何か不思議な感じで」

……これはやはり問題があるのではなかろうか。

苛酷な場所でただ一人、狩りをして生き延びてきた事の弊害だろうか。淡々とした表情でとんでもない事を言い出したユーリを、その場の全員が無言で見つめる。

目指《めざ》すローレンセンの町は王国屈指の商都であり、必然的に破落戸《ごろつき》や小悪党の数も多い……

そこにいた全員が、絡んで来たチンピラを返り討ちにして、いそいそと解体しようとする——あるいは、〝バレなきゃ大丈夫ですよね〟とか言いながら屍体をマジックバッグに回収する——ユーリの姿を幻視できるような気がした。

——これはアカン。文明国における社会秩序とか禁忌とか原罪とか、そういうものをきっちりしっかりと教えておかなくては……

そう決意した一同の耳に、その決意をぐらつかせるようなユーリの声が聞こえて来る。

「クドルさん、盗賊の討伐証明部位ってどこなんです？　首を持って行けばいいんですか？」

2．野営時の語らい

このフォア世界では盗賊を討伐したからといって、それがギルドカードに記録されるような都合の好い展開にはならない。討伐者がギルドに申告するのが慣例——義務ではない——であった。申告のみの場合は事実確認ができないため、討伐した相手が賞金首であっても、そのままでは懸賞金も報奨金も貰えない。殺さず生け捕りにして連行するか、屍体を持ち帰れば問題は無いが、それが面倒だという場合には、盗賊のギルドカードを持ち帰るのが普通であった。摩訶不思議《まかふしぎ》なギルドカードからは本人の犯罪歴——正確には犯罪者となったかどうか——を判定する事ができるため、犯罪者となった時点で処分する者も多い。ただし唯一の身分証明でもあるため、カードに擬装を施して持ち歩く者も多かった。ギルドカードはまた所有者の生死を表示する仕様のため、カードを持ち帰れば犯罪者となった所有者が討伐されたという証明になったのである。

――というような事を、ユーリはクドルから延々と説明されていた。……生首を持って行く必要は無いのだと。

「……まぁ、ギルドカードを持っていない場合、代わりに右の掌《てのひら》を切り取って持って行く事も昔はあったみたいだが……今はほとんど無いな」

説明を受けたユーリは納得する。ユーリにしたところで、何も好んで生首なんて血腥《ちなまぐさ》い代物を運びたくはない。穏当な品で代用できるなら、それに越した事は無いのである。

「そうすると……この後はどうするんですか？　アジトとかを探して根絶やしに？」

……発言の方は少しも穏当ではなかったが。

「いや、俺たちが受けた依頼は護衛であって討伐じゃない。襲って来た盗賊を返り討ちにするのは依頼の範疇《はんちゅう》だが、態々《わざわざ》討って出るのはそこから外れる。まぁ、この辺りは依頼主の意向だな」

ちらりと依頼主《アドン》の方へ視線を巡らせると、黙って首を横に振っていた。盗賊の殲滅《せんめつ》は不要として、先を急ぐ事にするようだ。

「だがまぁ、アジトとか残党とかについちゃ、あまり気にする必要は無いと思ってる」

言葉少なに言い切ったクドルであったが、ユーリたちのもの問いたげな視線を受けて、事情を簡単に説明してくれた。それによると……

「……先頃討伐された盗賊団の生き残り……ですか」

「多分――だがな。最近こちらへ逃れて来たばかりとするなら、アジトなんて気の利いたものは持っちゃいねぇだろう」

「木の根を枕にここまで落ち延びて来て、活動を再開しようとした矢先だったと？」

「ギルドの方にも被害報告は出てなかったからな。まず間違い無いだろう」

新規巻き直しの初仕事で、選《よ》りにも選《よ》ってユーリというジョーカーを引き当ててしまったらしい。

ご愁傷様である。

微妙な雰囲気になりかけたところで、クドルが話題を転換する。

「それより、さっきから気になってたんだが……ユーリの……それは？」

そう言いつつ、盗賊を手際良く仕留めた凶器に視線を向ける。

……十二歳の子どものメンタリティだとか、凶行の記憶だとか、そういう話は忘れる事にした。

手にかけた賊の屍体を前に解体だの素材だのと言い出す輩《やから》に、何をどう気遣《きづか》えと言うのだ。

そんな事よりユーリのナイフだ。見慣れぬ形もそうだが、易々《やすやす》と賊の心臓を貫いたところを見ると、中々の業物《わざもの》のように思える……まぁ、ユーリの手際もあるのだろうが。

「あ、これですか。普段は解体用に使ってますけど、土魔法で造った庖丁《ほうちょう》みたいなものですね」

「解体……って、魔獣の――だよな？」

「そうですね」

色々と衝撃的な事が続いて忘れていたが、魔獣の皮や肉は、そう簡単に切り裂けるものではなかった筈。その筈が、ユーリが手にしているナイフというわけか。ユーリは庖丁と言ったが、細身の両刃のどこが庖丁なんだ……？

「あ、この形は解体用だからですよ？　調理用じゃなくて。魔獣の皮や肉を綺麗《きれい》にばらすためには、こういう細身の方が細かな隙間にも差し込めて、動かし易いんですよ。関節を外す時なんかは特に。両刃なのも同じ理由です」

――と、ユーリは説明しているが……確かに形態だけ見ると、一般的な庖丁とはかけ離れている。両刃の柳刃庖丁に見えなくもないが、どちらかと言うと「フェアバーン・サイクス戦闘ナイフ」に近い。――胸郭を貫き易くするために細身のデザインとなっている、特殊部隊御用達《ごようたし》の戦闘ナイフに。

無論クドルたちはそんな事は知らないが、それでも料理の下拵《したごしら》えより戦闘に、もっとはっきり言えば殺人に向いているような気がする。

ただ、それらの武器・暗器と決定的に違っているのは……

「……鉄じゃあねぇよな。ひょっとして土魔法で作ったのか？」

「えぇ。刃物を入手する手段が無かったので」

「だからって……土魔法で作ったナイフで魔獣を解体するなんざ、普通はやらんと思うが……見せてもらってもいいか？【鑑定】しても？」

「どうぞ、構いません」

以前に自分でも鑑定したが、別におかしなところは無かった筈だ。そう思ったユーリは、何の気負いも警戒も無く答えた、の・だ・が……

「……おい……鑑定結果が『魔製石器』になってんだが……？」

ユーリのナイフを手に取って【鑑定】するや否や、その内容――魔製石器って何だ？――に面喰らった様子のクドルが顔を上げて訊ねた。

が、ユーリの方は落ち着いたものであった……この時までは。

「はい。土魔法とかで作り上げたものは、そう表示されるんですよね？」

「んなわけあるか……無ぇ《ね》よな？」

一旦は言下に否定したクドルであったが、畑違いの魔法の事とあって不安になったのか、ハーフエルフの魔術師であるカトラの方を振り返って訊ねた。

「無いわね……普通なら」

「え？」

魔法の先達《せんだつ》にして歴戦の魔術師――註：ユーリ視点――しかもハーフエルフのカトラからあっさりと否定されて、わけが解らないという様子でユーリは絶句する。

が……わけが解らないのはカトラたちも同じ……いや、それ以上である。

「土魔法で作った道具ってどうしても耐久性に劣るから、長く使ったりはしないものなのよ……普通は」

重ねて「普通でない」事を強調しているが、確かにユーリの事情は普通ではない。金属器がほぼ無い村で、曲がりなりにも五年間生活してきたのだ。魔法というチートがあったとは言え、部分的には石器文明である。先任者が残した地図から近くに村があるのは判っていた筈なのに、なぜコンタクトを取ろうとしなかったのか？

一言で云えばユーリが凝り性で、自覚していないが生産者気質であったためであろう。安易に他者を頼るのは、何かに負けたような気がするのだ。

ともあれ、そういうユーリの意地もあって、「魔製石器」などという代物を開発し、魔力の扱いに長《た》ける事にもなった――特に同時発動――のである。が、そんな裏事情のあれこれまで、ここで話すわけにはいかない。

「……使える道具が他にありませんでしたから……」

「まぁ……そういうケースは今まで無かっただろうしなぁ……」

「使える道具がこれしか無いんじゃ、長く保《も》たせる工夫は必須よねぇ……」

思い起こせば確かに最初の頃作った道具たちは、いずれも長保《ながも》ちせずに駄目になっていた。それを、素材やら作り方やらを色々工夫する事で、何とか実用レベルまで叩き上げたのである。

「そういえば……魔力を通して使うと少しだけ丈夫になる気がして……それからはしょっちゅう魔力を通して使ってましたっけ……」

鑑定の結果が「魔製石器」と表示されるようになったのも、その頃からではなかったか。まぁ、【鑑定】持ちだという事は伏せているので、その事実を明かす事はできないのだが。

……だったらどうして「魔製石器」と表示されるのに気付いたのかという疑問は、ユーリの思慮の埒外《らちがい》にあった。また、ユーリ以外の面々はと言えば、「魔製石器」の衝撃が大き過ぎて、やはり疑問が浮かぶ事は無かった。

何よりもハーフエルフの魔術師であるカトラが、「魔製石器」に猛然と食い付いた。

「ちょっと待って!? 魔力を通して……？」

「え？ えぇ。そうすると何だか切れ味も上がるようなんですよ」

看過できない話とばかりにクドルからナイフを取り上げ、軽く魔力を流してみるカトラ。……

ユーリのナイフを勝手に取り上げて使っているという事実は、あまり気にしていないらしい。

「……何よこれ……魔力の馴染《なじ》み方が半端じゃないわ……」

「ん？　どういう事だ？　カトラ。大した事なのか？」

「当たり前でしょう!!　ハーフエルフのあたしだって、金属との相性は良くなくて苦労してるのに……うわ……しかも何よ、この切れ味……」

いつの間に取り出したのか、魔獣の皮の切れ端のようなものを、ユーリのナイフでスパスパと切り裂いている。

壁役兼金庫番のオルバンが仲間の無遠慮な振る舞いを視線で詫《わ》びるが、ユーリにも興味深い話なので、気にしていない事をこれも視線で返しておく。他のメンバーはと言うと……皆、興味津々でにじり寄っている。そこに遠慮とか慎みの文字は無い。オルバンは一人目頭《めがしら》を揉《も》んでいる。

「カトラ、ちょっと貸してくれ……うっわ！　軽い！　何だこれ!?」

「凄いでしょう。それでこの切れ味なのよ」

なぜか鼻息も荒く得意気に解説するカトラから皮の切れ端を受け取って、今度は斥候役の獣人フライ――主武装は短剣――が試し切りに参加する。

「うっわ……これ、ロドンの革か？　あっさり貫いたぞ？」

「魔力を通した時の切れ味はそれ以上よ。実際に見た事は無いけど、ドラゴンの素材でできたナイフに迫る切れ味なんじゃないかしら」

「ドラゴンの……？」

「よし、ちょっと貸せ」

最終的にはアドンは勿論、ドナや御者たちまで触ってみた後で、ようやくナイフは持ち主《ユーリ》の手に帰って来た。しかし、全員の視線は変わらずそのナイフに釘付《くぎづ》けである。

「え、えっと……予備があるんで、宜しかったら……」

「「「「是非！」」」」

3. 晒《さら》しな日記

油断と言うなら油断であったろう。ただ、転生以来の五年間、一人で山奥に引き籠もっていたユーリに、下界の事情を察しろと言うのも無理な話ではあった。

何の事かと言うと……

「……ユーリ君、何をしているのかな？」

「あ、アドンさん。今日の出来事を日記に書いているんです」

「「「「日記!?」」」」

（あれ……？　どうかした？）

――以前にも触れたが、ユーリこと生前の去来笑有理《いさらいゆうり》は記録魔であった。日常生活で見聞きした事や思い浮かんだ事は全て、常時持ち歩いているメモに書き残し、その日の終わりに日記として清書するのを日課にしていた。また、特に別記しておいた方が良いと思われるような情報は、また別のノートに書き残していた。

フォア世界に転生後もその性格は変わらず、日常の細々した事などをメモしては日記に――転生当初は石板に――清書していた。ただ、昨日から今日にかけては……

（何だかんだと忙しくて、メモを取る時間もほとんど無かったからね。忘れないうちに清書しておかなくちゃ）

――というのが冒頭の情景に至った経緯《いきさつ》である。

では、なぜアドンをはじめとする皆が驚いたのか、少しばかり説明が必要であろう。

第一に、この世界では日記を付けるという習慣は珍しい。と言うか、読み書き自体が特技扱いである。商人などは日々の出来事を備忘録的に帳簿に付けたり、取り引き内容を含めた様々な情報を「日記帳」――この時代の「日記帳」というのは、商人が取引の内容などを記した備忘録のようなもの――に記録する事はあるが、一般的な習慣とは言えない。そもそも、紙自体がまだ安くはないのだ。他愛《たあい》無い事をつらつらと書き綴《つづ》って消費するなど贅沢《ぜいたく》の沙汰《さた》である。

身寄り無き子どもに過ぎぬユーリが、なぜそんな贅沢な習慣を？　不自然この上無い話であった。

第二に、下界と没交渉で自給自足の生活を送っている筈のユーリが、どこから紙など手に入れたのか。自分で作ったと考えるのが妥当であるが、そうするとユーリは製紙の方法を知っている事になる。この時代、製紙の技術というのは――秘伝とまではいかないにしても――充分に特殊技術の範囲である。弱冠十二歳の子どもが身に着けているようなものではない――普通なら。

第三に、仮にユーリが紙を自作したとするなら、その原料はどこから調達したのか？　実はこの時代、紙というものはボロ布から作るものと決まっており、木材パルプは無論、草の繊維から紙を作る技術は――少なくともこの国では――一般に知られていない。衣服すら自作しているユーリが、製紙に廻すほどのボロ布を持っているというのは不自然である。

第四に、問題となっている紙の品質があった。ボロ布から作る紙の多くは薄汚れた感じの色合いで、ユーリの「日記帳」のように白い紙は——一部の高級品を除いて——出廻っていなかった。

第五に、ユーリが記帳に使用していたのはペンとインクではなく、鉛筆——正確には木炭の粉を芯《しん》に使用したチャコールペンシル——であった。ユーリはものの見事に失念していたが、地球でも鉛筆の記録が現れるのは十六世紀になってからである。そしてこの時代のフォア世界でも、やはり鉛筆は知られていなかった。なのにユーリは何の疑いも無く、その新規な筆記具を使っている。一々ペン先をインクに浸す事も無く、スラスラと書き綴《つづ》っているその様子は、アドンにとっては衝撃以外の何物でもなかった。

そして第六に、これは無遠慮にもユーリの日記帳を覗《のぞ》き見したアドンにしか判らなかったが、ユーリが書いている文字と書き方が全く未知のものであった。要は日本語なのであるが、ユーリはそれを右から左に縦書きにしていた。日本語の文としては珍しくもないが、左から右への横書きしか知らないアドンにとっては、これも驚きでしかなかった。

ついでに述べておくと、ユーリの「日記帳」は自作の紙を中綴《と》じにしたもので、いわゆる「大学ノート」とほぼ同じ形態である。そして、賢明なる読者諸氏が察しておいでのように、フォア世界に同様の「ノート」は存在しない。日記帳や帳簿用に売られているのは、普通の本と同じように革で装釘《そうてい》したものである。これが第七。

——さて、どこから突っ込んだものだろうか。

「……ユーリ君、訊きたい事は山のようにあるが……まずその紙……いや、それより、そのペンは何だね？」

「……はい？」

（あれ？　鉛筆持ち出したの、拙《まず》ったか？　いやでも、クドルさんたちは何も言わなかったよな？）

　実は、ここに来るまでにも時々メモを取るぐらいの事はしていたのだが、冒険者が心覚えをメモしておく事自体は、然《さ》して珍しい事でもないし、そんなメモを覗き見るのは冒険者としてマナー違反である。なのでクドルたちもまじまじと眺めるような事はせず、結果として鉛筆の存在にも気付かなかった。しかし改めて注意してみれば、インク無しに筆記できる鉛筆の利便性は明らかである。

　更に言えばこの時代、簡単なメモには蝋板《ろうばん》を使うのが一般的だった。これは木の板に色付けされた蝋を塗ったもので、細い金属製の棒を使って文字を書いたり、丸くなっている反対側で蝋を均《なら》して消す事もできた。てっきりユーリが使っているのもそれだろうと、軽く考えていたのだが……

「……ユーリ、ひょっとして昨日の昼間、何かやっていたのもそれか？　立ったまま片手で何かしていたようだが？」

「立ったまま⁉　片手で⁉」

「いえ……片手というか……」

　斯《か》くしてユーリは、「日記帳」の他に掌サイズの「メモ帳」までお披露目《ひろめ》する羽目になったのであるが……その場で簡単に記録できる手段を目にした、商人と冒険者たちの食い付きは凄かった。

どちらにとっても情報は重要で、特に後者では生死に直結する事すらある。蝋板を持ち歩く冒険者もいないではなかったが、嵩張《かさば》る事がネックであった。なるべく記憶に留めておいて、手の空いた時間に清書している者も多いが、どうしても記憶が薄れる事は避けられない。なので小型の蝋板を持ち歩く者もおり、ユーリが持っているのもてっきりそれだろうと思っていたのだが……その場で情報を恒久的に記録できるというのか？

「ユーリ、そのペンみたいなものは、まだあるのか!?」

「魔道具？　魔道具なの？」

「ユーリ君、その紙は？　随分品質が高いようだが、量産は可能なのかね!?」

「ちょ、ちょっと、皆さん落ち着いてください」

何でこんな事に――と思いながらも、ユーリは必死に前世の記憶を辿《たど》って頭を働かせる。迂闊《うかつ》にも失念していたが、ヨーロッパでも鉛筆の記述が現れたのは確か近世になってからだ。この時代には先進的な代物だったか。ただ、この世界には魔法やら錬金術やらがあるのだし、製法さえ判れば作れないものでもないだろう。

紙の方は……下手に教えると森林破壊に繋《つな》がる恐れがあるか？　こっちの世界には魔獣がいるから、そう簡単にはいかないと思うが……いや、そうだとすると、却《かえ》って自分にプレッシャーが集中する可能性がある……

「このペンは鉛筆……正確にはチャコールペンシルっていいますけど、予備がありますからクドルさんとアドンさんに一本ずつお渡ししておきます」

わっ、と巻き起こる歓声を抑えて、ユーリは話を続ける。

「紙の方ですけど、材料とか製法とかの問題があって、現状では増産は無理です」

「むぅ……仕方ないか。だが、えん……鉛筆？　の方は量産できるのかね？」

「こっちもすぐにというわけには……やっぱり材料の事とか、少し調べてみないと何とも……」

――あながち嘘《うそ》でもない。

木炭の粉の方はともかく、混ぜ合わせる粘土の方は、適当なものが入手できるかどうか確言できない。粘土の種類によっては、芯の品質、延《ひ》いては書き易さに影響する可能性が大である。塩辛山で大量に採取できるのならともかく、現在のところ粘土は多量には採掘できない。普通の土からも作れなくはないが、手間と暇が物凄く――二度とやりたくないほどに――なるのである。

「そうか……ユーリ君、すまないができるだけ早く確認してくれるかね？」

「そう言われても……アドンさんの方で原料の手配ができれば別ですけど」

「――っ！　原料は何だね!?」

「ネックになりそうなのは粘土ですね、今のところ」

寸刻考えていたアドンであったが、ローレンセンへ到着次第手配をする事を約束した。なのでユーリも見本として、アドンに五本ほどの鉛筆を渡しておく。鉛筆がこれほど早く引き取られるとは想定していなかったので、ユーリとしても残りは余裕のある数ではない。

ローレンセンに着く前からこんな為体《ていたらく》で大丈夫なんだろうか。些《いささ》か不安の念が兆《きざ》したところへ、ドナが怖《お》ず怖《お》ずと質問を投げかける。

「あの……ユーリ君、日記なんか付けてたの？」

「あぁ、書き始めたのはあの村に来て……祖父がいなくなってからです。その……憶えなきゃいけない事がたくさんあったので」

「そういえば……何か変わった字で書いていたようだが？」

然《さ》りげ無いふりを装ったアドンの追及には、

「こっちの文字はまだ上手く書けないので……」

と言いながら目を伏せてやると、案《あん》の定《じょう》、皆が目を逸《そ》らしたり俯《うつむ》いたりしている。……我ながら随分と性悪《しょうわる》になったものだ。

「それはともかくユーリ君、君のお祖父さんは随分と色んな事をご存じでいらしたようだが……一体何者であられたのかね？」

「さぁ……僕にとっては、祖父は祖父なので」

……実在もしない祖父の設定など、そこまで深く詰めてはいない。今後の事を考えると、もう少し設定を煮詰めておいた方が良いかと、密かに思うユーリであった。

幕間　マーシャさんのお留守番〜小さな庭師〜

1．甘い生活？

塩辛山に居を構えている酒精霊・マーシャの一日は、朝の一杯の甘露から始まる。

『う〜ん……やっぱり朝一の蜜は味が違うわね。……もう一杯貰おうかしら。ユーリはあまり飲むな、実が着かなくなるって煩《うるさ》いけど……これだけあるんだもん、もうちょっとくらいいいわよね？』

そう頷《うなず》くマーシャの周りは一面の――と言っていいほどの花に覆われている。

夏を彩るその赤い花は、日本人にはお馴《な》染《じ》みのサルビア――そう思えた筈だ。……ここが「異世界」でなかったならば。

ただ――ここが異世界・塩辛山であろうと、咲いている花の性質は似たようなものらしく、マーシャはその花を摘んでは、訪花昆虫のために用意されたその蜜を盗み飲みしているのであった。

……地球の小学生が能《よ》くそうしているように。

ちなみにこの花の名はベルビア。外見と生育特性はほぼ地球のサルビアと同じながら、その葉は地球のベルガモットに似た香りを持ち、ベルガモットと同じようにハーブとして利用できるという便利な草であった。現地ではその有用性が知られておらず――と言うか、そもそも塩辛山にしか生

えていない――名前も付いていなかったのを、ユーリが勝手に――と言うか安直に――「ベルビア」と呼んでいたら、いつのまにか【鑑定】にもそう表示されるようになった。

付け加えると、ユーリがこれを見つけた頃には小さな花しか着けなかったが、栽培しているうちになぜか大輪化し、蜜源としても利用できるようになった。以来、マーシャはこの花がお気に入りとなり、今朝のように蜜を飲んでは悦に入っているという次第なのであった。

尤《もっと》も、マーシャも折角の蜜を只《ただ》飲みするつもりは無いようで……

『さて……大事な蜜を頂戴した以上は、その分だけのお世話はしなくちゃね』

――と言うように、ユーリが留守中の世話を買って出ているのであった。


マーシャは酒精霊とは言っても、酒造りの手伝いしかしないわけではない。……いや、やって来た当初はその性向が無きにしも非《あら》ずであったが、五年に亘《わた》るユーリの教導と説得――及び脅迫――の甲斐《かい》あって、今では農作業の手伝いくらいはするようになった。尤も、マーシャが農作業に目を向けた最大の切っ掛けは、花の蜜を戴こうという下心にあったのだが。

ともあれそういった思惑《おもわく》から、マーシャはユーリに蜜源植物の充実を要求した。具体的に言えば、蜜の多い系統を選抜育成するように進言したのである。

元々ユーリの畑では、作物の生育が非常に良い。塩辛山という魔素の豊富な環境に加えて、木魔法持ちのユーリによる世話が行き届いている。何しろ、ギャンビットグリズリーの骨粉などという豪気な肥料を与えられるのだ。そんな環境で草花を栽培すれば、必ずや多蜜系のものが現れる筈。後はそれを選抜すればいい――というのがマーシャの言い分であった。

訪花昆虫の誘致という思惑から、ユーリもこれを承認する事になった。ただしその結果、選抜育種が非常に面倒な事になったのも事実である。

端的な例を挙げれば山ブドウがある。生食用の系統確立を進めたいユーリと、酒造原料としての品種改良を進めてほしいマーシャ、これに多蜜系の選抜育種が絡むせいで、優良系統の確立は遅々として進んでいない。酒造原料の確保に走りたいマーシャとしては大誤算であった。

山ブドウに関しては他にも色々とあるのだが、それは一旦措《お》くとして、改めてマーシャの挙動に目を向けると……

『……でも、その前に……もう少し蜜の出来映えを確認しておいた方が良いわよね？　……うん、ホーカコンチューっていうのも大事だし、これも立派な仕事よね』

マーシャが目を向けている先にあるのは、鮮やかなオレンジ色の花。地球でならカンナと呼ばれそうな花であった。川沿いの日当たりの好い場所に生えていたのを、ユーリが見つけて移植したものである。その姿からも想像されるように、ほぼ地球のカンナ……殊《こと》に食用カンナと呼ばれていたものに相当し、肥大した根茎が食用になる他、葉や花は解熱剤や利尿薬の原料にもなる。ちなみに、葉や茎は家畜の飼料としても優秀なのだが、現時点でユーリの村には家畜がいないため、それらが利用される事は無い。斯様《かよう》に有用な植物であるのだが、生育地が塩辛山の近辺にほぼ限られているため、一般にはほとんど周知されていない。

元々は小さく地味な花を着けていたのだが、ユーリが畑で栽培しているものは大輪化し、蜜の量も一層豊富になった……マーシャが食指を動かすくらいには。

『うん……こっちの蜜も中々よね。それぞれに味わいが違っているのも趣深《おもむきぶか》いわ。……締めはポーツといいこうかしら』

最後にマーシャが視線を送ったのは、こちらではポーツと呼ばれている野草である。地球で言えばスベリヒユに相当し、スベリヒユと同じように庶民の食卓を賑《にぎ》わしているのだが……ユーリの畑に植わっているそれは、他のポーツとは一線を画する違いがあった――花が立派なのである。その点で言えば、もはや地球のハナスベリヒユ（ポーチュラカ）と同等と見做《みな》すべきであろう。ちなみに、こちらの国ではハナスベリヒユ（ポーチュラカ）は知られておらず、やはりユーリが畑で栽培してからの変化であった。その点で言えば……

『だってユーリの畑だものね。これくらいの変化はあって然《しか》るべきよ、うん』

……マーシャがこれらを畑に植えるよう強く進言したのは、蓋《けだ》し卓見であったと言えよう。

2. 怒りの葡萄《ぶどう》

ユーリ留守中の畑の世話を買って出たマーシャであったが、小さくて非力な精霊の身でユーリの代わりに農作業を行なうなど、土台無理な話である。それはユーリだって承知している。

そんなマーシャがユーリから仰せ付かったのは、留守中に畑の状況を見て廻り、開花・結実の様子や、あれば病虫害の状況などを、記録に留めておく事であった。要はいつもの日記――ユーリに触発されて、マーシャも日記を付けるようになっている――を、やや詳しめに付けておくというだけだ。それくらいならマーシャにも務まる。

――というわけでマーシャがやって来たのは、ユーリが世話をしているブドウ畑……正確に言えば、ユーリが山から移植して育てている山ブドウの畑である。

先月の半ばまでは小さな花が満開となり、ハナバチなどが忙しく飛び廻っていたものだが、今はそれも落ち着いて、緑色の小さな実を着けている。

しかし――それを見ているマーシャの顔は、微《かす》かな憂色を帯びている。なぜかと言えば……

『……今年こそはまともな実を収穫したいものよね』

――収穫される山ブドウの出来が、今一つ思わしくないからであった。

酒精霊のマーシャとしては、酒造原料の最右翼たる山ブドウの仕上がりが良くないというのは、これは己《おの》がアイデンティティを揺るがしかねない一大事である。楽観していられる筈も無い。……とは言っても、別にブドウの品質が悪いとかではなく、雨水などによって感染する病気や虫害によって、一部が損なわれるのが気に入らないのであった。

ユーリはさほど気にしていない……と言うか、これくらいの被害は許容範囲だと諦めている節があったが、酒と酒造原料の擁護者を以《もっ》て自ら任じているマーシャにとっては、酒精霊たる自分への挑戦にも思えるらしい。第一、病虫害のせいで利用できる実が減るというのは、酒造りに廻される量が減るという事ではないか。仮にも酒精霊を名告《なの》る者としては、看過できない事案である。

殊《こと》にマーシャを立腹させたのが、アザミウマのような昆虫による虫害である。このちっぽけな虫が実の上に蝟集《いしゅう》して果汁を吸う結果、見映えも品質も悪化するのであった。

業を煮やしたマーシャが小鳥たちに防除を頼んだら、虫を捕ろうと突《つつ》いた事で肝心の実に傷を付けてしまい、更に被害を拡大させる結果になった。小鳥たちがドヤ顔なのが腹立たしいが、元々マーシャが頼んだ事でもあり、文句を言うのは筋違いである。その点はマーシャも自覚しており、小鳥たちに当たり散らすのは控えたが……その分だけ害虫への敵意を募らせる結果となった。虫にとってはほとんど八つ当たりである。

怒りを募らせるマーシャの精神状態を危ぶんだのか、ユーリは前世知識の一端を開陳する事にした。……袋かけという技術で病虫害を防げるという事を。それを聞かされたマーシャは、当然のようにその実行を強くユーリに要請したのであったが……紙袋に廻すような紙の余裕は無いと素気無《すげな》く断られる始末。だったらどうして袋かけの事を教えたのかと言いたくなる。

すっかり立腹したマーシャが、

〝だったらローレンセンで、それ用の紙を買って来なさいよ！〟

――と、強硬に命令したのも、蓋し当然であったろう。

そして今……

『……ユーリの説明だと、もう少ししたら袋かけを始める時期の筈なんだけど……あの子、間に合うように帰って来るんでしょうね……？』

ユーリが出発してからまだ十日も経っていないというのに、早くも焦《じ》れ始めるマーシャの姿がそこにあった。

3. 入魂の林檎《りんご》

未練がましくブドウ畑を眺めていたマーシャであったが、やがてそこを立ち去ったかと思うと、他の畑の様子をざっと見て廻った後に、今度は野生リンゴ《プルア》の畑にやって来ていた。……途中にあった小麦やカボチャ《ボカ》に大豆《ソヤまめ》、ケナフ《ケンファ》など、酒の原料とならないもののチェックが素《そ》っ気《け》無く思えたのは、これはもう酒精霊というマーシャの本分に鑑《かんが》みれば、致し方の無い事であったろう。

そんなわけで、取るものも取りあえず――ちなみに、マーシャ本人にその自覚は無い――リンゴ《プルア》の畑にやって来たマーシャであったが、ここでもまた難しい……決意と期待の綯《な》い交《ま》ぜになったような表情を浮かべていた。

『今年こそは美味《おい》しいリンゴ酒《シードル》を造りたい……ううん、造らないといけないわよね！』

マーシャが塩辛山に居着いてから早《はや》四年、プルアの野生株を発見してから三年、ユーリをせっついてリンゴ酒《シードル》の生産に着手してから二年が経っていた。

その間二回のシードル醸造を試みたわけだが……それがいずれもマーシャの意に沿わぬ結果に終わっていたのである。どうも使用した野生酵母の性質に問題があったらしい。シードルとしては残念な出来であったので、酢酸発酵を進めてリンゴ酢として利用していたりする。ヴィネガードリンクの美味しさに目覚めたマーシャにしてみれば、これはこれで捨てがたい味わいではあったものの、本分たる酒造りの失敗を糊塗《こと》あるいは挽回《ばんかい》するまでには至らないという思いがある。

二回目の去年からは、複数株の酵母を使用して選別を行なうなどの技術改良を試みており、今年はその選別された酵母を使っての試験醸造が待っているのである。

『もしもローレンセンでリンゴ酒《シードル》が手に入るなら買って来る――ってユーリは言ってたけど……当てにするわけにはいかないわよね。子ども《ユーリ》に酒が買えるかどうかも怪しいし。それに……首尾好くシードルが手に入ったとしても、自力での醸造を進めるのは、それとは別の問題よね』

仮にユーリが無事にシードルを入手できて、そのシードルから酒の種《こうぼ》が得られたとしても……

『……その酒の種《こうぼ》が塩辛山《こご》で充分に働けるかどうかは、また別の問題だし』

平地の蔵元で使われている酵母とは、言い換えれば魔力の少ない環境での活動に最適化された酵母である。従って、そんな酵母を塩辛山に持って来た場合、塩辛山の豊富な魔力が却《かえ》って生育や活動に悪影響を及ぼす可能性も無視できない。況《ま》して、ここのプルアはユーリが木魔法で生育を促進した株だ。必然的に、その実も豊富な魔力を含んでいる筈だから、平地の酵母では含まれている魔力を上手くあしらえない可能性がある。

『……塩辛山《ここ》の酵母と混ぜて使えば何とかなるんじゃないか――ってユーリは言ってたけど……そう上手くいくものなのかしら？』

ユーリは形質転換のような事が起きないかと期待しているようだが……肺炎双球菌のような細菌とは違って、酵母菌は歴《れっき》とした真核生物である。そう都合好く話が進むかどうか。尤も怪人ユーリなら、それくらいの事は平然とやってのけそうな気もするが。

余談ながら……ユーリは【魔改造】なる怪スキルを保有している。転生して三年目のある日、スズナの一部が四倍体になっている事に気付いたユーリが有頂天になって突然変異を誘発させていたら、その甲斐あってか【品種改良】というスキルを得た。それと知って驚喜したユーリであったが、直後にそれが【魔改造】に訂正された事に愕然《がくぜん》として、力無く頽《くずお》れる事となっていた。

マーシャはその一部始終を目撃――ついでにドン引き――していたため、ユーリの楽観も根拠の無いものではないと知っているが、それでも過度な期待は持たない事にしているようだ。……ひょっとすると、【魔改造】された酵母に十全の信を置けないというだけなのかもしれないが。

ともあれ――その試験醸造を恙無《つつがな》く迎えるためには、原料となるプルアの出来が良くないと駄目なわけで……

『……摘果してるから実の数は少なくなってるけど……それでも数は充分にあるし、摘果した分だけ育ちも良くなってるわよね。あとは……嵐とかがやって来て、収穫前の実が落ちたりさえしなければ……』

大事な大事なリンゴの実を、マーシャは愛《いと》おしそうに見つめていたが、

『さて……一応は他の作物も見ておかないと……ジナの実《ジュニパーベリー》ももう少しで穫《と》り頃よね。ノイバラはもう少し先になるし……あぁ、ユーリが水路で育ててる水草があったわね。あれも様子を見ておかないと……』

――そう、ユーリの代行を仰せ付かったマーシャの仕事は、まだまだ終わらないのであった。

第十六章　商都ローレンセン

1．アドンの屋敷にて

ローレンセンの町に着いたユーリたちが案内されたのは、ユーリの感覚からすれば大豪邸と言ってよいような屋敷であった。

「さてユーリ君、それからドナさんも、自分の家と思って寛《くつろ》いでくれたまえ」

「儂《わし》には何の言葉も無しか？」

「お前は最初から遠慮などせんだろうが」

「違い無いの」

ははっ、と笑い合う老人二人を見ながら、ユーリはこっそりとドナに訊《たず》ねる。

（「ドナ……オーデルさんとアドンさんって……？」）

（「えぇ。古くからのお友達よ」）

（「そうなんだ……」）

「あぁユーリ君、部屋には浴槽が設《しつら》えてあるが、使いたい時にはメイドにそう言ってくれたまえ。すぐに準備させるから」

——然《さ》りげ無い一言であったが、それはアドンからユーリに向けられた探りの一手であった。

この国では入浴の習慣は知られてはいるが、【生活魔法】の【浄化《クリーン》】を使える者がそこそこ多い事もあって、万人に普及した習慣であるとは言い難い。浴槽と言われてピンとくるかどうかで、これまでの生活習慣が判るのではないか。

そんな思惑《おもわく》からの質問であったが、ユーリの答えはアドンを……いや、居並ぶ一同を驚かせた。

「あ、お風呂が付いてるんですか？」

ぱぁっと顔を輝かせて問い返すユーリに、アドンの方がやや面喰らった様子である。しかしユーリはそんな様子に頓着する事無く、素直に喜びを表明する。

「助かります。二日も入ってないと、どうにも落ち着かなくって」

「「「二日も？」」」

普段から【浄化《クリーン》】頼りのオーデル老人とドナは素《もと》より、比較的風呂に入る事の多いアドンにしても、週に一～二回というのが普通である。「二日も」入っていない――などと平気で言い出すユーリは、三人の常識の埒外《らちがい》にあった。

「……ユーリ君、一応確認しておくが……入浴の手順は知っているかね？」

「はい。最初に身体を洗ってから湯船に浸《つ》かるんですよね？　あ……いや……ひょっとして蒸し風呂の方でしたか？」

「「「蒸し風呂!?」」」

「あ、違いましたか……湯船に浸かる方でいいんですよね？」

「あ、あぁ、問題無い……」

実は、この国では蒸し風呂というのはあまり知られていない。辛《かろ》うじてアドンが、遠い異国にそういうものがあるという事を耳にした程度であった。要するに、風呂に関するユーリの知識は、ここにいる三人の予想を遙か斜め上にぶっちぎっていたのである。

「ねぇ、ユーリ君。あなた……その……普段はどのくらいお風呂に入ってるの？」

恐《おそ》る恐《おそ》るドナがそう訊ねたのも無理からぬ事であったろうが、風呂好きの元・日本人であるユーリの答えは、彼ら三人の度肝をぶっこ抜くに充分であった。

「え？　大体一日置きですけど？」

「「「一日置き⁉」」」

「え？　えぇ……さすがに毎日入るのは、僕みたいな山暮らしだと贅沢ですし……」

「「「…………………」」」

「……あの……どうかしました？」

2．二人の友

「良い人材を紹介してくれた、オーデル。礼を言うぞ」

その夜、アドンとオーデル老人の二人は、アドンの私室で杯を交わして旧交を温めていた。

「少々人材のほどが過ぎておるようじゃがな」

「うむ……それはしみじみと実感した……まさか、一日置きの入浴とはな……」

「それが当たり前のように思っておるようじゃ。一体どういう育ち方をしたのやら……」

「お前の話では、祖父殿と二人で旅暮らしであったというが？」

「そう聞いた。旅暮らしの間、そうしょっちゅう風呂に入れたとは思えぬから、入浴の習慣はあの

『村』に住み着いてからという事になるが……」

「やはり不自然……お前もそう考えるか？」

「何か隠しておる事がある、それは確かじゃ。じゃが……一体何を隠しておるのか。……どうも、真面目に隠そうという気が無いように思えてのう……」

世故《せこ》に長《た》けた老人二人の目には、ユーリの拙《つたな》い嘘などお見通し……というわけでもないようで、妙にちぐはぐなユーリの言動に困惑しているようであった。

「……だな。隠すつもりがあるのなら、そもそも入浴の事など口にせぬ筈だ」

「それ以前に、グリードウルフをあっさりと斃《たお》して見せたりはせんじゃろうよ」

実は、「己の実力は最底辺」としつこく信じ込んでいるユーリは、グリードウルフがそこまで厄介な魔獣だと思わなかっただけである。何しろ「最底辺」の自分でもあしらえる程度なのだ。

「グリードウルフをあしらった土魔法と水魔法もそうだが……あれは【察知】なんだろうかな？ 随分と手前でグリードウルフや山犬《ワイルドドッグ》を見つけていたようだが」

「土魔法の事は知っておったが……確かにのぅ。盗賊の時も、外の動きを捉えておったようじゃ」

「……実はな、屋敷の護衛がユーリ君を警戒して【鑑定】しようとしたらしい」

マナー的にあまり褒められた事でない話を聞かされて、オーデル老人は片眉を上げる。

「そんな顔をするな。言っておくが、私が命じたわけではないぞ？ まぁ、それでだ、護衛が言うには、【鑑定】しようとする度に気付かれて、結局できなかったそうだ」

「ほほぉ……」

「来る途中での盗賊の解体発言を教えてやったら、二度とやらんと言っていたな」

「当然じゃろうな」

ユーリの方は、【ステータスボード】の偽装効果を試す好機くらいに思って、寧《むし》ろワクワクと待ち構えていたのだが。

「……そういうところも含めて、実力を隠そうとせんのが不思議じゃよなぁ……」

「……まぁ、余計な詮索は不要だろう。ここまで彼の為人《ひととなり》については一応見せてもらった」

「ふむ……で、どう思う？」

「基本的にお人好《よ》し。だが、人付き合いを面倒臭がっている気配、そして、どことなく警戒している気配があるな」

「お主もそう見たか」

「うむ……あの歳《とし》で、何があればそんな性格に育つのかは解らんが……」

「解らんと言えば、ユーリ君の知識じゃ。儂《わし》ですら知らん事を山のように知っておる。一体誰から……と、言いたいところじゃが……」

「祖父殿……という話であったな？」

「うむ。あの歳の子どもが一人で塩辛山に住み着くなどあり得んから、祖父殿と一緒じゃったのは確かじゃろう。なら、祖父殿から教わったという事も、嘘ではあるまい」

――実は、既にそこからが大嘘である。

「と、なると……祖父殿は恐ろしいほどに多くの事に通暁《つうぎょう》した御仁《ごじん》であったという事になるが？」

「国を追われた賢者……そういう事は考えられんか？」

思いがけない指摘を受けて息を呑《の》むアドンであったが……

「……あり得ぬ話ではないか。何より、ユーリ君が書いていた文字自体、まるで見た事の無いものであったしな……」

――日本語である。

「うむ。何やらえらく複雑な文字じゃった。種類も半端無く多いように思えたの」

――漢字と平仮名・片仮名、それにアラビア数字である。

「……まぁ、いいだろう。余計な詮索をして取引相手の機嫌を損ねたのでは、商人として失格だ。少なくとも、彼は誠実な取引相手のようだしな」

「ふむ……で、お主、ユーリ君の持ち込んだものを、どう捌《さば》くつもりじゃ？」

「問題はそこだ。扱い方を間違えると大騒ぎになりかねんものが揃《そろ》っておる」

くぃと酒杯を呷《あお》り、空になった杯に新たな一杯を注《つ》いで、アドンは話を続ける。――少しだけ眉を顰《ひそ》めて。

「農作物はまだいい。上質なのは確かだが、そこまで珍しいものではない」

「珍しくはなかろうが、品は良いぞ。どこに捌くつもりじゃ？」

「それなんだが……他所《よそ》には流さず、家《うち》で使ってみようと思う。客に流す前に、まず自分で品質を確かめておきたい」

「質の良い事なら、儂が保証するぞ？」

「悪くない事を疑ってはおらんよ。問題なのは、良過ぎはせんかという事だ。考えてもみろ。あの塩辛山で作られた、あのユーリ君の作物だぞ？　普段彼が、あのユーリ君が食しているものと、同じものなのだろう？」

「む……」

そこまで言われれば、オーデル老人にも旧友の懸念は察しがつく。

「要するに……アレを食べて元気になり過ぎたりはせんか、そういう事じゃな？」

「可能性は薄いと思うが……確かめておいた方が良いだろう？」

騒ぎが大きくなると、こちらの領主まで首を突っ込んで来かねん、それはそっちとしても拙《まず》かろう……とまで言われると、オーデル老人としても同意するしか無い。

「さて……そうなると、残りの品々が問題となるわけじゃが……」

今回アドンがユーリから巻き上げ……説得して提供させたのは、

「ギャンビットグリズリーの毛皮・骨・胆嚢《たんのう》、樹木の心材、それに……鉛筆とかいう筆記具だな」

「あのナイフは売らんのか？」

「……料理長に取り上げられた……」

「あの火魔法持ちの……そりゃ……返してもらえんのではないか？」

「うむ……望みは薄い。……大層な剣幕であったからな」

魔力を通すと切れ味が――と説明しているところで料理長が実際に魔力を通してみたらしく、その切れ味に有頂天になっていた。自分の言葉など耳に入っていない様子で試作に入っていたが……あれでは返って来る見込みは無いだろう。

うっかり見せびらかしたばかりに失ったものの大きさに、アドンは憮然《ぶぜん》としていたが、その様子を見かねたようにオーデル老人が声をかける。

「……儂の分を持っていくか？」

「いや……ありがたいが、これは自分の失策だ。お前に甘えるのは筋が通らん」

「相変わらず堅いのぉ……ま、何かあったら声をかけい」

「すまぬ……」

「で、他のものの売り先は心当たりがあるのか？　あれだけのものとなると、下手に競り《オークション》などには流せんじゃろう？」

「うむ。一つ一つならまだ何とかなるが、一気にというのは実に拙い。特に、鉛筆とかいう筆記具だな。知られると大騒ぎになるのが目に見えておる」

「……そこまでのものか？」

「当然だ。ペンと違って、少々ざらついた紙にも問題無く、しかも手軽に書けるのだぞ？　インクが流れる心配も無く、帳面を手に持った状態でそのまま書き込む事もできる。どれだけ便利で、どれだけ時間の節約になるか。商人にとって時間は掛け替えの無いものだ。それを節約できる便利道具に、金を惜しむ者などおらん」

「ふむ……どうするつもりじゃ？」

「心当たりを絞った上で、口の堅そうな者にそれとなく打診してみる。値段の落としどころが纏《まと》まってからの事になるな。粘土の件もあるし……それまでの間、ユーリ君やお前にはここに滞在してもらわんといかんが……」

「ま、それは何とかなるじゃろう。……他のものはどうするつもりじゃ？」

「ギャンビットグリズリーの毛皮くらいはオークションに出しても問題無かろう。そこまで珍しいものではないし、出品元を隠す事は可能だしな。骨と胆囊は、何も聞かずに引き取ってくれそうな相手に心当たりがある。明日にでも使いを飛ばすとしよう」

「この町にはおらんのか？」

「うむ。領都フランセンの方に居を構えておる。あっちの方が上客が多いのでな」

「ふむ……そうすると、早くて三日……五日ほどは見ておいた方がいいか……」

「それくらいはかかろうな」

　ユーリが受けたがっていた冒険者ギルドでの講習会もあるし、五日程度なら問題無いだろうが、それ以上かかるとなると……これはユーリや孫娘と相談せねばなるまい。そんな事を考えていたオーデル老人であったが、再び顔を上げて友に問いかける。

「そうすると、残りはあの心材じゃが……」

「うむ……これもある意味、鉛筆以上の難物でなぁ……」

　困ったように眉根を寄せてアドンが答える。

「うん？　どこが難物なんじゃ？」

　いくら堅かろうが木材に違いはないのだから、材木屋にでも持って行けばいいだろう。

「……とでも、思っておるのだろう？」

「……違うと言うのか？」

「大違いだ。まずな、あの材はただの心材ではない。我々の間ではローゼッドとして知られておる材でな、堅く丈夫なだけでなく、緻密に目が詰んでおって細かな加工にも適する上に、磨くと美しい木目が現れる。……おまけに、魔力の通りが非常に良い」

「それは……また……至れり尽くせりの材じゃな」

「そんな代物が長いまま手に入った。あれだけの長さがあれば、そこそこ大きな彫刻などにも使えようし、長いままなので杖《つえ》にも使える。……しかも、手に入ったのは一本だけ。……解るな？」

「……どこへ持って行っても、持って行かなんだところから文句が出るわけじゃな？　二つに切れば切ったで、なぜ長いまま持って来なんだのかと難詰される？」

「そういう事だ。材木屋も素材屋も解っているから、おいそれと手を出す者はおるまいよ」

「……話を持って行った時点で噂《うわさ》が広がり、お主が締め上げられるわけじゃな？」

「そういう事だ」

「なるほど……これは確かに難物じゃのう……」

3. 冒険者ギルド

アドンの屋敷に着いた翌日、ユーリたちは冒険者ギルドを訪れていた。来る途中に狩ったグリードウルフの素材を売却するためである。

今回のグリードウルフについては、討伐報奨金とギルドポイントを「幸運の足音」へ、素材をユーリへと分ける事で話が付いている。冒険者でないユーリにはギルドポイントを振り分ける事ができないためであるが、ほとんど何もせずに討伐報奨金とギルドポイントを受け取る事になった「幸運の足音」の面々は微妙な顔である。

「でも、いいんですか？　僕は出しゃばっただけですし、皆さんで簡単に斃《たお》せましたよね？」

……なのに、当のユーリがこんな事を真顔で訊《き》いてくる。別に嫌味とか当てこすりではなく、本気で言っているから始末が悪い。〝自分の力量は底辺レベル〟という、ユーリの確乎《かっこ》たる信念《ごかい》は健在であった。

「……まぁな……簡単にとはいかんが……」

足を殺され連携を断たれたグリードウルフなら、確かに各個撃破する事は可能である……五人がかりであればだが。

微妙に憮然とした面持《おもも》ちの五人であるが、雇い主であるアドンはと言えば、ユーリの言うとおり五人だけでも撃退は可能だったろうと判断しており、報奨金とポイントを「幸運の足音」が受け取る事に何の疑念も抱いていない。と言うか、こういう振り分けを提案したのがアドンである。貰えるものを貰わないなど、商人としての矜持《きょうじ》に悖《もと》るというものだ。

「幸運の足音」の葛藤はさて措《お》き、今回グリードウルフの素材を売却する事になったのは、アドンとクドルの勧めによるものであった。ユーリ本人はいつものように自家消費を考えていたのだが、商都ローレンセンに滞在するなら――宿代と食事代はアドンの屋敷に滞在するので不要だとしても――現金は持っておいた方が良いとアドバイスを受けたのであった。

そこまで気が回らなかったユーリであったが、言われてみれば尤《もっと》もな話だと納得し、今回売却のために冒険者ギルドを訪れた――というのがここまでの経緯《いきさつ》である。

「アドンさん、クドルさん、この度は口を利いて下さって、ありがとうございました」

冒険者登録をしていない――今後もするつもりは無い――ユーリは、本来なら冒険者ギルドに素材を売る資格は無い。それをクドルが仲介し、ついでにアドンがごり押しする事で、売却が可能になったのである。まぁ、見過ごすには素材の価値が高過ぎたという事も大きいのだが。

「何、気にすんな。これくらいはしておかないとな」

「そのとおりだよ。ユーリ君には世話をかけたからね」

特に何かをしたわけではない――降りかかる火の粉を払っただけ――と考えているユーリは、少し不思議そうな顔をしたが、厚意は素直に受け取る事にしたようだ。

「けど……魔獣の素材って、随分高く売れるんですね」

毛皮だけでも一頭当たり銀貨五十枚以上になるとは聞いていたが、傷がほとんど無い点が評価されたのか、一頭当たり銀貨七十枚で買い取ってもらえた。しかも、毛皮以外の買い取り価格がまた高かったのである。

「後脚の筋肉って、腱《けん》が付いてるとあんなに高い値が付くんですね……」

「あぁ。何しろ強靱《きょうじん》な素材だから、弓の弦なんかにも使われるんだが……新鮮なものでなきゃ加工できないらしくてな。大抵は持ち帰るまでに劣化して使えなくなっちまうんで、いつも品薄ってわけだ。今回はユーリがマジックバッグを持っていたから、傷《いた》む前に持ち帰れたわけだな」

「知りませんでした」

「ユーリ君はどうしていたのかね？」

「あ、腱ですか。少し固いけど、よく煮込むと美味しいんですよね」

「……そうか……」

「……美味しいんだ……」

「……売れば金貨一枚になるんだが……食ってんだ……」

「え～と……ですから、僕の住んでいる場所だと、金貨よりも食糧の方が大事なので……」

それは解る。解るのだが……しかし、どこか複雑な思いを禁じ得ない一同であった。

「……贅沢な食事だよなぁ……」

4.「壊し屋」ユーリ

「ほらほら、さっさと支度しなさい。折角《せっかく》町へ来たっていうのに、ずっとお屋敷に引き籠《ひこ》もってるつもりなの？」

「え～？」

「グリードウルフを売って、大金が入って来たんでしょう？　お金っていうのは使うべき場所で使ってこそなのよ。抱え込んでいてもしょうがないんだから」

「え～」

前世仕込みのコミュ障を引《ひ》き摺《ず》って人混みに及び腰のユーリを、ローレンセンの町を見物したいドナが引っ張り出そうとしている……というのが冒頭の情景である。

ドナの本音は見物したいだけだろうが、町へ来ていながら引き籠もってどうするというのは正論だけに、ユーリとしても反論はしにくい。いや、実際に外へ出て見物するつもりではあったのである……ローレンセンの賑わいが予想を上回っている事に気付くまでは。

元々ユーリは現代日本からの転生者である。ここは較《くら》べものにならないほどの雑踏も知っているのだが、転生以来一人で引き籠もっていた身にとって、いきなりこれだけの人混みに突っ込んで行けというのは、やはり少々ハードルが高い。その辺りの事情は――転生云々《うんぬん》は別として――オーデル老人もアドンも薄々察しているのだが、一人ドナだけが承知しないのであった。

「好い若い者が、そんなに引っ込み思案でどうするの。根性出して付き合いなさい」

「え～？」

斯《か》くして、世話焼きの姉に引き摺られて行くぐうたらな弟という体裁で、ユーリ初の都会見物が幕を開けた。

＊＊＊

買い物に使うための小遣いは、ユーリだけでなくドナもそれなりに持って来ている。まぁ、ユーリの場合はグリードウルフの代金がなければほぼ無一文であったが。

ともあれ、それなりに懐が暖かい子ども二人は、あれやこれやと品物を見て廻っては――主にドナが――散財していた。

――さてこの三人、何も知らない者の目にはどう映るか。

答は世間知らずの孫二人を連れた金回りの良い老人――というところであり、しかも孫娘は美形ときている。鴨《かも》が葱《ねぎ》――どころか、お銚子《ちょうし》にお通しまで引き連れてやって来たようなものだ。

……その実は、番犬代わりに死神が付き添っているようなものなのだが。

カモと見誤った掏摸《すり》どもが早速近寄ろうとするが、【察知】【鑑定】【探査】のコンボでそれと察知したユーリが、間髪入れずに闇魔法で威嚇《いかく》。急に激しい悪寒に襲われた掏摸たちは、近寄る前に心挫《こころくじ》けて総撤退の憂き目に遭った。

だが……中には鈍い、あるいは愚かな者もいるわけで……


「うぉ!?　おぉぉぉっ!?」

「え？　あれ？」

「ドナ、ぼんやりしてると危ないから気を付けて」

「え？　あたし、ぼんやりなんか……」

「おいおいおい！　どこに目を付けてやがるんだ！」

「「──へ？」」

当たり屋を生業《なりわい》としている破落戸《ごろつき》の一人が、ドナにぶつかって因縁を付けようとした……ところで、事前に気付いていたユーリがドナの手を引いたために派手に空振り、一人勝手に盛大にすっ転ぶという醜態を曝《さら》す羽目になった。

これだけでも充分以上に無様《ぶざま》なのだが、何を心得違いしたのか、根も葉も無い〝どこに目を付けて〟発言である。三人がキョトンとしたのも当然なら、見物人の一部が思わず噴き出したのも無理からぬ事であったろう。

恥じ入ってそのまま引き下がっておれば良かったものを、失笑を買った事に逆上したのか、益々《ますます》熱《いき》り立って捲《まく》し立てる。

「あぁ、どうもすみません。ご無事でしたか？」オーデル老人とドナはどうしたものかと困惑していたが……

「お？　おぉ……いや！　無事に見えるかよ！」

（「……どっからどう見ても無事だろうによ」）

（「みっともねぇ真似を曝しやがって……」）

（「当たり屋の風上にも置けねぇな……」）

「あぁ、それは大変です。痛むのは、この辺ですかぁ？」

「あ？　――※☆！&～～%仝@♭――ェγζ――っ!!」

「あぁ大変だ、肘だけでなく肩まで……」

「――！――θ！≠∈◇⇔★～ゑ∬⊥～？？£Ⅱ――ッ!?」

「おやおや～？　腰までおかしくなってるみたいですね」

「～～＞＿＜――∀！☆★☆……§//ゝ――∞〒!!ッ＃＄％っっ」

（「お、おい……あの坊主……」）

（「片っ端から骨を……外してるんじゃ……」）

（「い、いや……それだけであんなに転げ回るもんか？　何か……他にも」）

さすがに商都ローレンセン、悪党どもの眼も確かであった。ユーリは当たり屋の関節を手当たり次第に外したり戻したりしているだけでなく、闇魔法の【幻痛】まで使用して、あらん限りの苦痛を与えていたのである。――それこそ、王家の拷問吏《ごうもんり》すらドン引きしそうな勢いで。

身体が弱かった反動なのか、生前のユーリこと去来笑有理《いさらいゆうり》は、武術や格闘技に憧《あこが》れを抱いていた。特に合気武術や関節技に興味を抱き、手引き書を買ってはあれこれと――型だけ――真似していたものだ。そんな前世が影響したのか、【対魔獣戦術】には人型魔獣――もしくは人間――への対処法として、古武術に類するような技術のあれこれが載っていたのである。有頂天になったユーリが、早速練習して習得したのは言うまでも無い。

それに加えて魔獣狩りである。魔獣を仕留めて解体していれば、嫌でも身体のつくりには明るくなる。どこにどう力を入れれば、効果的に関節を壊せるのか、知悉《ちしつ》するのも当然であった。

いそいそと「治療」――の名を騙《かた》った拷問――を続けていくユーリ。心無しかその表情にも、愉《たの》しそうな色が垣間《かいま》見える。

何しろ【田舎暮らし指南】のサブスキルである【対魔獣戦術】で知ってはいても、実地の対人戦で試した事は無かったのだ。前世から中二病を引き摺っているユーリにとって、初めてとなる「武術」の実地使用である。思わず微笑みが零《こぼ》れたのを、誰が責める事などできようか。

「ひょっとして、ここも痛くないですかぁ？」

「――仝γ∈☆％！ッ――θ！」

言葉にならない悲鳴を上げてビクンビクンと悶絶痙攣《もんぜつけいれん》しているが、ユーリに手加減する気は一切無い。悪意を持って自分たちに近寄って来たのだ。相応の報いは受けてもらう。ついでに見せしめになってもらえれば、今後の面倒も減るというものだ。

「……これは……首の骨までイっちゃってるかなぁ……」

不吉な言葉とともにユーリの手が首に伸びた時点で、当たり屋の精神の方が先に限界を迎えた。冷や汗と涙と涎《よだれ》と小便を垂れ流し、白眼を剥《む》いて失神したのである。

「あ～あ……誰か、お医者さんを呼んであげてください。僕の手には負えないようです」

誰にともなくそう言い置いて、ユーリは立ち上がった。医者を呼ぶようにとは言ったものの、支払いを持つつもりは当然無い。抜かり無く骨は戻しておいた。靭帯《じんたい》の損傷と幻痛はあろうが、何が起きたかここの医者には証明できまい。

「ユ、ユーリ君……何がどうなったの？」

「さあ……何かの発作みたいですよ？」

しれっとした顔で言い切るユーリ。オーデル老人の方は、どうやらあの男は破落戸《ごろつき》で、善《よ》からぬ思いを抱いて近寄って来たのだろうと察したが、ここはユーリの発言に乗っておく。何も知らない孫娘を心配させる事も無い。

「発作のぉ……大変じゃなあ」

「ですよねー」

「？？？」

事情が今一つ呑み込めない様子のドナを連れて、粛々と退場する三人。後に残るのは白眼を剥いて痙攣している当たり屋の男と、思いっ切りドン引いた様子の悪党ども。そして……

（「おい……とんだ『壊し屋』が現れたもんだな」）

（「あぁ……仲間にも忠告しておいた方が良いな。『壊し屋』に近寄るな……ってな」）
（「だな。……くれぐれも『壊し屋《クラッシャー》』の見かけに騙《だま》されるな、ってな」）

――「無慈悲な壊し屋《マーシレス・クラッシャー》」という二つ名だけだった。

第十七章　一塊の土

1．土の在処《ありか》

ユーリは考えていた。

ローレンセンまでの道中で、思いがけず魔製石器の手持ちを減らす事になった。作製自体は土魔法で簡単にできるが、実用に耐えるまで魔力を滲《し》み込ませるのには時間がかかる。ローレンセンでの滞在がどのくらいになるか判らない現状では、

（早めに造っておくべきなんだろうなぁ……）

ローレンセンでの滞在中は、ボロを出さないように魔法の使用は控える予定であったが、早々に方針変更を迫られている。前世も現世も、人生とは儘《まま》ならぬものらしい。

だがまぁ、予定が変わるのは人の世の常。変更するのならするで、新たな方針に則《のっと》って予定を組み直さねばならない。この場合は原材料たる土の入手という事になるのだが、

（……アドンさん家《ち》の庭を荒らすのも気が進まないし……）

アドンなら気にせず使えと言うだろうが、今回準備する魔製石器は純然たる自分用。アドンの庭から土を採るのは憚《はばか》られる。チラリと見ただけでも丁寧に丹精されているのが判る庭を、可惜《あたら》荒らすのは忍びない。まぁ、裏手に廻れば培養土の余分ぐらいはあるだろうが、

（ある程度の数を造ろうと思ったら、それなりの量が必要になるよなぁ……）

ここはやはり、どこか他所《よそ》から土を入手するのが筋だろう。

しかし問題は、ユーリはこの町は初めてで、土地鑑《とちかん》と言えるものがまるで無いという事である。

土ぐらいどこにでもありそうなものだが、生憎《あいにく》とここローレンセンは、

（馬車の通行を考えてだろうけど、大通りは石畳で舗装されてたよね。まさか敷石を剥がすわけにもいかないし……）

これまでに行った場所はどうだっただろうか。冒険者ギルドは……表通りは石畳だったが、何となく裏手は土のような気がする。試しに行ってみてもいいのだが、大きな問題が一つあった。

（アドンさんの馬車で行ったからなぁ……道順があやふやなんだよね）

ギルドへはグリードウルフの素材を売却に行ったのだが、アドンの馬車でそのまま乗り付けたため、道順の記憶があやふやである。もっと確《しっか》り憶えておくんだった——と、悔やんでみても後の祭り。一《いち》か八《ばち》かで出向いてもいいが、道に迷ったりしたらアドンに迷惑をかける事になる。他の案を検討するのが先だろう。

では、先日オーデル老人とドナと一緒に見て廻った場所はどうだったか。やはり表通りに面した場所は石畳だったような気がするが、そうでない場所もあったような気がしないでもない。ただしどちらにしても、店の真ん前で好奇の視線に曝《さら》されながら、土を採るような度胸はユーリには無い。

裏通りまでは入っていないので判らないが、初めて来た町の裏通りを案内も無しに彷徨《うろつ》いて、迷わないかどうかは心許《こころもと》ない。いや、確実に迷うであろう。

ただ——ユーリにはもう一つ、検討してみたい手札があった。

（土魔法のストーンバレットを使う時って、どこからともなく石弾が現れるけど……あれって、どこから召喚されてるのかな？）

魔力の流れから判断すると、近辺の土を召喚しているのではないかと感じるが、確証と言えるほどのものは無い。少なくとも、使用中に自分の足許《あしもと》の土が激減したような記憶は無いから、少し遠くから集めているか、さもなくば薄く広く掻き集めているのかもしれない。現に水魔法のウォーターボールなど、水辺でなくても使えるのだ。下手をすると「空中元素固定」などという荒業だって使われているかもしれない。

魔法の原理については一旦措《お》くとして、これなら不審に思われる事無く、土を集める事ができるかもしれない。ただし――こっちはこっちで別のリスクが存在する。

（魔法を使ってる事がバレたら、退っ引《のっぴ》きならない窮地に陥りそうなんだよなぁ……）

人混みの中でこっそりと、土魔法のストーンバレットを発動する。……誰がどう贔屓目《ひいきめ》に見ても、テロ行為の準備にしか見えないだろう。

（うん、やっぱりこれは無し――と）

進退窮まったと判断したユーリは、素直にオーデル老人に相談する事にした。

2. ローレンセン土巡り

「土のある場所かね？　ふむ、いくつか心当たりはあるが……」

町へ着いた早々に土の在処などを訊《たず》ねるユーリに、オーデル老人は訝《いぶか》るような視線を向ける。まさか〝土の匂《にお》いが恋しくなった〟というわけでもあるまいが。

尤《もっと》も、それくらいの事はユーリも想定済みである。譲渡した魔製石器の補充と素直に言えばいいのだろうが、そうするとオーデル老人をはじめとする皆に気を遣《つか》わせてしまう……などと気にする辺りは、ユーリも前世日本人としてのメンタリティから抜け切れていないようだ。ともあれ、そんなユーリが用意した口実とは、

「えぇ。折角山を下りたんだから、他の土地の土で石器を造るとどうなるのか、試してみたくて」

「ふむ……なるほどのぉ。塩辛山の土が他とは違っておる可能性は無視できんか」

「はい、そうなんです」

――というのがユーリの考えた口実であるが、こっちも満更《まんざら》嘘ではない。粘土で試してみた事はあるが、塩辛山以外の土を試してみた事は無い。魔製石器を量産する事になった以上、確認しておくべきだろう。

「ふむ。これでも農民の端くれじゃから、普段から土の有る無しは気にしておるが……石剣を造るというなら、畑土である必要は無いのじゃね？　肥料分の有無という事じゃが」

「勿論です。と言うか寧ろ、堆肥とかは入ってない方がありがたいですね」

土から魔製石器を造るに当たっては、鉱物粒子以外の有機物は丹念に除去する必要がある。故に寧ろ肥料分に乏しい〝痩《や》せた〟土の方が適している。

「そういう事ならいくつか心当たりがあるのぅ。案内するからちと待っておくれ」

＊＊＊

「まずはここじゃな」

「ここって……？」

「馬車ギルドの馬場よね？　お祖父《じい》ちゃん」

朝食の後でオーデル老人がユーリとドナを連れて来たのは馬車ギルドであった。広い敷地の片隅に馬車が寄せられ、空いた場所を馬たちが思い思いに駆けたり休んだりしている。

「勝手に入っていいんですか？」

「構わんよ。と言うか、依頼するには入って行くしかないじゃろう？」

〝当ギルドに御用の無い方は立ち入りをご遠慮ください〟――とでも書いてあるのではないかと思ったのだが、そういう小煩《こうるさ》い事は言わない方針のようだ。

「儂《わし》らは適当にこの辺りをぶらついとるでな。ユーリ君は……そうじゃの、隅っこで虫でも探しとるふりでもして、土を少しばかり失敬するといい。何、派手に穿《ほじく》ったりせなんだら、そうそう目くじら立てられはせんよ。……あぁ、急がんでいい。来た早々に帰るというのも不自然じゃでな」

――というオーデル老人の捌《さば》けた……と言うか、妙に物慣れたアドバイスに従って、（前世から数えて）数十年ぶりに童心に返って虫捕りに興じる……ふりをして土を確保する。その後は実際に虫を探して、思わず熱中したりしたが……適当なところでオーデル老人が声をかけてくれたので、我に返ってその場を辞した。

（危ない危ない。……けど、馬糞《ばふん》に集まる糞虫《ふんちゅう》なんか見たの、前世現世を通じて初めてだったからなぁ……仕方ないよね、うん）

＊＊＊

馬車ギルドの敷地から失敬してきた土は、土魔法で纏《まと》めて固めた後に、オーデル老人が持参した頭陀袋《ずだぶくろ》に仕舞い込む。ぶらぶら歩きの体《てい》で次に老人が向かったのは、

「お祖父ちゃん、ここって……」

「廃材置き場か何かですか？」

「まさにユーリ君の言ったとおりじゃな」

人の営みのあるところ、ゴミが出るのは世の常である。そんなゴミの中でもどうにも処分に困るようなものが、ひとまず置かれるのがこの場所らしい。前世で言えば粗大ゴミの集積所といったところだが、廃材とは言え再利用できそうなものは然るべき部署が管理しているので、ここにあるのは正真正銘のガラクタとの事。

「じゃによってこれをどうしようと、咎《とが》める者はおらんわけじゃ」

空き地のようなその場所で土を採るのかと思いきや、老人の狙いは別にあった。

「いやまぁそれでも構わんのじゃが、ここの土は馬車ギルドの土と似たようなものじゃろう？　面白くないのではないかと思ってのぅ」

「まぁ、そう言われればそうなんですけど」

逆に言えば、人の出入りがそれなりに多い馬車ギルドと、訪れる者とて少なそうなゴミ置き場。土の性質が似通っている分だけ、それ以外の……例えば、人の訪問による魔力濃集の違いなどを浮き彫りにできるかもしれない。

「なるほどのぉ……そこまでは考えが至らんかったわい」

「いえ、単なる思い付きに過ぎませんから。けど、それならどうしてこの場所を」

「それはアレじゃよ。正直言って、有るか無いかは確信が持てんかったがの」

オーデル老人が指し示した先にあったのは、

「……煉瓦塀《れんがべい》？」

「──の、破片？」


以前にも触れたかと思うがここフォア世界では、山林は魔獣の縄張りであるため、木材の供給は潤沢とは言えない。その代わりに発達したのが、窯《かま》で焼かれる煉瓦などの石材であった。ちなみに土魔法によって造られたものは──少なくともこの国では──耐久性に劣ると目されており、仮設住宅のようなものを除いては、建築に利用される事はほとんど無い。

ともあれそういった事情から、煉瓦による塀や壁はそれなりに普及していた。故に、ある程度形の残った煉瓦塀・煉瓦壁だとか、元の形を残したままに取り出された煉瓦などはともかく、

「こういった破片は箸にも棒にもかからんのでな。こうして捨て置かれるわけじゃ」

「はぁ……」

「で、じゃ。ユーリ君は土魔法で土を固める事ができるのなら、逆にこういった破片を土に戻す事

も、それを再び固める事もできるのではないかね？」

「なるほど……やってみます」

塩辛山ではそういう機会に恵まれなかったが、これは確認の必要があるだろう。その結果……

「ふむ……できたようじゃな」

ユーリの掌の上に載った煉瓦色の塊を見て、オーデル老人がそう口にする。

「はい。粗く砕いただけなんで、このままだと粒が粗過ぎて使えませんけど、もっと細かく砕く事はできそうです。ただ……」

「──ただ？」

「何となくですけど、魔力の通りが悪いような気がするんですよね……」

嘗《かつ》てユーリは岩塩坑の近くで粘土層を発見して、その粘土でナイフを作ってみた事がある。ナイフ自体は問題無く作れたのだが……その後の〝魔力を馴染ませる〟工程が、なぜか上手くいかなかった。今回煉瓦を固めてみた際に、その時と似通った感触を得たのである。はてね──と考えかけたユーリであったが、そこへドナの声が割って入る。

「ねぇユーリ君、煉瓦を崩して固められるんなら、石でも同じ事ができるんじゃない？」

「──石？」

「うん、石」

……なるほど。これもまた重要な指摘であった。今ユーリが直面している事情に鑑《かんが》みれば、これも早めに確認しておくべきだろう。幸いに、少し先には手頃な石も転がっている……

「できました」

「できたじゃない」

「うむ、できたようじゃな」

ユーリの掌の上には、元の石と同じ色の小さな塊が載っている。事情を知らない者が見たら、単に元の石から欠き取ったのだと思うだろう。

「ただ……これもやっぱり、魔力の通りが悪そうなんですよね」

「ふぅむ……石や煉瓦のような塊は、石器の素材としては向かんのかもしれんのぅ」

「そうなんですかねぇ……」

＊＊＊

オーデル老人がその日最後に案内したのは川であった。

「この川じゃがね、何年かに一度は町の衆が総出で川底を浚《さら》えるんじゃよ。治水作業の一環らしいがの。ま、そういうわけじゃからして、少しばかり川底を浚えたところで、別段文句も出やせんよ」

「でもお祖父ちゃん、川の泥は畑を持ってる人たちに分配されるんじゃなかった？　肥やしになるとか言ってたじゃない」

「ま、それはそうじゃがの。何、これだけの川なんじゃ。多少掬《すく》い取ったところで、誤差の範囲というやつじゃて」

むーっという感じにドナがジト目で睨《にら》んでいるところを見ると、これはいつもの光景らしい。この老人、どうやら単なる好々爺《こうこうや》ではなく、それなりに捌《さば》けたところのある人物らしい。

ともあれ、ユーリは老人の教唆《きょうさ》――教唆の「唆」の字は「そそのかす」と読む――に押された感じで川辺に下りて、落ちていた小枝で川底を探ってみる。こんな汚泥が固まるのかとも思ったが、

（……いや？　泥に覆われてるのは表面だけか？　その下には砂の層があるみたいだな）

泥はともかくその下の川砂なら、固めるのはまだ楽そうだ。

ユーリは何気ないふりで手を川に浸し、泥の下の砂だけを土魔法で操れないか試してみる。暫《しばら》くの試行錯誤の後、どうにか感じが掴《つか》めたらしく、水から引き上げられたユーリの掌には、

「ほぉ……川砂を固めたやつかね」

「はい、試験に使う分くらいは調達できましたね」

「泥の下って、そんな砂になってるんだ……」


泥の下にあった川砂は、先ほどの煉瓦や石ほどではないにせよ、剥き出しだった土よりも魔力の通りが若干悪いように思えた。ユーリは内心で首を傾《かし》げつつも、場所ごとに土の個性も違っているのだろうと、この時は深く考えずに、

（……部屋に帰ったら、直《す》ぐにでも製作に取りかかりたいな。土ごとにどう手応えが違うのかも確かめなきゃだし……結構やる事ができたよね）

――などと思案を巡らせていたのであった。

第十八章　職は講習にあり

1．講習開始

　ここローレンセンの町の冒険者ギルドを、期待に満ち溢《あふ》れた感じの少年が訪れている。冒険者への登録を希望する少年に見えなくもないが、それにしては身に着けているものがおかしい。粗末に思えるほど簡素な――しかし、見る者が見れば品質は一級品と判る――衣服を纏《まと》っているが、武器や防具の類《たぐい》は一切無い。片手に何やら包みを抱えているが、中身はどうやら筆記用具の類らしい。

　一言で云えば冒険者ギルドには場違《こ　ん　な　と　こ　ろ》いな格好なのだが、なぜか冒険者たちも咎《とが》める様子は無い。

……まるで、その資格がある事を承知しているように。

訝《いぶか》る様子を見せる者も一部にいたが、そんな連中に訳知り顔の者たちが何やら耳打ちすると、一様に納得したような――あるいは恐れ入ったような――表情を浮かべる。……案ずるにユーリが塩辛山の住人である事や、「無慈悲な壊し屋《マーシレス・クラッシャー》」という二つ名が、ここにも届いているのだろう。

＊＊＊

「……来たか。ユーリだったな」

「はい！　宜《よろ》しくお願いします！」

「本来は新人冒険者向けの講習なんだが……まぁ、『幸運の足音』が太鼓判を押してるし、アドン商会からの要請《ゴリおし》もあったし、ギルドとしちゃぁ別に構わんのだが……本当にいいのか？　うちでやってんなぁ、所詮は初心者向けの講習だぞ？」

「はい、それが好いんですよ。別に名工とか名匠とかを目指《めざ》してるわけじゃぁありませんし。何より、僕自身が初心者ですから。初歩的な内容を広く浅く教えてもらえるのは好都合です」

「そういう事なら……けど、本当に全部受講するのか？」

「はい。僕の状況だと、広く浅く、何でもできないと拙《まず》いですから」

「……塩辛山に一人で住んでるんだったな……アドン商会の保証が無けりゃ、信じねぇとこだったぜ。冒険者だって二の足を踏むような場所で、よくもまぁ……」

　そう。凶暴な魔獣の犇《ひし》めく塩辛山にソロで籠もるなど、中級冒険者でも回れ右するような事態である。それを五年間の長きにわたって続けているほどの剛の者なら、子どもとは言え冒険者ギルド《ここ》にいてもおかしくはない。況《ま》して、ほぼ単独でグリードウルフ四頭を狩ったとあれば、下手に絡むような馬鹿はいない。留《とど》めが先日の当たり屋成敗である。見かけはともかく、「無慈悲な壊し屋《マーシレス・クラッシャー》」の異名を即日で奉られるような相手を、どこの頓馬《とんま》が侮《あなど》るというのだ。

「え〜と……僕が住んでるのは森の中じゃなくて、その手前の平原ですし、村の周りはしっかりした防壁に囲まれてますよ？」

「冒険者だって塩辛山の森の中で野営なんかするもんかよ。それに、時々村を出て採集して廻ってるって聞いたぞ？」

「まぁ……村の中だけじゃ、必要なものも揃いませんし……」

　そのついでに魔獣を狩っては食糧や素材にしているわけだが、そこまで話す事も無いだろう。そう考えて黙っているユーリであったが、ギルドの職員の目も節穴ではない。ユーリが身に着けているものが、些《いささ》か素人っぽい作りながらもその原料は飛びっきりの一級品である事……言い換えると、かなり強力な魔獣の素材である事に気付いていた。それをどうやって入手したのかを考えれば、ユーリの力量など――なぜか当の本人が気付いていないようだが――自明である。

「まぁ……俺たちがどうこう言う事じゃねぇが……五年間無しで済ませてきたんだろう？　今更初心者向けの技術を習っても、失望するだけかもしれんぞ？」

　冒険者ギルドの初心者向け講習は、その範囲こそ鍛冶《かじ》・調薬・大工・裁縫・調理……と広きにわたっているが、内容は素人の手慰《てなぐさ》みに毛の生えた程度でしかない。塩辛山での生活などという上級ミッションに堪えられるかどうか。

「いえ、修得どころか練習しようにも道具が無くて、諦めてたものが多いですから。ローレンセン《こちら》で道具を買えましたから、やっと試してみる事ができます」

　ニコニコと笑うユーリを見て、普通はその前に引き揚げるもんだ――という言葉を呑み込む職員の男。個人の事情を詮索するのはマナー違反である。

「……まぁ、それで構わないなら頑張ってくれ」

「はい！」

　元気良く返事したユーリであったが、ふと思い付いた事を訊《たず》ねてみる気になった。

「そういえば……塩辛山《うち》の近くに出る魔獣のリストとかって、冒険者ギルド《ここ》にありますか？」

「あぁ。二階の資料室にある。冒険者以外にも公開しているから、気にせず見てくれて構わんぞ」
「ありがとうございます」

2. 応急処置講習

季節はそろそろ秋になろうかという時期、なぜ今頃になって初心者講習が――と訝《いぶか》る向きもおありであろうが……事情を聞けば何の事は無い。新人冒険者の登録が酣《たけなわ》となる春先にも講習を開いてはいるのだが、何かと依頼の多いその時期には、講習を受ける事無く実務に飛び込む新米たちも多いのだという。なので、新人の冒険者が――先輩たちに交ざって――ある程度の経験を積み、そろそろ自分たちだけで本格的な狩りに出かけようか……というこの時期に、先んじて講習会を開いているのだそうだ。――新人たちの死亡や負傷を、少しでも減らす目的で。

ユーリが特例として参加したのも、そういった講習の一端であった。

ちなみに、講習自体は二日ほど前に始まっているのだが、それらは戦闘技術の講習だったので、自分の事を「絶対弱者」だと思っているユーリは迷わずスルーしている。まぁ確かに、非力な十二歳児が初心者向けの戦闘技術を習ったところで、塩辛山で役に立つと思えないのも事実である。

そんなユーリが期待を胸に本日受講に赴《おもむ》いたのは、応急処置に関する技術講習であった。

これでも前世は――威張《いば》れた事ではないが――病院の常連（後に住人に昇格）であったため、医療に関する知識と経験は他人より深い。

転生したらしたで、【田舎暮らし指南】というユニークスキルのお蔭もあって、僅か一月《ひとつき》で【調薬（初歩）】のスキルを得た。

スキルを得て真っ先に作ろうとしたのが、感染症対策の一環としての虫除《よ》けなのはご愛敬《あいきょう》だが、それ以外にも治癒《ちゆ》力や回復力の向上を目的として、普通のポーションも色々と作っている。

のみならずここフォア世界では、医療は万事が魔法頼りポーション頼りのところがあり、前世日本のように魔力を使わない医療技術は却《かえ》って未発達であった。言い換えるとユーリの持つ医療知識は、こちらの世界では先進的なものに属していた。

なのでユーリは、今回の初心者向け講習で得るものはそれほど無いのではないか、寧《むし》ろこの世界の医療水準が判ればそれで充分だ――などと思っていたのだが……

＊＊＊

「講習を始める前に確認しとくが……薬草とか薬の素材を使って自分で薬を拵《こしら》えた事のある者がいたら手を挙げろ。あぁ、出来不出来については問わん。経験があるかどうかだけだ」

教官の指示に応えて手を挙げたのは三～四人。ユーリが思っていたより少ない数である。無論ユーリも手を挙げていた。手を挙げた彼らに対して教官は、使用した薬草の種類を訊ねていたが……いずれもユーリには馴染みの無い名前であった。つまりユーリにとっては未知の情報、新しい知見というわけである。ユーリにしてみれば、もうこれだけで受講した価値があったように思えているのだが……

「あ、僕が使っていたのは……そうですね、シロッコやニンドに、カロやミダク……あぁ、バモンドなんかも割と使いますね」

「「「「…………………」」」」

「……あれ？　どうかしました？」

……ちなみに、シロッコというのは森林性の落葉高木で、前世日本でいうキハダに相当するようだ。樹皮の内皮を乾燥したものに強い抗菌作用があり、消化器系の感染症に著効を示す。ユーリも転生して間も無い頃、悪いものを食べて腹を下した時には、後述するカロやミドクとともに度々お世話になったものだ。また、打ち身や捻挫《ねんざ》に対しても、外用消炎薬として使われる。

ニンドは常緑の蔓《つる》植物で、こちらは前世で言えばスイカズラ（忍冬《にんどう》）か。秋～冬に採集した茎葉を干したものは解熱《げねつ》・消炎・利尿・抗菌などの効能があり、扁桃炎や口内炎をはじめとする化膿性疾患に処方される他、美肌にも良いとされている。蕾《つぼみ》も同様に利用されるが、葉茎よりも効果は穏やかだという。「吸《す》い葛《かずら》」という名から判るように、花の蜜は子どものおやつでもある。

カロは恐らくキカラスウリで、十一月頃に根を掘り採って外皮を除いて陰干しにしたものが、解熱や下痢止めに用いられる。また、種子を日干しにしたものは咳《せき》止め薬として煎用される他、種子から採れる澱粉《でんぷん》は湿疹に外用される。

ミダクはドクダミに類似した多年草で、湿り気のある半日陰を好む。花期の地上部を陰干ししたものの煎液は、利尿・緩下《かんげ》・止瀉《ししゃ》・駆虫、抗炎症・鎮静、高血圧や動脈硬化の予防などの効果がある。また、生の茎葉を磨《す》り潰したり、あるいは煮詰めたり蒸し焼きにしたものは、湿疹・かぶれ・ニキビ・膿瘍《のうよう》・水虫・しらくも・痔《じ》などに対する外用薬として用いられる。

バモンドは地球のジャノヒゲに相当するものらしく、紡錘状に肥大したひげ根の一部を日干しにしたものが、強壮成分として中級～上級ポーションに配合される。

いずれも山地の森林付近、言い換えるなら魔獣の出没する領域に生育するもので……一言で要約すれば、十二歳児は無論の事、駆け出しの冒険者ごときが調薬の手慰みに使うような素材ではない。

一同がドン引きしたのも道理である。


「あぁ……塩辛山から参加したってなぁ、お前か」

「はい？　そうですけど？」

……ただしユーリの目線では、単に〝家の傍《そば》に生えている薬草〟でしかない。稀少品だの高級品だのという意識を持てないのもまた当然である。両者の認識には広くて深い隔たりがあった。

「えーと……でも、家の傍の森には結構生えてますし……スラストボアの突進が掠《かす》ったくらいなら、これで湿布すればすぐに治りますよ？」

「シロッコ《キハダ》なんて、ガキや駆け出しに扱える素材じゃねぇだろうがよ……」

「いや……スラストボアの突進なんて、掠ったただけでもただじゃ済まないから」

「てか……どうやったらそんな恐ろしい目に遭うんだよ？」

「えーと……」

高レベルの【察知】スキルを持つユーリであるが、それでも打ち身や捻挫に無縁で過ごせるほど、塩辛山は甘くない。木《き》を伐り倒そうとして、上方の枝に引っ掛かっていたものが落ちて来たり、青《せい》天《てん》の霹靂《へきれき》で降って来た雹《ひょう》に当たったり、あるいは……ジュニパーベリー《ジ》《ナ》の採集に夢中になったマーシャが、気持ち好く昼寝していたスラストボアの鼻先に蹴躓《けつまず》いて、激昂《げっこう》したスラストボアに呑まれそうになったところに間一髪割って入ったり……。さすがにこの時はこちらに非があったため、ユーリも討伐する気にはなれず、追い払うだけで済ませていたのだが——それはまぁ余談である。

「まぁ……塩辛山なんて魔所に住んでりゃ、色んな目にも遭うんだろう。身近な薬草でポーションを作ってるってのにも納得した。……ただな、お前が使ってるような薬草は、ここらじゃ手に入らねぇからな？」

「はぁ……」

そういう事もあるのだろうと、漠然と予想はしていたが……気を取り直した教官が挙げる薬草の悉《ことごと》くが、ユーリの知らないものであった事には凹《へこ》まざるを得ない。

（〝得るものは少ない〟だなんて……予想が甘かったなぁ。使う素材が全然違うよ……）

リヴァレーン屈指の魔所と名高い塩辛山。ユーリが住んでいるのはそのとば口でしかないとは言え、魔素の濃度は平地とは較べものにならない。当然、そこに生えている植物の質も種類も違ってくる。言い換えればこの初心者講習では、塩辛山に生えていない薬草のレシピが中心となるのであった。その多くは塩辛山産のものの下位互換であるとは言え、「普通の場所」に「普通」に生えている草木を材料に使える事の利点は決して小さくない。人目を引かないというだけでなく、塩辛山以外の場所でも調薬が可能になるという事なのだ。のみならず、塩辛山以外の場所で遭遇する危険な動植物とか、あるいは罹《かか》り易い病気とか、有益な情報は山ほどあった。

ユーリは己の迂闊《うかつ》さを反省するとともに、この講習の意義を改めて見直していた。ギルドが主催する初心者講座は、この世界的に〝適正な〟やり方を憶えたいユーリとしては、願っても無い好機であったのだ。

ただし、ユーリの持つ〝先進的な〟知識の出番が無かったわけではない。脱水時にはただの水より生理食塩水が有効だとか、低血糖時の眩暈《めまい》に甘いものが特効であるとか、そういう知識を披露しては感心させていた。まぁ、それらの知識の一部は、既に冒険者ギルドでも把握していたが。

「しかし……その歳で能《よ》くそこまで知ってるもんだな」

「知っておかないと命に関わる事も多いですから」

「あぁ……塩辛山だとそうなるよな……」

ユーリの置かれている境遇に鑑《かんが》みて納得し、翻《ひるがえ》って自分たちの境遇を幸せに思う新米冒険者たちであったが……そこに教官からの叱責が飛ぶ。

「お前らも他人事みてぇ聞き流すんじゃねぇ！　何でもかんでもポーションに頼ってると、すぐ金欠になっちまうぞ」

「「「「へぇ～い」」」」

3.　鍛冶講習

鍛冶の講習を受け持つのはドワーフの元冒険者で、冒険者としての実体験から、知っておいた方が良い知識や技術、正確にはその初歩だけを教えてくれるらしい。

講習は丸一日を潰して行なわれるそうだが、まずは基礎的な知識の説明から……というユーリの予想を裏切って、

「七面倒な理屈は聞きたくねぇ――って面《つら》ぁしてやがんな。ま、そりゃ毎年のこったから、こっちもそれなりに心得てる。最初に最低限の実技ってもんを叩っ込んでやるから、ありがたく思え」

午前中は簡単な実技、午後からは座学というスケジュールになっているそうだ。ちなみに実技が先なのは、時間割を逆にしたら受講する者自体が激減するかららしい。座学を面倒がった新米たちが中座して抜け出す事が多いのだそうだ。

で――そんな実戦的な鍛冶講習の内容がどういうものかというと……

「今お前らに配ったなぁ見てのとおり、何の変哲も無ぇ鉄棒だ。こいつをちょいとばかり弄《いじ》くって、チンケな刃物をこさえてもらう。……あぁ、先に言っとくが、剣とか短剣とか、そんな真っ当なやつを期待すんなよ？　棒っ切れに申し訳程度の刃を付けただけのもんだからな？」

膨らんだ期待が一気に萎《しぼ》んで、口々にブーイングを鳴らし始める新人たち。そんな彼らを教官役のドワーフは、有無を言わせぬ迫力でギロリと睨《ね》め付けると、

「そんな間に合わせ程度の刃物でも、有ると無いとじゃ大違いなんだよ。……そいつをこさえる技術も含めて――な」

そう言い切ると、騒がしかった新人たちも納得したように黙り込む。どうやら今回造るのは、彫刻刀に毛の生えたような代物らしい。だが――ユーリが身を以《もっ》て知っているように――そんな程度の代物でも、手許《てもと》にあれば役に立つのは事実である。

「今回はギルドで用意した鉄棒を使うが、鉄の種類を間違えると使えんから気を付けろよ」

それは一体どういう事かと問《と》い質《ただ》そうとした矢先に、

「ま、半ばから折れた剣の柄元《つかもと》とか、そういうのを使えば大丈夫だ。小難しい話は後にして、とっとと先へ進めるぞ」

――と、言われてしまえば訊《き》くに訊けない。已《や》むを得ず質問を後に廻し、今は実習に集中する。

「今回の講習では熱源として、旅鍛冶が持つような携帯式の炉《ろ》を使う。だがまぁ、魔法や助燃剤で火力を強めた燃料でも、できん事は無い。ただし火勢が強くなり過ぎると、肝心の鉄材を火に焼《く》べるのに苦労するから注意しろ」

ほぅほぅ、携帯式の炉なんてものがあるのか。これは何とかして手に入れたい――などと算段を巡らせているユーリを尻目に、教官は説明の言葉を続ける。

「まぁ、火魔法持ちや火の加護持ちなら大丈夫だろうが、そうでない者の方が多いだろうからな。今回は安全を考慮して、携帯式の炉を使う。ギルドからの借り物だから、くれぐれも乱暴に扱うんじゃねぇぞ」

既に製錬済みの鉄材なので、酸化鉄の還元などという面倒な工程は省略できるようだ。加熱して軟らかくなった鉄材の先端部を、鉄床《かなとこ》の上で叩いて平たく潰し、刃《やい》っぽ《ば》い形に成形してゆく。ナイフというより、彫刻刀の切り出し小刀のような形である。

(何だか看守の目を盗んで、脱獄用の道具を造ってる気になるな……)

古釘を気長に研《と》いでも似たようなものは造れるだろうが、今回は鍛冶の技術を使って、時間を短縮したという事だろう。ユーリも真似事程度にトンカチやっていると、それがトリガーとなったのか、【鍛冶《こぼ》（初歩）】のスキルが解放される。ユーリの目論《もくろ》みどおりである。

思わず零れそうになる笑みをどうにか押し隠すと……曲がりなりにも形になったそれを、今度は砥石《といし》で研《と》いで刃を付けていく。砥石は冒険者ギルドでも売っているが、代用品程度のものであれば、野外で拾う事も可能なようだ。そのための目利《めき》きも一応教わった。

刀剣類は使用後は忠実《まめ》に拭《ふ》いたり研いだりの手入れをしないと、すぐに鈍《なま》ったり錆《さ》びたりして使えなくなる。下手をすると命にも関わってくるとあって、新人たちも真剣に手入れの方法を聴いている。無論ユーリもメモを取った。

小刀擬《もど》きを仕上げた頃には、既に予定時間の半ばを大幅に過ぎていた。その後は駆け足で、破損部を鋳掛《いか》けして補修する技術――の初歩――を学んだところで、午前中の講義時間が終わる。

＊＊＊

午後の部が始まってみると、受講者の数は大幅に減っていた。

「まぁ、大抵はこんなもんだ」

――と教官は苦笑していたが、それに続けてこうも言う。

「午後の部もきちんと受けてくれりゃあ、無駄に苦労したり死んだりするやつも減るんだがな」

午後の講習では、刀剣類の目利きや鉱石の見分け方のコツなどを教えてくれるという。聞けば何年かに一度は、黄銅鉱や黄鉄鉱を金鉱石と間違え、無理をして怪我《けが》する者が出るとの事。特に後者の黄鉄鉱は「愚か者の金」という別称があるくらいだから、間違える者も多いらしい。

「きちんと講習を受けてくれてりゃ、無駄に力んで無理する事《こた》ぁ無《ね》ぇって判るだろうによ」

そう言う教官の表情は、どこか寂しそうであった。

他にも代表的な鉱石の採掘や椀掛《パニング》けの手解《てほど》きから、鉱毒の予防法までレクチャーしてくれると聞いて、ユーリの期待と意欲は爆上がりである。

何しろユーリは、ついさっき取得したばかりの【鍛冶（初歩）】に加えて、【錬金術（見習い）】――（怪）の添え字については考えない――のスキルも保有しているのだ。鉱物素材の見分け方や採集法を学んでおけば、今後に向けて色々と役立つのは間違い無い。

新人冒険者そこのけの熱心さで講義を受け、日が傾き始めたところで講習は終わった。

＊＊＊

他の参加者が帰った後も、ユーリは教官の後片付けを手伝っていた。――と言っても、大した事はしていない。【生活魔法】の【浄化《クリーン》】を使って、机の上を綺麗にした程度だ。

「冒険者でもねぇってのに、坊主が一番熱心に聴いてたな」

冷やかすように言われてしまえば、ユーリとしても苦笑せざるを得ないのだが……そんな事よりユーリには、この機に訊いておきたい事があった。

「鉄の種類だ？」

「えぇ。講義の初めにおっしゃっていたでしょう？　〝鉄の種類を間違えると使えない〟って。あれがどういう意味なのか気になって」

　本当のところは、ユーリが自力で製錬した錬鉄《れんてつ》——軟鉄とも言う——の浸炭《しんたん》処理について訊きたいのだが、そんな事を不用意に口走るわけにもいかない。なので遠回しにこう質問しているのだ。何となく関係ありそうな気もするし。

「そりゃ構わねぇが……何か事情でもあるってのか？」

「えぇ。実は……」

　こういう質問をした時点で、理由を訊かれる事は予想できた。なのでユーリも当たり障りの無い、それでいて有りそうな説明《カバーストーリー》を考えてあった。

「……住んでる村から少し離れたところに、人が住んでた痕跡《こんせき》があって、そこで鉄の塊みたいなものを見つけたんです。今回教えてもらった方法で加工できるかと思っていたんですけど、鉄の種類に左右されると言われたのが気になって……何か軟らかい気もするし」

　まるっきりのでっち上げではなく、事実を少し扮飾《ふんしょく》しての説明であっただけに、それなりの説得力があったようだ。教官もどこか納得した様子で頷《うなず》いている。

「あー……軟鉄ってやつかもしんねぇな、そりゃ。だとすると、今回教えた方法じゃ駄目だ。一手間掛けて硬化させる必要があんな」

　——それこそがユーリの知りたい事である。

「まぁ、一手間ったって別に難しいこっちゃねぇ。燃料を炭に代えりゃいいこった。ただし軟鉄だとすると、今回教えたよりも温度を高くしてやる必要があんな」

鍛冶の材料に使う鉄は、融点の低いものの方が何かと都合が好い。一方でユーリが自作した錬鉄（軟鉄）は、炭素含有量が低く融点の高い鉄であった。粘り気はあるが硬さは無いため、そのままでは刃物などを造るには向いていない。

炭火の熱で加熱してやる事で、自然と浸炭処理がなされるようだが、

「うっかり鞴《ふいご》の風を当てちまうと、元の木阿弥《もくあみ》になっちまうのよ」

できた浸炭鉄に風が当たって酸素が供給されると、折角滲《し》み込んだ炭素が燃えて元も子も無くなるので、風向きを微妙に調整してやる必要がある。幸いに旅鍛冶が使う携帯式の炉では、そういった調整も可能だという。炉自体は冒険者ギルドを介して入手が可能らしいので、何が何でも手に入れようと決意する。

「風加減とかどれくらい硬くすんのかの見極めとか、それにはちとコツが要るけどな。そいつぁ口で教えようったって、教えられるもんじゃねぇ」

実地の経験あるのみだそうだ。

「あと、鋳物《いもの》をこさえようってんならまた火加減炭加減が違ってくるし、砂型なんかも必要になってくるからな。大掛かりになるんで止《や》めといた方が無難だぜ」

「えぇ、そこまでするつもりは無いですから」

4．野営講習その他

ユーリが受ける三度目の講習は、野営の技術についてであった。塩辛山の廃村を根城にしている

ユーリには、一見無意味な技術のようにも思えるが、

(今回みたいに村を離れて、どこかに行く事だってあるかもしれないしね。受けておいて損にはならないだろ)

――という算段もあって、ユーリはこの講習も受ける事にしていた。

漠然と前世のソロキャンプのようなものを想像していたユーリであったが……

(……参ったなぁ。そもそもの前提からして違ってるよ……)

荷物は極力少なくして、可能な限り現地調達で間に合わせる……というのが冒険者の基本方針らしいが、これがそもそもユーリの方針と食い違う。【収納】スキルを存分に使い倒して、必要な物資は全て持って行くのがユーリの基本方針である。そこに〝コンパクト〟などという概念は無い。

思い返せば前世のソロキャンプも、道具を運ぶ車ありきのところがあった。キャンピングカーなどという代物すら存在していたくらいだ。運搬量・積載量の基準がそもそも違っている。

(とは言っても、【収納】スキルの事は秘匿するのが前提だし……)

表向きには【収納】スキルではなくマジックバッグの恩恵としているが、アドンに言わせるとそれすら秘匿しておくべきらしい。なら、一般的な野営の仕方を憶えておくのは有意義であろう。

当然、テントなどを持ち運ぶ事など想定していないので、必要があれば窖《あなぐら》を掘ってそこで休むと言うのだが……

(……土魔法の事はカミングアウトしてるんだから、そっちは使ってもいいのかな?)

窖《あなぐら》どころか、その気になればユーリは土魔法でトーチカだって造る事ができる。一夜の拠点をでっち上げるなど造作《ぞうさ》も無い。だが……〝一般的な〟冒険者が、そんな事をするのかどうかが判ら

ない。この件に関しては、下手に質問すると地雷を踏みそうな気もする。

（これは……よっぽど注意して聴いておかないと、墓穴を掘りそうな気がするぞ）

漠とした危機感に襲われたユーリは、せっせとメモを取るのであった。

＊＊＊

ちなみに、講義メモの筆記に活躍しているのは、ユーリ謹製のチャコールペンシル……ではなくて、アドンが用意した鵞《が》ペンであった。ユーリが初心者講習を受講すると聞いていたアドンが、すんでのところで気付いて手配したのである。チャコールペンシルの独占販売を目論《もくろ》んでいるアドンとしてみれば、未だ体制の整わない先に実物を見せびらかされるのは大いに拙《まず》い。ユーリもその事は理解できた……と言うか、迂闊《うかつ》に使えば自分が悪目立ちする事に気が付いたので、両手《もろて》を挙げてアドンの提案に乗ったのである。

そんな事情から、ユーリは慣れぬ鵞《が》ペンで講義のメモを取っていたのだが……

（……駄目だこれ。一々ペン先をインク壺《つぼ》に浸《つ》けるなんて面倒だよ。インクの量が多過ぎるとボタ落ちしたり、インクがダマになって滲《にじ》んじゃうし……）

業《ごう》を煮やしたユーリは、ここでも使い慣れた水魔法に頼る事で、この難局を乗り切る事にする。インクだって水と同じく液体には違いないんだから、適量のインクをペン先に移動させる事ぐらいできる筈だ。大丈夫、水魔法はやればできる子なんだから。

……というユーリ一流の思い込みによって、ペン先をインク壺に近づけるだけで、適量のインクをペン先に移動させる事に成功する。少しだけ面倒から解放されたユーリは、嬉々として筆記に勤《いそ》しんだ。動きが小さかった事もあって、新人の冒険者たちはそれに気付かなかったが……年季を積んだ教官たちは、ちゃんとその事に気が付いて瞠目《どうもく》……するより先に呆れていた。

そもそもこの世界の水魔法というのは、確かに水を操る魔法であるが、水に混入物や懸濁物があった場合には途端に魔力の通りが悪くなる……というのが、この世界の魔法の常識である。況《ま》してユーリが操ったのは、ただの水ではなくインクである。少量とは言え、必要な力加減は水とは全く異なる筈だ。

いや、それ以前に……ペン先に付ける程度の微量のインクだけを、それもペン先という狭い場所にピンポイントで移動させるというのは、これは絶妙な魔力の操作を要求する。そんじょそこらの魔術師にできるような事ではない。僅か十二歳の子どもとは言え、さすがに塩辛山に居着くような猛者は違う……と驚嘆していたのは、ユーリの知らぬ事実なのであった。

第十九章　災厄の道

1．凶報

　その日も冒険者ギルドでの初心者講習を終えてご機嫌でのユーリであったが、実習室（仮称）を出たところでギルドの喧噪《けんそう》に気が付いた。見れば冒険者だけでなく、アドンら商人の姿もある。商人が依頼に冒険者ギルド《こ》を訪れるのは珍しくないが、それでも今のように大勢が取り乱した様子でというのは普通ではない。はて……？

「アドンさん、何があったんですか？」

「ん？　……おぉ……ユーリ君か」

　ユーリに声をかけられて、アドンは初めて彼の存在に気が付いたようだ。

「はい。……それで、何かあったんですか？」

「いや……昨日のうちに着く筈だった荷馬車が遅れていてね……冒険者ギルド《こっち》にならか何か情報が届いていないかと……」

「はぁ……」

　はてね――とユーリは内心で首を傾《かし》げる。前世の日本ではあるまいし、この世界、そこまで厳密なスケジュールで動いているのだろうか……？

　不審気なユーリの表情を見て取ったのか、もう少し詳しい事情をアドンが説明してくれた。

「……つまり、昨日の午過《ひる》ぎには着く予定だと、当の馬車から朝のうちに連絡があったんですね？」

「そう。魔導通信機を使ってね。なのに到着予定時刻を過ぎても、着くどころか何の連絡も無い」

「盗賊や魔獣に襲われても、一報を入れるくらいの時間はある筈なんだ。それを期して高い魔導通信機を持たせているわけだしな」

「なのに……何の音沙汰も無く、馬車が消えちまった」

大人たちが口々に事情を説明してくれるが……ふぅむ……これは確かに妙な話だ。

内容的にはミステリというより謀略小説に近いような気もするが……こういうケースに定番の設定と言えば……

「御者が荷物を奪ったという事は、お考えじゃないんですね？　御者からの連絡が攪乱《かくらん》を狙った偽装だという可能性は？」

「考えられんね。御者の為人《ひととなり》を別にしても、行方《ゆくえ》を絶ったのは一台じゃないんだ」

「すると……連絡を入れる間も無く、全ての馬車が全滅した……そういう解釈になりますけど？」

「……そう思いたくないから、こうして冒険者ギルドに来ているんだが……」

「何か事情は判らんものかと思ってね」

答えてくれたのは、アドン同様に馬車を失った商人たちだろう。いずれの顔色も一様に悪い。どうしたものかと考えていると、急に表が騒がしくなった。

「退《ど》いて!!　退いてくれ、通してくれ！」

「早く！　急いで！」

「どうした‼　何があった⁉」

騒ぎとともに担ぎ込まれて来たのは、五人ほどの冒険者だった。うち二人は重症。残りの三人も命に別状が無いというばかりで、決して容態《ようだい》が好いわけではない。小耳に挟んだ限りでは、行方不明となった馬車の捜索に向かった、ここの冒険者のパーティらしい。

「――クソっ！　ポーションが足りねぇっ！」

「薬屋はどうした！」

「駄目だ！　買いに行ってる暇は無《ね》ぇ！」

「誰か持ってるやつぁいねぇのか！」

人命が懸かっている様子を見て、ユーリは【収納】内にある自作のポーションの事を思い出した。幸いマジックバッグは身に着けているので、そこから取り出したように見せかけるのは難しくない。

我が身と酒精霊《マーシャ》で試しているから、妙な副作用は出ないと思うが……ただ、こんな状況で自作の拙《つたな》いポーションなど、どれほど役に立つものか……

「あの……自作のやつでよければ、ありますけど……ポーション……」

怖《お》ず怖《お》ずと声を上げたユーリに、周りの冒険者からの視線が突き刺さる。

「何でも構わん！　あるってんなら出してくれ！　今すぐに‼」

「あ、はい……」

大丈夫かなぁと思いつつも、ユーリは自作のポーションを【収納】から――マジックバッグを介して――取り出し、並べていく。【調薬】スキルの練習も兼ねて、調子に乗って作っていたため、作ったユーリ本人が驚くほどの数が仕舞い込まれていた。さすがにその全てを出すのは躊躇《ためら》われたので、取り出したのはそのごく一部であったのだが……それでも多いと思われたようだ。

その様子を目を剥《む》いて眺めていた男性が、徐《おもむろ》にそれらを取り上げて……

（あぁ……クドルさんの時にはうっかり見逃したけど……他人が【鑑定】を使っていると、あぁいう風に見えるのか……）

五年間の山暮らしで、ユーリの【鑑定】スキルも相応のレベルに達している。そのせいか、その男性が【鑑定】スキルを使っているのが、手に取るように明瞭に判った。

その男性は驚いたようにポーションを見直していたが、あるだけのポーションを猛スピードで【鑑定】し終えると、ものも言わずにそれらを重傷者に振り掛けた。飲んだ方が効率が良いのは無論であるが、飲むだけの体力も残っていない相手には、振り掛けるだけでも効果があるらしい。

――と、ぼんやりその様子を眺めていたユーリを、職員らしき男性が振り返った。

「おいっ!!　ポーションはまだあんのかっ!?」

「あ、はい。自作のものでいいなら……」

「ありったけ出してくれ!!」

えー……と思いつつ、ユーリは更にポーションを取り出していく。尤《もっと》も、男の言葉どおり全部を出したら薬屋の在庫を上回りそうなので、そこは心持ち控えめに。

重傷者一人当たりに七～八本、軽傷者に同じく二～三本、全部で二十本以上のポーションを椀飯《おうばん》振《ぶ》る舞《ま》いしたところで、怪我人たちは命を取り留めたらしい。

「すまんな、坊主。……だが、お蔭で何とか助かったみてぇだ」

「いえ……それは別にいいんですけど……あんなにバカスカ使って大丈夫なんですか？　極量……処方の限界を超えてるんじゃ？」

「あぁ。副作用は酷《ひど》いだろうが、死んじまうよりはマシだからな。それに……あいつらには酷《こく》だが、何があったのか報告してもらわなきゃならん」

あぁ、なるほど、そういう意味合いもあったのか――と、納得していたユーリに向かって……

「確か……ユーリだったか？　うちの初心者講習に入り浸《いびた》ってるって聞いたが？」

「あ、はい。お邪魔してます。……えぇと……」

「おう、こりゃすまん。俺はここでギルマスやってるナバルって者《もん》だ。譲ってもらったポーションの代金は、後でギルドの方から支払わせてもらう」

ギルドマスターだったのか――と思いつつユーリは、

「あ、いえ……どうせ自作したものですし……講習会の料金だと思って戴けると……」

「そういうわけにゃいかねぇんだが……随分と効果も高かったようだし、そこらのポーションと同じに扱うわけにもいかんのだが、かと言って適正価格も判らんしで、正直困ってたところだ。そういう事なら甘えさせてもらって、普通のポーションの倍額でいいか？」

「いえ……ですから……」

「うちもケジメってやつがあるんでな、只《ただ》ってわけにゃいかんのよ。ま、助けると思って受け取ってくれや」

「……そういう事でしたら」

「しっかし……あぁも効果の高いポーションを作れるくせして、何でまたうちの初心者講習なんざ受けてんだ？」

「あ、いえ……多分ですが、効果が高いのは僕のせいじゃなくて、材料の問題だと思います。山の麓で採った薬草とかを、ほとんど採集直後の状態で使いましたから」

「なぁる……塩辛山の薬草を新鮮なうちに使ったってぇんなら、そういう事もあるか……」

ユーリの説明に納得していたギルドマスターであったが、やがて怪我人――比較的軽傷だった三名――の様子が落ち着いて、報告をしたがっている……と、ギルドの職員が呼びに来た。

2. 正体

「……いきなり襲われたんだ。完全に後手に廻って、態勢を整える暇も無く……回復を図りつつ逃げて来るので精一杯だった……」

「本当に……本当に何の気配も無かったのよ、本当なのよ……」

「あぁ、それはもういい。で、相手はどんなやつなんだ？」

「……判らん……見た事も無い……熊系の魔獣のような気もするが……どことなく違和感があった」

「攻撃は？　熊系ってんなら、爪か？」

「そうだ。一撃でアシェンダが吹っ飛ばされた。ミグも……あのミグがまともに回避もできず、一方的に追い詰められて……」

「魔法も……ファイアーボールやフレイムランスくらいじゃ堪《こた》えなかったみたいで……何だか毛皮

で弾《はじ》かれたようにも見えたんだけど……」

説明を聞いた一同は揃って困惑しているようだったが、【対魔獣戦術】のテキストをそらで言えるほどに読み込んだユーリには、一つ思い当たる節があった。

「あの……いいですか？」

怖《お》ず怖《お》ずと手を挙げた子《ユーリ》どもに一同驚いたようだったが、子どもでもあの塩辛山に住み着くような豪傑だし、何か知っているかもしれないと思い直したらしい。それに何より、ポーションを提供して怪我人を救った殊勲者なのだ。ギルド員でないなど些細《ささい》な事ではないか。

無言で頷《うなず》いたナバルを見て、ユーリは三名に問いかける。

「その魔獣ですけど、全身長めの黒い毛に覆われていて、前腕が異様に長くありませんでした？あと、首も少し長めだったとか？」

訊《き》かれた三人は目を剥《む》いて無言で、しかし何度も頷いて肯定の意を示す。それを確かめたユーリは、今度は魔術師の方へ向き直る。

「火魔法ですけど……命中の直前に揺らいだ感じで霧散しませんでした？」

「！　……そういえば……なぜ知ってるの!?」

「ユーリ、何か心当たりがあるのか!?」

衆人の注目を浴びたユーリは少し困った顔をしたが、

「……断言はできませんけど……ティランボット、別名をタイラントグリズリーという魔獣だと思います」

「ティランボット？」

「いや……タイラントグリズリーという名前には聞き憶えがあるぞ？」

ティランボット。別名をタイラントグリズリーともいう。熊とゴリラの中間のような姿の魔獣。前腕は異様なまでに長く、全身が長めの黒い毛に覆われている。腕だけでなく首も熊より長めで柔らかく自在に動くため、死角らしい死角はほとんど生じない。

武器は長く自在に動く腕と強力な爪であるが、指は長く握力も強い。単なるパワーファイターではなく、柔軟な身体を活かしたテクニカルな攻撃も達者である。足は腕に較べると短いが、それでも一般人よりはずっとストロークが長く、ダッシュ力と跳躍力にも優れるため、包囲しても囲みを破って逃げる事が多い。

最大の特徴は魔力を防御に使う事で、弱い魔力を発して探知魔法を妨害したり、身体の周囲に張り巡らせた魔力をバリアーのように使って、魔力による攻撃を受け流したりできる。ただし、全属性の魔力を使い熟《こな》せるわけではなく、大抵は一つか二つの属性魔力に限られる。火魔法と風魔法の場合が多いが、水魔法を使う個体も確認されている。

「……それで、あたしの探知が効かなかったの……」

「魔導通信機も……それで攪乱されて……連絡がつかなかったのか……」

「あたしの火魔法を弾いたのも……」

「厄介な魔獣のようだな……。ユーリ、そいつは一体何級相当の魔獣なんだ？」

「さぁ……僕もそこまでは……」

「不意を衝《つ》かれたとは言っても、『赤い砂塵《さじん》』はC級パーティだ。それを、こうも一方的に叩きのめしたんだ。B級以上って事になるだろう」

「そんな魔獣が……なぜ……」

「多分だけど、冬籠もりの前に餌を採ろうとしてるんじゃないですか？　性質は熊に似たところがあるみたいですから」

心臓に悪い台詞《せりふ》を聞かされて、一同が振り向いてユーリを見つめる。腹拵《はらごしら》えのために出て来たと？　だったら……腹が膨《ふく》れるまで居座るという事か？

「そんな事をされた日には……商売上がったりだ……」

「それどころか、下手をすると商都《ローレンセン》が干上がるぞ？」

大袈裟《おおげさ》に聞こえるかもしれないが、現状ではそうと一笑に付せない事情がある。ここ暫《しばら》くの慢性的な食糧不足のせいで、ローレンセンにも地方から食糧が運び込まれている。全てがここで消費されるわけではなく、取引の後に他の場所へ送り出されるものも多いのであるが……それはそれで、他の町が飢《う》える可能性をもたらす事になる。

沈痛な表情の一同の視線が、やがてユーリに集まった。

（……え？）

3. 対策

「……ユーリ、そこまで知ってんなら、その化け物の斃《たお》し方にも心当たりがあるんじゃねぇか？」

ギルドマスターのナバルが問い詰めるが、確かに心当たりがある。……と言うか、以前に狩った事がある。しかし……今ここでそれをばらすのも……

「……まぁ、一般的な事でしたら」

「あぁ、それで構わん。――と言うか、普通でない方法を教えられても困る」

・・・・普通でないやり方でティランボットを狩ったユーリとしては複雑な心境であるが、ともあれ【対魔獣戦術】に記載されている方法を開陳《かいちん》する。

「……【隠身】スキルを持っているので厄介ですが、本質的に好戦的な魔獣なので、隠れてやり過ごすという事はしません。どこかで姿を現して攻撃してくる筈です。なので発見してから後の事になりますが……」

ユーリが説明する方法を聞いて、ギルドにいた面々は頭を抱えた。

・腕の届く範囲に近寄らない。
・機動力を殺し、逃げられないよう包囲する。ダッシュ力と跳躍力に優れるので、厚みの無い包囲陣は簡単に突破される。
・遠巻きに取り囲んで、荷車や水樽《みずだる》などを障害物として設置し、自由に動ける範囲をじわじわと狭めていく。
・鎖や網のようなもので絡め取るのもいいが、丈夫なものでないと引き千切られる。
・魔法だと弾かれる事があるので、遠間から投げ槍や弓で攻撃する。
・毒も選択肢の一つであるが、代謝が盛んなので毒の回りも早い反面で、毒に耐性を持つ個体が多い。ちなみに、必要な毒の種類と量を聞いて、入手の困難さに一同がへたり込んでいた。

「どうやっても大勢の冒険者……それもD級か、できればC級以上の者が必要だって事か……」

「包囲を考えたら、少なくとも二十……いや三十……できれば五十人以上は必要ですよ？」

「そんな人数はすぐには集められんし、時間もかかる……ユーリ！」

「はい？」

「もっと小人数でやれる方法は知らんか？」

「……そう言われても……これはティランボットに限りませんけど、こちらから奇襲をかける事ができれば……あるいは……」

ユーリの台詞《せりふ》も歯切れが悪い。自分なら単独で討伐できるのだが、それをこの場で言い出した日には、面倒事に巻き込まれる予感がひしひしとする。

「……奇襲か」

＊＊＊

……翌日、なぜかユーリは「幸運の足音」の面々とともに、ティランボットが出たという場所へ向かう馬車の中にいた。

昨日ユーリの説明を聞いたナバルは、暫《しばら》く考えた後にいくつかの手を打った。

第一に、ギルドとして近在の冒険者を招集し、場合によっては領軍の兵士の協力も念頭に置いて、ティランボット討伐部隊の編成に着手した。

第二に、現時点でローレンセンに滞在している唯一のC級パーティ「幸運の足音」に指名依頼を出し、ティランボットの捜索と牽制《けんせい》を依頼した。これは更なる被害が出るのを防ぐのと同時に、討伐部隊の編成と派遣までティランボットを足止めするか、もしくは嫌がらせ的な攻撃で追い払うかを期待するものであった。

そして第三に、アドバイザーとして「幸運の足音」に同行してもらえないかと、ユーリに頼み込んできたのである。ユーリの価値を知るアドンは――ティランボットによる被害の大きさもまた理解できるだけに――微妙な表情であったたし、オーデル老人とドナの二人は勿論反対した。ただし……。

（肉は意外と美味《うま》いし、何より肉醤《ししびしお》の絶好の原料なんだよなぁ……）

以前に一度だけ狩ったティランボット。その内臓で造った肉醤が、それはそれはそれは、もう殊《こと》の外《ほか》に美味であったのだ。……酒精霊のマーシャから、強く追加を要請されるほどに。

現在までのところここローレンセンでも、味噌《みそ》・醤油《しょうゆ》はおろか魚醤や肉醤などの醗酵《はっこう》系の調味料は見つかっていない。なら、美味い肉醤を得る機会は無駄にしたくない……。

――と、まぁ、そういう下心があって、ユーリはこの依頼を受ける事にした。冒険者でないユーリは冒険者ギルドの依頼に従う必要など無いのであるが、初心者講習の事もあり、冒険者ギルドとは良い関係を築いておいた方が好いような気がしたのである。前世に読んだラノベでも、そういう展開が多かったし。

そんな経緯《いきさつ》で前線へと向かっているユーリに、「幸運の足音」のリーダー、クドルが話しかける。

「……なぁ、ユーリ。ひょっとしてだが……お前、ティランボットって魔獣を狩った事があるんじゃないのか？」

ローレンセンへの道中でグリードウルフをあっさりと斃《たお》すのを目撃し、特大のギャンビットグリズリーの毛皮やら胆嚢《たんのう》やらを見せられたクドルたちは、ユーリがティランボットを狩っているのではないかという疑念を拭《ぬぐ》えなかった。ティランボットが極めて危険な魔獣なのは解るが、ギャンビットグリズリーを常習的に狩っていそうなユーリならあるいは……という思いを払拭《ふっしょく》できなかったのである。

そして、案《あん》の定《じょう》……

「狩ったと言っても一度だけですよ？　それも、不意を衝《つ》いてやっとでしたから」

「『赤い砂塵』を奇襲した魔獣に、逆に奇襲を仕掛けるだけでも凄いわよ……」

どこか諦めたようなうんざりしたような魔術師《カトラ》の声に、居並ぶ一同がうんうんと頷《うなず》く。

「今回も上手くいくとは限りませんよ？　実際に見てみないと」

「見つけるのは確定しているんだね……」

斥候役《フライ》の声にもなぜか力が無い。

微妙な空気が支配する中、それを振り払うようにクドルが問いかける。

「それで、ユーリ。そいつを見つけるのはお前さんに任すとして、俺たちはどうやって戦えばいい？　……・・・・・・一般人でもできる方法でだが」

これまたうんうんと頷いている一同を見て、ユーリは困惑を隠せない。

自分のような「底辺」でも狩れるんだから、コツさえ掴めば誰にでも狩れるのではないか？　冒険者ギルドでも、皆が過剰に反応しているような思いが拭《ぬぐ》えなかった……口を出すと面倒そうなので黙っていたのだが……別に、狩ってしまっても構わんのだろう？　不意さえ衝かれなければ大丈夫の筈だし。

「いやいや、ユーリの基準を押し付けられても困るから」

今度も全員が盛大に頷いた。

4．狩り

「……いました。あの樹《き》の蔭です」

馬車が襲われたと覚《おぼ》しき辺りに近づいた時、ユーリがクドルに警告を発した。近づいたとは言っても、まだ充分に距離がある。魔獣《ティランボット》の方がこちらを捉えているかどうかも微妙だろう。先制のチャンスは充分にあった。

「……どこだって？」

「ほら、あの樹……少し道路から離れてる、低い割に幹が太い……」

「……あれか！　……言われてみれば、何か不自然に揺らいで……ユーリは能く判《よ》ったな？」

「前に一度見た事がありますから。下手をするとこっちが不意討ちされます。そうなったら僕なんか一溜《ひとた》まりもありませんから、警戒だって命懸けですよ」

一溜まり云々《うんぬん》については一同異論もあったが、今ここでそれを持ち出さない程度の良識はある。

ともあれ、敵がそこにいるというなら準備するだけだ。

「……【鑑定】も弾かれるみたいだな。相手の属性も力量も判らない」

「魔法での直接攻撃は通じないと思ったがいいでしょう。本当は属性次第なんですけど、現状ではあいつの属性が判りません。『赤い砂塵』の火魔法を弾いたそうですから、火属性を持ってるのは確かでしょうけど、他にどういう属性を持ってるのかが……」

「この状況で奇襲って……難しくないか？」

「ダリア、お前の弓であいつを殺《や》れるか？」

「無茶言わないでよ。あたしには相手の位置すら正確に見えてないのよ？　それに、ユーリ君の説明どおりなら、丈夫で長い体毛は刃物による攻撃を防ぐんでしょ？」

「通りにくいのは確かですね。刺突攻撃なら比較的通るんですけど」

「あたしの弓にそこまで貫通力を期待しないで。牽制程度ならまだしも、初撃で致命傷ってわけにはいかないわよ」

「打撃はどうなんだ？　鎧《よろい》を着ているのと同じなら、打撃なら通るんじゃないか？」

「誰が近寄って殴るのよ？」

「近づく前に気付かれるでしょ？」

「ユーリ、お前の土魔法はどうなんだ？」

「魔力の動きに敏感なんですよ、あいつ。遠距離からの魔法攻撃は、まず察知されます」

気の滅入《めい》るような説明をされて、クドルは素早く決断する。

「こっちが姿を隠しての奇襲は無理だ。手早く囲んでから連携で斃《たお》す。カトラはとにかく魔法を撃って、あいつの属性を曝《あば》け」

ユーリなら奇襲も可能かもしれないが、さすがにそこまで危険な真似をさせるわけにはいかない。クドルは正面からの殴り合いを選択した。

＊＊＊

「ちっ！　何て硬《かて》ぇやつだ！」

「下がれ、クドル！」

Ｃ級パーティとは言え、「幸運の足音」で近接物理攻撃を担当するのは、剣士であるクドルただ一人。斥候役のフライは獣人で身体能力にも優れているが、彼の得物は短剣であり、ティランボットと渡り合うには分が悪い。ダリアの弓も牽制以上の役には立っておらず、カトラの魔法も通じていない。ティランボットの属性は判明したが、何と火・風・水の三属性持ちであった。火魔法と風魔法を得意とするカトラにとっては、天敵のような相手である。今は壁役のオルバンと攻防を分担して凌《しの》いでいるが、このままではジリ貧のまま押し切られるのが見えている。

「……クドルさん、少しの間あいつの気を引けますか？」

「あぁ？　それくらいならできるが？」

「お願いします。僕が何とか不意討ちの一撃をしかけますから」

どういう事だとクドルが訊き返そうとした時には、ユーリの姿は溶けるように消えていた。思わず辺りを見回しても、姿どころか気配すら残っていない。なるほど、不意討ちというのはこういう事かと、ユーリの隠密の技倆《ぎりょう》に舌を巻く。これならティランボットの眼も耳も誤魔化して、近づく事ぐらいはできそうだ。

「おっと……そのためにゃ、俺たちがしっかり陽動役を務めなくちゃな」

気を取り直してティランボットに再度挑むクドルたち。いい加減痺《しび》れを切らしたティランボットが振り切って脱出しようとするが、「幸運の足音」は連携の取れた動きでそれを許さない。だが……

「――っ！」

「フライっ!!」

後退しようとして、切り株に足をとられた斥候役《フライ》が体勢を崩した。その隙を逃さず、魔獣の凶悪な爪がフライを襲う。

「フライ――っっ！」

万事休すと思われたところ、すんでのところで両者の間に出現した石の壁がティランボットの爪を遮《さえぎ》……ろうとしてそのまま壊された。土魔法による掩護《えんご》は、ティランボットの攻撃を止める事はできなかったが、貴重な時間を稼ぐ事はできた……かに見えた。

「何だっ!?」

――グォォォオッ！

クドルの驚きの叫びと、ティランボットの困惑の咆吼《ほうこう》と、果たしてどちらが先であったか。

ティランボットの豪腕に突破されたかに見えた石壁は、瞬く間に修復されていた——その腕をしっかりと銜《くわ》え込んだまま。

石壁に囚《とら》われて怒りと混乱の咆吼を上げるティランボット。攻撃の好機ではあるのだが、クドルたちにしても事情が判らない……と言うか、あの石壁が何なのか判らない。最初は魔術師《カトラ》の仕業かと思ったクドルだが、視線を向けると困惑したように首を振っている。石壁の性質が判らない以上、無闇に攻撃する事はできない。第一、石壁のせいでティランボットへの射線は遮られている。攻撃のためには移動するしかない。

……そんな彼らの逡巡も、数秒の後に唐突に終わりを告げた。

近づくのも危ういほどに暴れていたティランボットが、突然その動きを止めた……いや、止められたのである。——後頭部を貫いている石の杭によって。

事情が解らず混乱しているパーティメンバーの中にあって、クドルだけは思い当たる節があった。

「……ユーリか？」

その呼びかけに応えるように、小柄な少年が姿を現す——誰もいなかった筈の場所から。

「えぇ。何とか仕留められました。フライさんは大丈夫ですか？」

【バイティング・ウォール】——噛《か》み付く壁。

ユーリが勝手にそう名付けている土魔法だが、要は瞬間的な土壁の構築と再構築である。貫通したと思わせた次の瞬間に壁を修復する事で、敵の腕もしくは得物を銜《くわ》え奪《と》る。場合によっては半身を銜え込む事すら可能で、実際にユーリはギャンビットグリズリーをそうやって始末した事がある。タイミングを計るのが少し難しいが、充分な距離さえ保っておけば自分への危険は低く抑えられるので、ユーリは能くこの魔法を使っていた。今回あわやというタイミングで成功したのも、平素からの修練の賜物《たまもの》だろう。


「あ……あぁ、大丈夫だ。熊公の爪が向かって来た時も肝が冷えたが……目の前に突然壁ができて、それを熊公が突き破って、最後に壁が熊公を銜《くわ》え込んでと……冷や汗のかき通しだったぜ」

傍《はた》で見ていた他の面々の感想も、似たようなものであった。映画ならベスト・テン間違い無しの名場面であったろう。吟遊詩人辺りが見ていたら、酒場で吟《ぎん》じて喝采を浴びるのは確実である。

「すみません。説明している暇が無かったもんで」

「あぁ、別に文句を言ってるわけじゃない。ありがとうよ」

しかし……と、一同はティランボットの屍体に目を向ける。

体長三メートル弱。熊系の魔獣としてはそう大きい方ではないが、その腕の長さは群を抜いている。リーチが長い上に自在に動くので、攻撃にも防御にも厄介な相手だった。ユーリのように相手の動きを止めてから奇襲する以外、仕留める術《すべ》は無かっただろう。それは解る。解るのだが……

改めて、一同は小柄な少年の方に視線を巡らす。

想像以上に狩りに熟達している。よもや暗殺タイプとは思わなかったが……考えてみれば凶獣の犇《ひし》めく塩辛山で単身狩りをしようというなら、他の選択肢は無かっただろう。魔法に目を奪われがちだが、この少年の最大の武器は、察知と隠身の能力にこそあるのではないか……？

……善《よ》からぬ連中がこの子の能力に目を付けたら――危険だ。

「ユーリ、助けられといて何だが、お前の【隠身】は他人に見せるな。土魔法も相当にアレだが、【隠身】のヤバさはそれどこじゃねぇ。迂闊《うかつ》に見せると妙な連中に目を付けられるぞ」

「……そうね。ユーリ君のスキルはどれもアレだけど、特に【隠身】は隠しておくべきね」

「他の能力が充分以上にアレだから、誰も【隠身】にまでは気付かないとは思うが、用心しておいた方が良いのは確かだな」

自分の能力はそんなにアレなんだろうかと些《いささ》か凹むユーリであったが、忠告については大助かりと受け容れる事にした。

「解りました。そうなると当然、このティランボットは皆さんが斃した事にしてくださるんですよね？」

「「「「――え？」」」」

暫《しばら》く無言で硬直していた「幸運の足音」であったが、すぐに再起動して異を唱え始める。

「いやいやいや！　いくら何でもそれは無理だから！」

「俺たちで仕留めた――なんて事にできるわけ無いだろう！」

「え？　でも、僕がやった事にしたら、当然【隠身】を疑われますよ？」

「そ、それはそうだが……」

「いや、実際問題として、致命傷となった後頭部の傷は、俺の剣で付けられるようなもんじゃない。すぐにバレるぞ」

「あたしは土魔法は使えないし……無理ね」

「ユーリの土魔法の事はアドンさんだって知ってるんだし……留《とど》めを刺したのがユーリって事は、変に隠さない方が良いだろう」

「手柄はユーリのものとして、具体的な経緯だけは曖昧《あいまい》に誤魔化すわけか」

「あぁ、その線でいくしかないだろうな」

「え～？」


さっきと話が違わない？

＊＊＊

ちなみに、この時ユーリがまたしても大きな誤解をしている事には、当のユーリも含めて誰一人として気付かなかった。

――自分は、隠身能力だけが群を抜いているのだと誤解した事には。

5. 顛末《てんまつ》

「……で？　クドルたちが言うには、この魔獣を仕留めたのはお前だそうだが？」

持ち帰ったティランボットの屍体を前にジト目でユーリを詰問しているのは、ローレンセンの冒険者ギルドのギルドマスター、ナバルである。

「隙を衝《つ》いての一撃が運好く決まったのは事実ですけど、それも皆さんの支援あっての事ですよ？」

「だとしてもだ、一体どうやったらこの化け物に一太刀浴びせるなんて事ができる？」

目の前にあるティランボットの屍体、体長は三メートル近いだろう。熊系の魔獣にはこれを超える巨体のものも珍しくはないが、目の前のティランボットの腕の長さは、それら巨体の熊のリーチを上回っている。攻撃の範囲はより広いものと思われた。

「だから……不意を衝いただけですよ。僕みたいな子どもに何がやれると思ってるんですか？」

――「普通の子供」は、ほぼ単独でB級の魔獣を狩ったりはしない。

「いえ、魔獣が犇《ひし》めく山麓で暮らそうとすれば、逃げ隠れの技術無しでは生き残れませんから」

――普通の人間は、そんな危険な場所で暮らそうなどとは考えない。

「いえ、だから……害獣とかに注意すれば、意外と暮らし易い場所なんですよ？」

――その「害獣」の中には、B級相当の魔獣も含まれるのか？


言いたい事、問い詰めたい事は山のようにあるナバルであったが、ここでそれを口にしても詮無《せんな》い事は解っていた。どうも目の前にいる子どもとの間には、認識に大きな隔たりがあるようだ。

「……まぁいい。で、討伐報奨金は辞退するって？」

「ええ。だって僕は冒険者じゃありませんから。受け取る資格も無いでしょう？」

「厳密にはそうとばかりも言えんが……手続きがややこしくなるのは確かだな。で、報奨金の代わりにコイツをって事か」

「はい。報奨金の方は、『幸運の足音』の皆さんに」

ちらりと目を遣《や》った先のクドルたちが居心地悪そうなのを見て、ユーリの活躍が大きかったんだろうと察するナバル。だが、ユーリの言う事も一理あるので、ここはありがたくユーリの提案を受け、報奨金やギルドのポイントはクドルたちに与える事にする。金額的にはティランボットの素材の方が高いだろうし、まずまず妥当な決着のように思えた。

「すまんな。その分、買い取り価格にゃ色を付けとくわ」

「……は？」

「……あ？」

てっきりユーリがティランボットを売ると思い込んでいたナバルであったが、ユーリにそんな気は毛頭無い。美味い肉も、上質の毛皮も、そして勿論内臓も、全て自分で消費するに決まっている。

ギャンビットグリズリーの胆嚢《たんのう》はアドンに巻き上げられた――註．ユーリ視点――が、ティランボットの胆嚢も、それに負けず劣らず良い薬になるのだ。

「……薬？」

「えぇ。先日お渡ししたポーションとかですよ。……あっちはモノコーンベアとかバイコーンベアとかの肝ですけど」

ユーリの言葉に、思わず口にしていた酒を噴き出し噎《む》せ返る冒険者たち。ギルド併設の酒場で飲みながら聞き耳を立てていた連中であるが……それも無理はない。モノコーンベアだのバイコーンベアだのの肝と言えば、下手をすれば素材の段階で金貨が動くような代物だ。間違っても普通のポーションの材料に使ったりはしない……普通は。

「けど、あるものを使わないのはもっと勿体《もったい》ないですよ？」

実際役に立ったでしょ——と言われると、誰一人として返す言葉が無い。特に、ユーリのポーションで一命をとりとめた「赤い砂塵」の面々は、心底納得したように頷いている。

「内臓はともかく……毛皮もか？」

長く艶《つや》のある毛で覆われたティランボットの屍体を眺めながら、ギルドマスターであるナバルが問いかける。……いや、口に出したのはナバルであるが、その思いはここにいる全員……特に、報《しら》せを聞いて詰めかけた商人たちに強い。これだけの毛皮、売るとなったらどれだけの金貨が動くだろうか。貴族どころか王侯への献上物としても、遜色《そんしょく》の無い逸品である。

「……ユーリ君……その……」

「あぁ、申し訳ありませんけどアドンさん、これはお売りするわけにはいきません。僕の身の安全にも関わってきますし」

「いや……そうだろうね……」

——肌触りは無論、保温と防刃性に優れたティランボットの毛皮を売る気など、ユーリにはさらさら無かった。山で暮らしていく上で、丈夫な衣服は命綱である。

毛皮を売って、その代金で防具なり何なりを買えば——と言いたくなるだろうが……ユーリがいるのは塩辛山である。ローレンセンで手に入る武器や防具が、彼《か》の地の魔獣に通用するのかと問われれば……甚《はなは》だ心許《こころもと》ないとしか答えられない。その意味では、強力な魔獣の素材を以《もっ》て塩辛山の魔獣に当たるというユーリの方針は、妥当なものと言わざるを得ないだろう。

ただ……ユーリの計画はそこから更に斜め上に転回していた。

「毛は紡《つむ》いで糸にしてから織るんです。結構良いものになるんですよ♪」

「「……は？」」

毛皮をそのまま使うのではなく、糸に紡いで織るのだという。一体どんなものになるのか見当が付きかねたが、それでも上質なものになるであろう事だけは予想できる。

（……なるほど、綿はともかく毛織物への食い付きが思ったほどでもなかったのは、そういうわけじゃったか……）

居合わせたオーデル老人は、自分でもアミールヤギを飼っている事もあって、何となく納得できるものがあった。このティランボットとやらは別格としても、普段から魔獣の毛で織った衣服を着用しているなら、ただ温かいだけの羊毛など、さして気を惹《ひ》かれる対象ではあるまい。

（魔獣の毛で織った服に、魔獣の肝で作ったポーション、それに魔獣の肉を常食か……）

（「……田舎のやつらってなぁ、俺たちが思う以上に贅沢な生活をしてんじゃねぇのか？」）

ユーリを「田舎の住人」のサンプルとして扱うのは拙《まず》いのだが、そういう思いを禁じ得ない冒険者たちであった。

＊＊＊

その夜、アドンとオーデル老人は、アドンの自室で酒を酌《く》み交《か》わしていた。話のネタは無論ティランボットである。

「駄目元で声をかけてみたのだが……やはり断られたな」

残念そうに言うアドンに、オーデル老人は呆れたように言葉を返す。

「ギャンビットグリズリーの肝をせしめておきながら、その上にティランボットまでもというのは、ちと強欲が過ぎはせんか？」

「解っているとも……だが、それでも一応、確認せずにはおれなかった……」

「まぁ……アレはのぉ……」

傍目《はため》に見ただけでも、その美しさは際立っていた。恐らくは手触りも一級……いや、特級品であろう。下手に触ると欲と煩悩《ぼんのう》を抑えておけそうにないという理由で、アドンは手を触れるのを避けている。なのでオーデル老人も、それに付き合って触るのを遠慮しているのだが……孫娘《ドナ》はそんな事には頓着せず、触って歓声を上げていた。その様子を見て歓声を耳にすれば、毛皮の品質など明らかである。

「どうしてもと言うなら……ティ《ア》ランボッ《レ》ト以上の素材と交換であれば、ユーリ君も首を縦に振るかもしれんが……」

「アレ以上の素材と言われてもな……」

そりゃ、ドラゴンやグリフィンの素材とかならユーリも交換に応じるだろうが……そんな代物がおいそれと用意できるわけが無い。現実的なのはスパイダーシルクだろうが――

「……それとなく持ちかけてはみたのだがな」

「どうじゃった？」

「断られたよ、やんわりと。繊細過ぎて扱えないからという理由で――な」

「ふむ……一理も二理もある理由じゃのう」

幕間　マーシャさんのお留守番〜仕立屋の精霊と女工哀史?〜

秋晴れの空の下をふよふよと飛んでいる小さな二つの影。その片方が——やや疑わしげに——もう片方に問いかける。

『ねぇ、マーサ……だっけ?　本当なんでしょうね?　その話』

『マーシャだってば。何度も言うけど——本当よ。もうすぐその目で確かめられるわよ』

——その小さな二つの影は、やがて塩辛山の麓にある廃村の中へと消えて行った。


『うわぁ……本当にルッカの和毛《にこげ》だぁ……』

『さっきからそう言ってるでしょ。もぅ、本当に疑い深いんだから』

『だぁってぇ……まさか本当にルッカの和毛とか、思わないじゃない?』

新参の精霊が拗《す》ねたように反論すると、マーシャはふと遠い目をして言葉を返す。

『まぁね……信じ難いのには同意するわ。この目で見てたあたしだって、未だに信じられないくらいなんだから……』

その様子を見た新参の精霊は、きっと何か凄い場面があったんだろうなと、察しの良いところを見せる。ここは追及しないのが正解だろう。

『……で、どう?　使えそう?』

『勿論!　仕立屋《ドレスメーカー》の名に懸けて、一世一代のものを作ってみせるわよ!』

――ここまでの会話でお察しの向きもおいでであろうが……この新参の精霊は仕立《したて》の職人であった。ルッカが最初に討伐されてから五年を経た今日、マーシャがユーリから貰い受けたその素材を活かすべく、遂《つい》に「仕立屋」の精霊がこの地に降り立ったのである。

その仕立屋の彼女であるが、仲間の精霊たちからはドロレスとかドロシーとか呼ばれている。基本、精霊は名前を持たないのであるが、精霊たちの間をあちらこちらと飛び廻っている彼女は噂話のネタにされる事も多く、そうした際に名前が無いのは不便だという事で、仕立屋《ドレスメーカー》の名告《なの》りをもじってそう呼ばれているのであった。

マーシャとは違い、やや癖のある栗色の髪は職人らしく短く切り揃えられており、腰には仕立屋の七つ道具とも言えそうなものを身に着けている。実は彼女は【収納】のスキル持ちで、材料となる糸だの布だのは大量に【収納】内に仕舞い込んでいるのであるが、普段能《よ》く使う道具については、いつでも使えるようにと身に着けていた。

そんな彼女《ドロシー》は愉《たの》しげにポキポキと指を鳴らす――マーシャとは別方向に乙女らしからぬ振る舞いである――と、

『さ、始めるわよ！』

――声も高らかに作業の開始を宣言した。

『態々《わざわざ》こんなとこまで出張《でば》って来たからには、それに見合う仕事をしなくちゃね！』

……余談であるが、実は塩辛山の近辺で精霊の姿を見かける事はほとんど無い。

魔素に満ち溢れた塩辛山は、一見すると精霊にとっても住み心地が良さそうに思えるのだが……実は魔素が強いため、精霊を獲物と狙う魔獣も多く棲んでおり、精霊からは却《かえ》って敬遠されがちである。エンド村の辺りでさえ精霊は稀《まれ》であると言えば、その過疎《かそ》ぶりがお解り戴けようか。

そんな――精霊的には――最果《さいは》ての地にドロシーがやって来たのは、言うまでも無くルッカの素材に釣られたからである。

何しろ巨鳥ルッカと言えば名うての乱暴者。自在に空を飛び廻るため、精霊は無論、人間の冒険者でも討伐するのは難しい――何しろ形勢悪しとなれば、すぐに飛んで逃げ去る――相手だ。畢竟《ひっきょう》、その素材が市場に出廻る事は稀であり、況《ま》して精霊の手に入る事などほとんど無い。

そんなルッカの素材が――精霊的基準で――使い放題と言われれば……そりゃ、何を措《お》いても駆け付けるのが職人だ。人間の職人であってもそれは同じで、ユーリがルッカの羽毛を布団《ふとん》にしているなどと知れば、血涙紅涙を絞るであろう事は間違い無い。知らぬはユーリばかりである。

ちなみにこの〝ルッカの和毛《にこげ》〟であるが、実はユーリが羽毛布団を作った時の残り……と言うか、いわゆる端切《はぎ》れである。

何しろ巨鳥ルッカともなると、一枚の羽根ですら馬鹿でかいサイズとなる。羽軸などそのままペン軸――それも太めのやつ――に使えそうなくらいであって、罷《まか》り間違っても布団に詰められるようなものではない。なのでユーリは使えそうな部分だけを回収して、残りは不要材扱いにしていたのだ。燃したり埋めたりされなかっただけ、まだ幸運というものであろう。

マーシャがユーリからせしめたのは、その羽軸に付いていた綿毛の部分である。柔らかいのは柔らかいのだが、使いどころを思い付かないユーリが不要品扱いしていたのを、精霊向けの布の素材に使えそうだと目を付けたマーシャが、ユーリから譲ってもらったという次第なのであった。

話を戻して――そんな彼女《ドロシー》が何をしているかと言うと……

『いつ見ても凄いわねぇ……』

『ま、これがあたしの取り柄《とえ》だからね』

仕立て屋精霊のスキルによって、（精霊基準で）山積みになっていたルッカの和毛が、みるみる糸に紡《つむ》がれていく。【田舎暮らし指南】師匠も顔負けの所業《しょぎょう》である。山のようにあったルッカの和毛が一山の糸に化けた頃には、さしものドロシーも疲れを覚えていた。

『はい、これ』

そんなドロシーにマーシャが――澄ました顔で――差し出したのは、ユーリ（とマーシャ）が共同で開発した改良型のポーション……と言えば大袈裟《おおげさ》だが、要は従来の魔力回復ポーションに、仄《ほの》かな甘味のあるカバノキなどの樹液を添加して、飲み易いように味を調《ととの》えたものである。ポーションの味を知っているのか、最初は気の進まぬ様子を見せていたドロシーであったが……それも一口日を味わうまでであった。

『何よこれ!?』

『ふっふ～ん、気に入った？』

得意顔のマーシャから説明を受けたドロシーの方は、感嘆と呆れの綯《な》い交《ま》ぜとなった複雑な感情を抱いていた。大体、ポーションに甘味を加えて味を改善しようというのが普通ではない。酒精霊という職掌がら酒やポーションに煩《うるさ》いマーシャと、魔境・塩辛山で自給自足の引き籠もり生活を送っているという少年の、ある意味で理不尽とも言える絶妙のタッグが無ければ、こんな代物は誕生し得なかったであろう。

実は、知る人ぞ知る事実であるが……ポーションに安直に砂糖を加えたりすると、ポーションとしての効果が落ちるのである。効果を落とさずに甘味を加えるのには、本来なら秘伝とも言うべきノウハウが必要なのであるが……【田舎暮らし指南】というチートな師匠を持つユーリは、例によって無自覚にその難関を突破していた。しかもユーリが甘味として添加したのは、塩辛山に自生しているカバノキから採った樹液である。それ自体が魔素を含んでいるため、ポーションに添加した場合にも馴染《なじ》みが良い。

斯《か》くいった理由から、ユーリ（とマーシャ）が作り上げた〝改良型〟ポーションは、正しくその名に相応《ふさわ》しい効能を発揮していたのであった。……ローレンセンの冒険者ギルドで「赤い砂塵」が復活したのも宜《むべ》なるかなである。

で――そんな滋養強壮特効薬を与えられた社畜《ドロシー》の反応は……これはもうお約束と言うか、充分以上に予想できたものであった（笑）。

『よぉしっ！　魔力が回復したなら問題は無いわ！　このまま仕事を続けるわよ！』
『え……？』

マーシャにとってみれば、ある意味で青天《せいてん》の霹靂《へきれき》である。

ちょっとだけ得意顔をしてみたかっただけで、友人《マーシャ》をブラック勤務に駆り立てるつもりなど露ほども無かったマーシャは狼狽《ろうばい》するが……そんな友人の心情を斟酌《しんしゃく》できるような余裕は、今の職人《ドロシー》には存在しない。封じられていた獣が解き放たれたようなもので、社畜改め猛獣となったドロシーは、製作意欲の赴《ぼうそうする》くままに、作業の進捗《しんちょく》に向けて邁進《まいしん》――もしくは吶喊《とっかん》――して行った。

紡《つむ》ぎ終えた糸を、これまたあっと言う間に布に織り上げると、染色・裁断・縫製といった過程を、持てる魔力を存分に使い倒して、非常識なペースで進めていく。本来なら魔力量が進捗《しんちょく》のネックとなるのだが、幸か不幸か今のドロシーの手許には、ユーリ謹製の特効ポーションが大量にあった。

『あの……ドロシーってば……』

『煩《うるさ》いわね！　客はそこで黙って見てなさい！』

客商売としてその放言――寧《むし》ろ暴言――はどうなのかという気もするが、そんな良識などどこ吹く風と、中毒一歩手前まで薬《ポーション》を飲んで作業を進める。もはや正しいポーションの用法ではない。正真正銘の「覚醒剤《ねむけざまし》」である。

傍《はた》からはブラックな社畜気質のようにしか見えないが、本人に言わせると〝職人なんて大抵こんなもん〟――らしい。

尤《もっと》もさすがに夜が更《ふ》けてからは、

『あんたはどうだか知らないけど、あたしは眠いのよ！』

――という、マーシャの力強い説得によって、渋々と睡眠をとっていたが。

＊＊＊

『じゃあ、手間賃としてルッカの素材と……このポーションとお茶も貰っていくわね』

疾風怒濤《しっぷうどとう》の勢いでマーシャの冬服を作り終えたドロシーは、手間賃として最初に約束していたルッカの素材の残部だけでなく、ポーションやお茶の類《たぐい》までせしめたらしい。当初より報酬が増えた分は、仕立てる服の数を増やした事で相殺《そうさい》したようだ。……と言うか、滾《たぎ》る熱情《パトス》の赴く《ぼうそうする》ままに服を作っていたら、いつの間にか服が増えていたというのが正しいのだが。

『いや〜、あんたがポーションやお茶を作ってくれてて好かったわ。あたし、下戸《げこ》だから酒は飲めないし』

『う、うん……それはいいんだけど……あの、飲み過ぎないようにしてよ？　本当に』

『大丈夫だってば。実地に使ってみた事で、効能とか限界とかも大体判ったから』

——と、友人《ドロシー》は自信ありげに宣《のたま》うのだが……嘗《かつ》て無いほどハイテンションになった友人の姿が目に焼き付いた今となっては、その台詞《せりふ》も額面どおりに受け取る事はできない。そもそも〝限界が判った〟発言自体、不穏なものとしか響かないではないか。世の中にはポーションを与えては駄目な者も存在するのだと、マーシャは今回初めて知った。……そう言う傍《そば》から、その友人に押し切られてポーションを渡してしまったのであるが。

押し売り紛《まが》いの形ではあったが、服を余分に作ってもらった以上、その報酬は渡すべきであるし、何よりも……

（……ま、大丈夫でしょ。和毛の残りも、精々あと一着分が有るか無いかだし）

そんな状況では作業にのめり込んで、中毒一歩手前までポーション《かくせいざい》をガブ飲みするような事にはなるまい……と、マーシャは胸中で考えていた。


——一方、廃村を後にしたドロシーの方はと言えば、また別の視点から別の事を考えていた。

（……ルッカの素材を簡単に調達して来るくらいだから、マーシャと暮らしてる人間って凄腕《すごうで》の狩人よね？　だったら……ルッカ以外の素材だって、集めるのはお茶の子さいさいよね？）

魔素の豊富な塩辛山だ。優良素材《おたから》も唸《うな》るほど眠っている筈。猟の片手間にそのいくつかを少々採って来てもらうくらい、凄腕の採集人には然程《さほど》の負担にもならないのではないか？　何もルッカのような魔獣を狩ってくれなどと言うつもりは無い。繭《まゆ》の抜け殻とか、種子の綿毛とか、そういうちょっとしたものを採ってもらうだけだ。

（……狩人さんには会えなかったけど、どうせ衣替えのシーズンには、また塩辛山に行く事になるだろうし……その時にでも紹介してもらえばいいよね）

＊＊＊

遠く離れたローレンセンの地で、その頃一人の少年が妙な寒気を覚《おぼ》えていたとしても……それはドロシーの考慮の外にあった。

第二十章　二人の姉妹

1.　二つの出会い

　その日の朝――アドンに託していたユーリの「商品」のうち、ギャンビットグリズリーの骨と胆《たん》嚢《のう》の売却益だと言って渡されたのは、想定外の大金であった。グリードウルフの素材を売って得た代金すらまだ使い切っていなかったユーリは、思いがけず得た泡銭《あぶくぜに》の使い途《みち》に頭を悩ませる羽目になった。結局、ドナの言うように「金は使うべき時に使ってこそ」だろうと、自分の村に足りないあれこれを買い揃えておく事にした。

　前回の買い物の時は主にドナに引っ張り回されたので、ユーリの買いたいものを見て廻る暇は無かった。なので今度は徹頭徹尾自分の欲しいものを見て廻る――そう宣言した上で、オーデル老人とドナに同行を頼むと、二人は快く承諾してくれた。

「で、ユーリ君、見て廻りたいものって何なの？」

「うん、刃物とか鍋釜なんかが足りないのと、糸や布、炭。あとは育てられそうな作物かな」

　ちなみに炭に関しては、燃料というより鉄への浸炭《しんたん》が目的であったりする。

「……って、十二歳の男の子が欲しがるものじゃないわよね」

「でも、無いと困るのは確かだし……」

無い無い尽くしの山村生活では、色々と足りないものが出て来るのだ。折角ローレンセンを訪れたのだから、必要なものはこの機になるだけ入手しておきたい。

殊《こと》にユーリを悩ませているのが、酒造原料となりそうな作物であった。商都ローレンセンに赴くに当たって、酒の原料になりそうなものを仕入れて来いと、マーシャに厳命されているのだ。

（出来合いのお酒を買って帰るだけじゃ駄目だって、しつこく釘を刺されたからなぁ……）

ユーリの見るところ、事は酒精霊としての矜持《きょうじ》に関わるようだ。他人が造った酒に舌鼓を打つなど、酒精霊として何か負けたような気がするらしい。同じく生産者気質のユーリとしても、その気持ちは解らなくもないのだが、

（お酒が造れるほどの量を買い込むのは難しいだろうし……そうすると、原料になりそうな作物の苗か種を手に入れるしか無いんだろうけど……）

今の時期に苗など手に入るのか？　いや、そもそも商都で苗など売っているのか？

（果実を買ってその種を得るのが、一番現実的なんだろうけど……）

今は九月。秋の実りが出始める頃ではあるが、酒造原料の最右翼たるブドウやリンゴが本格的に出廻るのは、まだ一月《ひとつき》近く先である。それ以外に何か使えそうな作物があるだろうか。……いや、糖質か澱粉質《でんぷんしつ》を含んでいれば、理屈の上では酒造原料となり得るのだから、それこそ芋でもタマネギでも、果てはトウモロコシの茎でもいい筈なのだが……

（マーシャのお気に召すかどうかがなぁ……）

キワモノ扱いして腹を立てるかもしれない、いや、きっと腹を立てるだろう。どうすればマーシャの機嫌を損ねずにすむか。ユーリは密かに頭を悩ませていた。

そんなユーリの苦衷《くちゅう》は知らぬ筈ながら、ユーリが内心で凹んでいるのには、オーデル老人も気付いたらしい。それが孫娘《ドナ》の失言によるものではないかと、老人なりに危惧したようで、

「……まぁ、ユーリ君が欲しいというものに、儂《わし》らがケチを付けるのもおかしいじゃろう。構わないから好きなものを買いなさい。ユーリ君が稼いだ金なんじゃ」

――という経緯《いきさつ》で、雑貨、衣類と見て廻る事にする。色々と目に付いたものを買い込んだ後で、最後に生鮮食料品を扱っている場所へと足を向けた。これらは雑貨や衣料品とは別に、ローレンセンの北側の一画、通称北市場で商われているという。そう聞いた三人が青物などを売っている一画にやって来たところ……

＊＊＊

「……あの子、何を売ろうとしてるのかしら？」

ドナが不審そうに目を向けたのは、恐らくユーリよりも幼いであろう姉妹であった。何か袋に入ったものを懸命に売ろうとしているようだが、声をかけられた者はいずれも邪険に、不機嫌そうにそれを振り払っていく。

「……あそこまで不評なものって、何なんでしょうか？」

「さぁてのぅ……却《かえ》って興味を掻き立てられるのは確かじゃな」

ブラブラと近寄って来た三人を見て、縋《すが》るような目付きで姉らしき少女が声をかける。

「あの……お願いです、見るだけでも見てください。美味しいんです。毒なんかじゃありません」

〝美味しい〟と〝毒ではない〟

ユーリにとっては甚《いた》く関心を惹かれる組み合わせであったが、一足先に件《くだん》の作物を見た二人は浮かぬ顔である。

「あー……」

「毒芋じゃない……これは売れないわよ」

「毒芋？」

ユーリの前世知識に鑑《かんが》みれば、地球で当たり前に食べられていた作物が、元々は有毒であった事など珍しくない。

大豆にはサポニンやらトリプシン・インヒビターやらが含まれていて、そのまま食べれば腹を壊す。ジャガイモも原産地では毒抜きして食べていたというし、栽培種でも陽《ひ》に当たった部分に有毒なソラニンを生成するのは周知の事実である。サトイモはシュウ酸カルシウムの結晶を含んでおり、素手で皮を剥《む》くと痒《かゆ》みを生じる。スイカでさえ原種は有毒なのである。

前世の知識でそういう事を知っている、そして現世でもリコラの根を毒抜きして食べているユーリにしてみれば、多少の毒があるくらい何のその、今更怯《ひる》むものではない。ただただ興味を掻き立てられるばかりである。しかも……

「違います！　毒なんかじゃありません！　美味しいお芋なんです！」

少女は懸命に言い募っているが……そもそも、その「芋」という作物自体が、この国ではあまり馴染《なじ》みの無いものなのであった。

肥大した地下茎やら塊根やらを持つ植物は、この国でもけして珍しいものではない。山菜で言えば、ユーリが常食としているリコラやヨッパがその好例であるし、それ以外にも何種類かの植物を、ユーリは畑で栽培している。

ただしそのほとんどが、魔獣の彷徨《うろつ》く山地かその近くに生育しているため、住民が活用する機会に恵まれていない。平地にも生えて利用できる種類もいくつかはあるが、単位面積当たりの収量では小麦に劣る事と保存性が悪い事もあって、作物として本格的に栽培される事は無い。大々的に栽培しているのはユーリくらいである。

平地に生える種類も貧者の救荒食扱いで、それとて自生のものを採って食べる程度でしかない。そのうちの一つは地球のサツマイモの原種に近い種類であるが、これらは塩辛山の林内にはあまり生えていないため、現時点でユーリはその存在を知らなかったりする。

ともあれ――

興味を掻き立てられたユーリが覗いてみると、そこにあったのは……

《パパス芋：大陸の一部で栽培されている芋。荒れ地でも生育するが、肥料を多く必要とするのとレンサクショウガイが出るのとで、一般には広まっていない。異世界チキュウのジャガイモに似た種類で、陽に当たって緑色になった部位や芽に有毒アルカロイドを生じる。王国では栽培されておらず、隣国から以前に入って来たものが中毒事故を引き起こして以来、毒草扱いされている》

（うわ……ジャガイモじゃないか……これは買っておかないと……）

こちらの世界で初めて見たジャガイモに、ユーリのテンションは爆上がりである。フライドポテト、ポテトチップス、肉じゃが、ジャガバター……生前好物でありながら、転生して以来ご無沙汰になっていた味を思い出し、思わず生唾《なまつば》が湧《わ》いてくる。
「それ、いくらで売ってもらえる？」

「ユーリ君⁉」

「ユーリ君……言いたくはないが、これには毒があるんじゃが……」

「『毒なんかありません』よ？」

少女とユーリの声が重なる。

思わず少女と顔を見合わせ、続いてドナとオーデル老人に説明しようとしたところで……

「セナっ！」

少女の悲鳴に思わず振り返ると、力無く頽《くずお》れた幼い少女の姿があった。

「ちょっとっ⁉　どうしたのっ⁉」

「セナっ！　セナっ！　しっかりして‼」

「おねぇちゃん……」

生前入院していた時の経験から、低血糖性の昏倒だと素早く見て取ったユーリは、即座に懐中から自作のポーション――栄養補給用に調合したもの――を取り出して姉の方に渡す……二本。治験は既に酒精霊《マーシャ》と冒険者《あかいさじん》で済ませてある。この子に与えても大丈夫だろう。

「すぐに飲ませて。一本は君が飲んで」

「あ、あの……これ」

「ポーションだから心配しないで。それよりも、早く！」

ユーリに急《せ》かされ、慌てて妹の口にポーションの壜《びん》――土魔法で作った無骨な土器――をあてがう姉。満足に飲み下す力も無いようだったが、それでもいくらか口の中に入ったポーションが効果を発揮したらしい。疲れたように眠り込んだが、先ほどと違って呼吸はしっかりしている。それを見届けたユーリは、姉娘の方にもポーションを飲むように勧めると、眠っている妹娘を抱え上げて、ドナとオーデル老人を促す。

「じゃ、帰るとしましょうか」

「あ、あの……ユーリ君、その子たち……」

「連れて帰りますよ？　放って置くわけにもいかないでしょう？」

「そ、それはそうだけど……」

今は自分たちも滞在客の身である。家主たるアドンの都合も聞かず、勝手な真似をするわけには……と躊躇《ためら》うドナに、

「大丈夫。これは取引です。アドンさんが目端《めはし》の利く商人なら、必ず乗ってきますから」

2. パパス芋

幼い姉妹が客用の一室に落ち着き、妹の方はぐっすりと眠っている事、栄養失調気味だが、当面命に関わるほどではない事を、メイドがアドンに伝えて引き下がった。

「……それで？　ユーリ君」

難民らしい幼い姉妹を連れ込んで来て、耳寄りな儲《もう》け話があるからこの子たちを休ませてくれと、

自信ありげに交渉したユーリ。その様子から、この子はまだ何か握っているなと察したアドンは、何も聞かずに二人を部屋に案内し、掛かり付けの医者を呼んで診察してもらった。メイドはその結果を伝えに来たのである。

もの問いたげなアドンの視線を受けて、ユーリは先ほど姉妹から買い取った――ゴタゴタしていたので代金はまだ未払いだが、ユーリの脳内では断固として買い取る事が決定している――芋を取り出してみせる。

「……毒芋じゃないかね。これがどうしたと？」

訝《いぶか》しげに視線を返すアドンを見て、ユーリはジャガイモ――こちら風に言えばパパス芋――の毒の正体が知られていない事を確信する。

「……ひょっとして、ユーリ君はこれの毒抜き法を知っておるのかね？」

「何⁉　毒抜き？」

あるいはという様子でオーデル老人が訊《たず》ね、聞き捨てならぬという様子でアドンが反応する。

「少し違います。このパパス芋は元々毒なんかありません。取り扱いを間違えると、一部に毒が生じるだけです」

……それは毒なのとどう違うのか――という疑問を呑み込んで、アドンは先を続けるよう促す。

それに応えてユーリは自分が知っている事を、そして、ここに戻る途中に姉娘から聞いた事を話していく。

「……光に当てて青くなった部分に、毒ができるのかね……？」

「はい。それと芽の部分ですね。ご覧のとおりこれは芽吹いてもいませんし、色も緑に変色してはいません。食べても問題ありませんよ」

美味しいですよ、とユーリは言うが、だからと言って……と渋るアドンを見てユーリは、

「なら、実際に食べてみましょうよ」

＊＊＊

台所に移動したユーリが、怖々と見守る一同の前で作って見せたのはフライドポテト。手軽に作れて誰の口にも合う、前世地球の定番料理である。五年ぶりの味に嬉々として食べ進むユーリを見て、他の面々も恐る恐る手を伸ばす。

「そこまで怯えなくても……執事さんの【鑑定】で、毒が無いのは確定したじゃないですか」

抜け目の無いユーリは、【鑑定】持ちだという執事に頼んで、調理の前後に毒性の無い事を確認してもらっていた。その保証あればこそ、アドンや料理長など他の面々も食べてみようという気になったわけだが……

「ほぉ……これは、また……」

「美味しい……」

「塩味だけですが……これは乙なものでございますな」

「旦那！　こりゃあ是非とも買い取るべきです！」

「ふむ……ユーリ君、これは他の食べ方もできるのかね？」

「勿論！　煮て良し、蒸《ふ》かして良し、揚げて良し、炒《いた》めて良し。生以外なら大抵いけますよ！」

「「「「ほほぉ」」」」

「あ、でも、現状ではこれだけしか無いんで、お譲りする事はできませんけど」

「「「「え～!?」」」」

先ほどと打って変わって、芋が手に入らない事に不満そうな一同を――こちらは満足げに――眺め、徐《おもむろ》に話を切り出すユーリ。

「で、ここからが商談になるんですよ」

3．飢饉《ききん》

サヤとセナの姉妹が暮らしていたのは、隣国フルストの僻地の寒村だったらしい。そこでは村中総出でパパス芋を作っていたという。これは彼女たちの村だけでなく、近郷近在の村はどこでもパパス芋に頼って生活していたらしい。

「栽培する上で少し気を付ける事はありますけど、栄養豊富で作り易い作物ですから。小麦の栽培に向かない狭い痩せ地でもそれなりに育ちますし、特別な農機具も要りませんしね。色んな意味で理想的な作物でしょう」

他国――ここリヴァレーン王国の事らしい――に売りに行った者が上手く売れずに帰って来た事はあったが、別に無理して売る必要も無いと、村の者たちは暢気《のんき》に構えていたらしい。パパス芋さえあれば自分たちは生きていける。小麦も他の換金作物も不要ではないか。

……その理想郷が崩壊したのが、数年前の事らしい。

「サヤの話では、長雨が続いて冷え込んだ年に、突然パパス芋が枯れ始めたそうです。黒く腐ったようになって、あっという間だったと」

瞬く間に村の畑が全滅し、他に作物を作っていなかった村人たちは飢える事になった。悪い事に、この疫病は近隣一帯に広がっており、大勢が村を捨てて難民化する事になったという。

アドンもオーデル老人も目を瞠《みは》って聴いているが、元・地球人であったユーリには思い当たる事例があった。ジャガイモの疫病によって国民の多数が餓死する事になった、アイルランドの大飢饉である。あの時はヨーロッパ全土にジャガイモの疫病が拡《ひろ》がり、特にジャガイモへの依存が高かったアイルランドで多数の死者を出した。その話については前世の有理《ゆうり》も読んだ事があったのだ。

「種芋まで食べる羽目になったため、翌年の植え付けもできず、栄養失調で弱った身体では満足に農作業もできず……」

「村を捨てた……そういう事かね？」

「バラバラに町を目指したそうですが、いきなり大勢に押しかけられた町の方でも対応に困ったようです。特に余っていたわけでもない仕事を元々の住民と奪い合う形になり、食糧事情も悪化して、難民に対する反感が強まり……後は能《よ》くある話ですね。違っていたのは規模です」

あちこちの町で食糧が不足した結果、周辺の農村への搾取圧が高まり、そのせいで却《かえ》って村を捨てる者が出始め……

「難民が増えて食糧生産が減るんですから、社会として存続していけません。その皺寄《しわよ》せがあちこちに及んで……」

「待ってくれ、ユーリ君。今、我々が直面している食糧不足というのは……」

「隣国の凶作に端を発したもの……少なくとも、それが一因となっている可能性はありますね」

むぅ……と、腕を組んで考え込むアドン。これは中々に大きな話だ。この情報それ自体、話の持って行きようでは色々と役に立つだろう。しかし……耳寄りな儲け話とはこれの事なのか？

そんな不審の念が顔に表れていたのだろう。ユーリは苦笑して話を続ける。

「まぁ、ここまでの話はいわば前段です」

思わせぶりにそう言うと、ユーリはちらりとアドンを見ながら話を続ける。

「サヤの話から、飢饉の状況を整理してみます。町に出た時に大人たちの話していた内容や、会話の端々に出て来た言葉の訛《なま》りなどから察したようです」

頭の良い子ですよね――と言いながらユーリが纏《まと》めた内容は……

・サヤの見た限り、自分たちの住んでいた地方以外からの難民は見当たらなかった。

・難民たちは一様にパパス芋の病害を口にしていたが、他の作物の不作については何も言っていなかった。これは、難民以外の者も同じ。

・サヤの知る限りでは、パパス芋は他の地方でも栽培されていた筈である。

・サヤたちが生まれる前から村ではパパス芋を栽培していたが、今回のような疫病が発生した事は無かった。これは他の村でも同じらしい。

・パパス芋の疫病が発生した年は、稀にみる長雨と冷夏であった。

「次に、これらの情報から引き出される内容ですが……」

・飢饉の範囲は限定的なようで、遠からず終息する可能性が高い。従って、今後は食料品の売り時買い時を間違わないように注意するべきである。

・パパス芋の不作だけで相当数の農民が難民化した。逆に言えば、パパス芋だけでそれだけの数の農民を養っていた事になる。

・この国では不人気なパパス芋も、隣国フルストでは普通に流通している。リヴァレーンに流れて来た難民たちの話から、この事が広まるのも時間の問題であろう。

・今ならフルストの他の地方で、病害に冒されていないパパス芋を入手できる可能性がある。

「……と、いったところでしょうか」

4. 献策

ユーリの解説を聞いたアドンは、察しの良いところを見せる。

「……先手を打ってパパス芋の栽培に手を着けろと？」

「何も今すぐ大規模な栽培を始める必要はありません。隣国の難民を手懐《てなず》けて、栽培の方法や今回の飢饉についての情報を集めるだけでも違うと思います。要するに、この国の食糧事情を改善するに当たって、パパス芋は無視できないという事です。恐らくですが、僕と同じような判断をする商人も出て来ると思います。彼らが躊躇《ためら》うとしたら理由は一つ。今回発生したという病害でしょう」

「それじゃ。儂《わし》ら農民からすれば、病害が発生すると判っておる作物なぞ、手を出すのは躊躇われるのじゃが」

「作物の病害はパパス芋に限った話ではありませんよ？」

「だが、今回の病害は、隣国の農民たちにも手に負えないほどのものだったのだろう？」

「そこの解釈が問題です。まず第一に、彼らが上手く対応できなかったのは、未知の病害だったからでしょう。と、いう事は取りも直さず、疫病の発生は滅多に無い出来事だったという事です」

「「ふむ」」

「次に、彼らが難民化したのは、病害とは直接には無関係です」

「「――何？」」

「と言うか、彼らの油断と驕《おご》りです。パパス芋だけに頼らず、他の作物も併《あわ》せて栽培していれば、ここまでの問題にはならなかった筈。まぁ、逆に言えばこれは、パパスが作物としてそれだけ優秀であった事の裏返しでしょうけど」

「「ふぅむ……」」

二人が考え込んだのを見て、ユーリは話を続ける。

「パパス芋への不信感が根強いこの国では、仮に栽培に成功したとしても、暫《しばら》くの間は販路が期待できないでしょう。しかしそれはそれで、パパス芋に偏見の無い人たちがいるわけです。折しもパパス芋の不作に悩んでいるであろう人たちが……病害が発生した土地で、再びパパス芋の栽培に着手するかどうかは疑問ですしね」

「……隣国《フルスト》へ輸出しろというのかね……？」

「他にも、難民たちをパパス芋の現物支給で雇うとか？　今なら栽培の技術や知識を持った人材もすくい放題ですよ？」
・・・
「救い」なのか「掬《すく》い」なのか判らないような発音で、ユーリは話を締《し》め括《くく》った。

暫く考え込んでいた二人であったが、やがてオーデル老人が顔を上げて質問する。

「ユーリ君……芋の疫病がこの国に入って来る可能性は……？」

「現状で隣国との往き来は何も制限されてないようですからね。無いとは言えないでしょう」

ユーリの言葉に、今度はアドンが問いを放つ。

「対策は？」

「完全な鎖国は無理として、作物は能《よ》く洗って、土を落としてから持ち込むようにする事ですかね」

「土？　病毒は土にあるのかね？」

「とは限りませんけど、芋に付着しているものは何であれ洗い流しておいた方が良いでしょう」

そう言いながらユーリは、もう一つの可能性を指摘しておく。

「一つの可能性ですが、問題の病毒はこの国にもあるのかも知れませんよ？　ただ、隣国と違ってパパス芋の大規模栽培を行なっていないために、被害が顕在化していないのかも」

「だとすると……この芋を栽培する事は、寝た子を起こすような事にならんかね？」

「どんな子だろうと、起こす必要がある時には起こすべきでしょう。そのための備えをしておけばいいだけです」

「「ふむ……」」

「あとは、パパス芋の種芋を入手しても、最初のうちは畑ではなく鉢か何かで、一つずつ離して育てるべきですね。万一の時に病害が広がらないように。もしも病害が発生したら、即座に土もろとも消毒してください」

「「消毒？」」

——こちらでは、土を消毒するという概念は無いらしい。

「あ〜……え〜と……火魔法で株全体と土を灼《や》いて、日光に曝《さら》して浄化すれば良いかと」

「「なるほど」」

「あと、パパス芋は肥料を欲しがりますけど、無闇に与えてひ弱に育つと病気に罹《かか》り易くなると思いますから、注意してください」

「「ふむ……」」

「こういった事を考えても、少なくとも病害の情報を集めておく事は重要でしょう。幸か不幸か、今なら情報を集める事はそう難しくない筈です。隣国からの難民なら、ほぼ全員がその被害者でしょうから」

「……確かに……早く正確な情報を握っておくのは商人の常識だ……。解ったよユーリ君、手始めに難民たちから情報を集めてみよう」

「救済小屋のようなものを開けば、他の商人に怪しまれずに話を聞き出せると思いますよ。あの子たちをそこへ手伝いに遣《や》れば、難民たちも気を許してくれるでしょうし」

「……その歳で、能くもそこまで知恵が回るものだ……ありがとう、参考にさせてもらうよ」

納得して引き下がった様子のアドンに代わって、今度はオーデル老人が口を開く。

「ユーリ君……その、残った芋はどうする気かね？」

「僕が栽培してみますよ。万一の事を考えると、エンド村に持ち込むのは避けた方が良いでしょう。僕のところなら、被害が出ても限定的でしょうし」

「……どっちかと言うと、そちらの方が被害が大きいような気がするんじゃが……」

ユーリの畑を見た身としては、あの畑が全滅するというのは悪夢である。

「いえ、他の作物には恐らく影響が出ない筈です。大丈夫ですよ」

それなら自分たちの村でも同じではないかと言いたくなるが、万一の場合に被害を受ける人数を考えたら、確かに村には持ち込みにくい。それにユーリの事だ、何か策でもあるのだろうと、老人は納得する事にした。

第二十一章　北市場

1．市場へ

　サヤとセナの姉妹を拾った翌日、思わぬアクシデントで頓挫《とんざ》……と言うほどでもないが、中断していたユーリの買い物、これを仕切り直そうという事になった。彼女たちの容態《ようだい》は気懸かりだが、それはそれ。現時点では彼女たちの回復力に任せるしか無い以上、自分たちが屋敷でぼーっと手を拱《こまね》いていても仕方がない。ならばその時間を有効に使って、自分たちの用事を済ませておくのが賢明だろう。

　雑貨や衣料品に関しては既に購入を済ませており、残りは食料品、特に野菜や果物の類だと聞いたアドンが、案内人を付けてくれる事になった。

　……尤《もっと》も、オーデル老人とユーリは密かにお目付役だろうと睨んでいる。顧《かえり》みれば破落戸《ごろつき》を半殺しにしたり難民の少女を拾って来たりと、出かける度に何やら引き起こしているのがユーリである。アドンが警戒するのも蓋《けだ》し当然であろう。……という事が解っているから、ユーリも何も言わずに受け容れる事にしたのであった。

「坊ちゃん方、今日はこいつに北市場の案内をさせますんで。これでも一応は料理人の見習いなんで、食材についちゃあ何かのお役に立つと思います。構わねぇから扱《こ》き使ってやってください。

……ほら、エト、ご挨拶《あいさつ》しな」

料理長のマンドがそういって連れて来たのは、まだ年端《としは》もいかない少年であった。聞けばユーリより一つ下、元・難民で現・小間使い見習いのサヤより一つ上であった。栗色の巻き毛に雀斑《そばかす》を散らした、捷《はしこ》そうな少年である。

「ユーリ様、オーデル様、ドナお嬢様、今日は宜しくお願いします」

マンドにどやしつけられても何のその、けろりと挨拶する辺り、頼もしいと言えなくもない。

「いや……ユーリ様って……そんな大した者じゃないから、普通に喋《しゃべ》ってくれない？」

後ろの方でドナが、お嬢様……と感極まった声で呟《つぶや》いているが、聞かなかった事にしてユーリが訂正を要求する。が——

「旦那様から、くれぐれも粗相の無いようにと言いつかっています」

明朗快活丁寧に、しかしきっぱりと、エトという少年はユーリの希望を一蹴する。エトにとってみればユーリは「お客様」、対してアドンは「旦那様」である。どちらの意向を尊重するかは言うまでも無い。

ユーリは軽く溜息を吐《つ》くと、頭を切り替えてエトに向かう。

「解った。じゃ、今日は案内をお願いするね、エト」

「はい。お任せください」

＊＊＊

北市場に向かう道すがら、エトがユーリに問いを放つ。

「それでユーリ様、何かお目当てのものでもあるんですか？」

「……いや、別に無いけど？」

戸惑うようなユーリに向かって、エトが事情を説明する。北市場は結構広いので、何か特に買いたいものがあるのなら、そちらを優先して案内するという。

「う〜ん……別にそういうのは無いから、満遍《まんべんな》無く見て廻りたいかな」

「解りました。だったら、端から順に見ていきましょうか」


アドンとマンドが太鼓判を押したとおり、エトは案内人として優秀であった。青物市場の隅から隅まで知悉《ちしつ》しており、店の人間とも親しいようで、至るところで声をかけられていた。

……なぜか行く先々で、ユーリを見るなりビクッとしてそそくさと逃げ出す者がいたが……気にしてはいけない。

エトの口利きで様々な食料品を安く入手できて、ユーリはご機嫌ご満悦であった。――が、自分の「村」で栽培してみようという気にさせるものが、意外に少なかったのも事実である。

（まぁ……米とトウモロコシ以外の主要穀物は大体揃《そろ》ってるし、野菜や山菜の類もそれなりに充実してるからなぁ……）

改めて思い返してみると、ユーリが利用している食物の種類は多岐にわたっている。前世日本の記憶に引《ひ》き摺《ず》られているせいで、ヴァラエティに乏しいように思い込んでいたが……こちらの世界の村民があまり利用しない山菜類をレパートリーに加えている分だけ、食の多様性は寧《むし》ろ高いのではないか。何しろ主食となる炭水化物源だけでも、小麦やソバといった穀物の他に、山菜を含む根菜類や芋類、クリやドングリなどの堅果類《ナッツ》など、多種多様なものが揃っている。副食となる野菜や山菜に至っては言わずもがなである。

確かに、現時点ではユーリの村で栽培していない作物も――キャベツ《キャベツ》やタマネギ、ニンジン《キャロ》など――いくつかあったが、それらは帰村時にエンド村から融通してもらえるよう話が付いている。ここで焦《あせ》って買う必要は無い。

それに――作物の種類が増えるという事は、世話する手間も増えるという事だ。後先考えずに買い込むような真似はあまりしたくない。

（寧ろあれだな。マーシャが要求していた酒造原料、こっちを優先した方が良さそうだな）

……とは言っても、ビールやエールの原料となる小麦は、主食の分が優先されるので、醸造に廻すような余分は無い。ジャガイモ《パパスいも》は幸い手に入ったが、これも酒に廻せるのはずっと先になるだろう。サツマイモは見当たらないようだし、トウモロコシもそれは同じ。となると……

（……栽培の可否には目を瞑《つむ》って、そのまま醸造に廻せる原料を買い込んだ方が良いのかな？）

……などと考え込むユーリであったが、いやいや、酒が造れるほど大量に買い込むのは不自然だろうし、ドナやオーデル老人も止めるだろう――と考え直す。

はてさてこれはどうしたものか……などと内心で煩悶《はんもん》しつつぶらついていたユーリの目に――正確には【鑑定】に――引っかかったものがあった。

2. ある出会い

《チャードの一種：肥大した根にショ糖を蓄えており、その搾り汁からは砂糖が採れる。ただし、現在では家畜の飼料用として一部で栽培されているだけで、さほど有用な作物とは見做《みな》されてはいない。その形状から、スズナの一種と誤解されている事も多い。異世界チキュウでテンサイと呼ばれているものに近い》

ユーリは信じられない思いでそれを見つめていた。

（……甜菜《てんさい》……って、砂糖の原料だよね。え？　その事って、知られてないの？）

ユーリは驚愕しているが、地球のヨーロッパでも甜菜から砂糖を抽出する技術が確立されたのは、十八世紀になってからである。根部が肥大した飼料用ビートが栽培され始めたのは十五世紀の事だから、それらを考え合わせればあり得ない事でもない。

「ユーリ様、どうかしましたか？」

「あ、うん。見慣れない作物があったから、つい、ね」

「あ～……全部家畜の餌ですよ、これ。筋が多くて人間様が食べるようなもんじゃないです」

全部という言葉に引っかかりを覚《おぼ》えて見回すと、大小様々なカブの類が山積みになっている。

「そうなの？　僕の知っているところじゃ、カ……スズナの仲間も食べてたけど？」

「あ～……マンドさんから聞いた事があります。どっか遠くには食べられるスズナもあるんだって。でも、こいつらは駄目です。固くて筋張っててえぐみがあって……どうやっても食べられたもんじゃないです」

……遠くと言うか、塩辛山の村落跡地で栽培されていたのだが。

あそこではカボチャ擬《もど》き――この大陸には無いらしい――も栽培されていたし、実験的要素の濃い入植地であったようだ。いずれにせよ、この国では食用のカブは珍しいものであるらしい。

「……随分詳しいけど……食べた事、あるの？」

「え？　えぇまぁ、好奇心ってやつで、ちょっとだけ」

「ふぅん……そうまで言われると、却《かえ》って気になるな。一山買って帰ってみるよ」

「え～……止《よ》した方が良いですよ」

顔を顰《しか》めてエトが止めていると、事情を察したらしい店番の女性も制止に廻った。家畜の餌にするならともかく、自分で食べるのはお薦めできないというのである。

しかしユーリとしては、折角巡り会えた甜菜を手放す気など毛頭無い。カブの方はカモフラージュ代わりのつもりであったが、ひょっとして栽培と調理の方法次第では、何かに化けるかもしれないと思うと、これも見過ごす気にはなれなくなった。何《なに》より彼《か》により……

（……確か甜菜って、搾り汁からお酒が造れた筈だよね。大根もお酒の原料になるって、何かで読んだ憶えがあるし……）

千載一遇《せんざいいちぐう》のこの出会い。見過ごす事などできようか。……と言うか、買って帰らなければマーシャが怖い。

「……エト君や、ユーリ君がこうまで言っておるんじゃ。買わせてやってはくれんかね。ユーリ君なりに試してみたい事があるんじゃろう」

「え～……おいらがマンドさんに叱られるんですけど……」

〝変なものを買われると〟――と危うく言いかけたのを辛うじて口の中で抑え、それでもお薦めしないオーラ全開のエト。対して、こちらもこちらで断固として買って帰る構えのユーリ。好カードはしかし、エトが折れる事で決着がついた。

「……おいらが止めたって事、ちゃんとマンドさんに言ってくださいよ？」

「勿論じゃよ。エト君は立派に務めを果たしたとも」

「えへへ……立派だなんて、そんな……」

しっかりしているように見えても所詮は十一歳、オーデル老人にあっさりと籠絡《ろうらく》されたエトは、購入した一山を間違い無くアドンの屋敷まで届けてくれるように、店番の女性に交渉している。

ユーリとしては即座にマジックバッグに仕舞い込みたいところなのだが、生憎《あいにく》出かける前にアドンから、人前で迂闊《うかつ》にマジックバッグを使うなと、きつく戒《いまし》められている。なので――

「色々と研究してみたい事があるんで、間違い無くこの一山を届けてくださいね？　中身が違っていたら、受け取りかねますよ？」

――と、きつく念を押していた。……こっそり闇魔法の【暗示】まで使ったのは、ユーリとしては必要な処置の範疇《はんちゅう》であった。

「ねぇユーリ君、随分スズナに執着していたけど、何か考えでもあるの？」

「いえ。スズナって寒い場所でも育つじゃないですか。家畜の餌にも緑肥にもなる優れものですし、その上に少しでも食べる工夫ができたら、色々と助かる事も多そうな気がして」

「ふ～ん……？」

ドナは些《いささ》か疑いを含んだ眼を向けているが、ユーリの発言も必ずしも嘘ではない。スズナことカブの仲間が澱粉質《でんぷんしつ》を豊富に含んでいるのは事実だし、味と繊維質さえどうにかできれば、食物として利用の途《みち》も開けるだろう。調理の工夫――圧力鍋とか――も然《さ》る事ながら、ユーリにはやってみたい事があった。

この地へ転生してから既に五年。その間農作業に使い続けたユーリの木魔法は栽培に特化しており、今や組織培養まがいの事もできるようになっていた。試食してみて味の良いもの、繊維の少ないものを選んでクローニング処理を施し、選抜育種のような事ができないかと考えていたのである。

時間がかかるのは承知の上だが、どうせこの世界での人生は好きに生きると決めている。人生を懸けての趣味というのも楽しそうではないか。

3. 新しき糧《かて》

甜菜《てんさい》などという重要作物に思いがけず出会ってしまったユーリは、俄然《がぜん》本腰を入れて獲物を物色《ぶっしょく》し始めた。何しろ貴重な製糖作物が、家畜の餌扱いされているような状況なのだ。どこにどんなお宝が、人知れず眠っているやら知れたものではない。先ほどまでのノンビリした空気はどこへやら、一転眼《まなこ》をギラつかせて歩き始めるユーリ。エトやドナたちは引き気味である。

それはともかく――そうやって注意と関心を新たにして見回していたのが功を奏したのか、ユーリは辺りの雰囲気が、今までとは少し違っている事に気が付いた。何と言うのか……売られているものの扱いがぞんざいなのである。店の方でも片手間に置いているだけらしく、雑に積まれたそれらの品々には、道行く者たちも然《さ》して注意を払う様《さま》を見せない。チラリと見るだけで通り過ぎて行く。……どこか先日のパパス芋《ほりだしもの》を、彷彿《ほうふつ》とさせるような光景である。

「あぁ……ここらにあんのは何と言うか……万一の時に備えて庭の片隅に植えとくような、そういったもんですよ。おいらたちみたいな貧乏人にはありがたいもんですけど、植えときゃ勝手に育って殖えますから、改めて買うような者はほとんどいないです」

「ふむ……いわゆる『救荒作物』というやつじゃろうかの？」

「キューコー……？　いえ、おいらも何て言うのかは知りませんけど、飢饉《ききん》とかで他に食べるもんが無くなった時に、仕方なしに食うようなもんです」

──救荒作物。何という甘美な響きであろうか。

世話らしい世話をする必要も無く、片隅に植えておくだけで勝手に殖えてくれるというのだ。作物は増やしたい、手間は増やしたくないというユーリにとっては、お誂《あつら》え向きの種類ではないか。

（……とは言っても、侵略的な種類でないかどうかだけは確認しておかなきゃね）

他所《よそ》から安易に導入した生物が、野外に逸出逃亡して、在来生態系を破壊する……いわゆる「侵略的外来種」の問題を前世で知っていたユーリとしては、導入には慎重にならざるを得ない。こっそりと【鑑定】をかけたところで……

（……え？）

──この日二度目の驚きに打たれる事となった。

《イポ：地球産のサツマイモに──少なくとも芋部分は──似ているが、どちらかと言うと原種に

近く、繊維質が多い上に甘味もさほど強くはない。また、地球のサツマイモとは違って、あまり蔓を伸ばさない。味は今一つだが成長が良いため、貧者の作物や救荒作物として利用される事が多い》

《芋豆：地球産のアメリカホド（マメ科）にほぼ相当する蔓性の多年草。塊根を食用として利用する。リヴァレーン王国では貧者の救荒食扱い。単位面積当たりの収量では小麦に劣る事もあって、作物として栽培される事はほぼ無く、野生のものを採集して利用するのが普通。日当たりの好い林内から開放地にかけて生育する》

（ホドイモはともかく……サツマイモ？）

前世のサツマイモとは違って原種に近く、味もそこまで良くないようだが、

（……それでも救荒作物にはなるし……品種改良の手段だって無いわけじゃないし……）

嘗《かつ》てユーリは、木魔法に光魔法や闇魔法を混ぜる事で突然変異を誘発するという裏技を会得《えとく》し、奮い立って実験に邁進《まいしん》した事があった。その甲斐あってか【品種改良】なるスキルを得たのだが……それがすぐに【魔改造】に訂正された事に愕然として頽《くずお》れた憶えがある。

ただ――名称がどう変えられようと、件《くだん》のスキルが品種改良に有効・最適なスキルである事は間違い無い。ならばこのスキルを使う事で、サツマイモ《ポイ》の品質を改良する事も可能な筈だ。一朝一夕《いっちょういっせき》に成し得る事ではないだろうが、選択肢は多い方が良いに決まっている。であれば、ユーリが選ぶべき方針は一つしか無い。

「えー……買っちゃうんですか、これ」

お薦めしないという表情を露《あら》わにするエトであったが、ユーリにはユーリの言い分があった。

「エトは僕が置かれてる状況、知ってるよね？　住んでる場所が場所だから、救荒作物とかを確保しておくのは大事なんだよ」

後ろでオーデル老人が、同意を示すかのように黙って頷《うなず》いているが……エトには納得できないものがあった。

塩辛山で生きていく上で救荒作物が重要というのは、エトにも――一般論としてなら――解らなくはない。承服できないのはその先で、果たしてユーリが「救荒作物」など必要とするのかというその一点であった。何しろマンドの話では、今回ユーリが持ち込んだ作物は上質も上質、特上と言ってよいほどの品質だとか。その上に持ち込んだ量が量である。確かに「一村」が提供する量としてなら妥当なのかもしれないが、「一個人」が提供する量としては、破格を通り越して異常である。例年これだけの余裕が出るのなら、ユーリが備蓄している量もそれなりのものである筈で、今更「救荒作物」とやらに頼る必要があるのか――という疑念が湧くのを抑える事ができない。

まぁ、その辺りはユーリの性格もあるのだろうし、マンドやアドンからも、ユーリの行動を邪魔するなとの厳命を受けている。それに何《なに》よりも彼《か》によりも、チャードの時にユーリが示した断固たる態度に鑑《かんが》みれば、エト一人が不同意を表明したところで、焼け石に水を注ぐようなものだろう。

「まぁ……おいらとしてはお薦めしませんけど、それがユーリ様のお望みなら」

〝購入するのに反対はしない〟という、エトの消極的な言質《げんち》を得ると、ユーリは徐《おもむろ》にいくつかの「芋」を手に取った。掘り上げられた事で根だの葉だのはすっかり萎《しな》びているが――なに、植え付ければすぐにでも新しい芽や根を出す筈だから問題は無い。本来なら洗《あら》い浚《ざら》い根刮《ねこそ》ぎにしたいところなのだが、これらが〝貧者の作物〟だという事情に鑑みると、全てを持ち去るのは拙《まず》いだろう。

（……どうせなら遺伝的系統の違うものが欲しいところだけど……さすがに【鑑定】先生も、そこまでは教えてくれないか……）

それでもできるだけ違いそうなものを――と、懸命に目を凝《こ》らすユーリであり……その傍らで、たかが〝飢饉時の腹塞《はらふさ》ぎ〟にそこまで拘《こだわ》るユーリに奇異の目を向けるエトであった。

4．すもももももも

甜菜に引き続いてサツマイモ――と芋豆――という重要作物に巡り会えた事で、すっかり意気軒昂となったユーリ。人の流れに従って足の向くままに歩みを進めると……

「あ、この辺りは果物の売り場なんだ」

果物――それもユーリが狙いを付けていたターゲットであった。

とは言っても、上手くすれば果樹の苗木が手に入る……などと期待していたわけではない。ただ、果実の現物くらいなら購入できるのではないかと、密かな期待を抱いていたのも事実である。

何しろ果物と言えば有力な甘味源であり……それはつまり有力な酒造原料でもあるという事なのだ。ユーリの村で留守居役を務めている筈のマーシャからも、有望そうな果物があれば買って来いとの厳命を受けている。手ぶらで帰ったりしたら後が怖い。いや、それを抜きにしても、生活水準の向上を謳《うた》うユーリが果物を等閑《なおざり》にするわけが無い。

苗木の入手は諦めるとしても、果実の現物が手に入りさえすれば、ユーリのマジカルな組織培養技術――このところユーリの木魔法は、こっち方面に著しい飛躍を見せつつある――を駆使して、クローンを育てる事ができるのではないか？
……というユーリの淡い期待は、あっさりと打ち砕かれる事になった――その〝現物〟が手に入らないという事実によって。

ユーリの前世の記憶によれば、九月というのは味覚的に〝美味しい〟時期の筈であった。そもそも秋というのは実りの季節である。九月とは言え既に立秋を過ぎている――註．前世日本人的感覚――のだから、秋の味覚は盛りの時期に入っている筈。しかも、暦の上ではどうあれ夏も終わりきってはいないのだから、夏の味覚もその名残《なごり》を楽しめる筈。「端境期《はざかいき》」という名の良いとこ取りの季節の筈であった。

ユーリの住まう塩辛山では山の幸しか味わえないが、ここは王国きっての商都ローレンセン。各地各国から集まって来る秋の味覚を、存分に楽しめる筈である。果物とてその例に漏れるわけが無い……筈であった。

だが――現実というのは得てして無情なものであって……

「あー……今の時期だと、果物はあまり無いですね」

「そんな……」

夏のスイカやメロン、ビワにモモに夏ミカン、秋のブドウにナシ……それらは一体どこへ行ったというのか。

呆然《ぼうぜん》としているユーリに代わってその辺りの事情を説明しておくと……

まず、スイカとメロン——に相当するこの世界の作物——であるが、原産地から大陸南部には伝わっているが、まだリヴァレーン王国には入っていない。少なくとも普及してはいない。前世ではスイカは紀元前に、メロンは十一世紀頃に地中海地方や南ヨーロッパに入ったものの、ヨーロッパの中西部～北部に伝わったのは十五～十六世紀になってからの事だった。違う世界でも歴史は繰り返す（？）ものらしく、こちらでも地球世界と同じような推移を——年代の遅速はあるにせよ——概《おおむ》ね辿《たど》っているようだ。

更に言うなら、こちらの世界のスイカとメロンは、前世日本の類似種ほどには甘くも美味くもないために、客からの受けは今一つである。も一つおまけに、どちらも旬《しゅん》は疾《と》っくに過ぎている。ビワと夏ミカンに至っては、この大陸自体に入っていない有様《ありさま》である。そして……

「ヴァイン《ブドウ》とかの盛りはまだ少し先ですから」

「そうなんだ……」

ブドウについては然《さ》もありなんと予想していたものの、他の果物まで入手できないとは想定外である。ガックリと失意に沈むユーリであったが、

「あ、でもペルシェとかルップはちょうど盛りですよ」

「ペルシェとルップ……？」

「えーと……あ、あれです」

エトが指し示す方向に目を遣《や》ると、そこに並んでいるのは——

《ペルシェ‥遠国から食用目的で導入された落葉果樹で、夏～初秋に実を着ける。紅赤色に着色する果皮の表面には短毛が無く光沢があるが、原産地に生育する別系統の種類には、果実の表面に短毛が密生するタイプもある。異世界チキュウでネクタリンといわれるものにほぼ相当》

《ルップ‥遠国から食用目的で導入された落葉果樹で、夏～初秋に実を着ける。近縁種であるペルシェと同様、果実の表面には短毛が無く光沢がある。果皮の色や味わいが様々に異なる多くの品種が存在しているが、いずれもペルシェに較べると、概して小ぶりで酸味が強い。異世界チキュウでスモモといわれるものにほぼ相当》

（あぁ……ネクタリンとスモモ……モモの仲間は手に入るんだ）

苗木ではないが実を買って帰れば、種子から育てる事もできよう。少しだけ気分が上向いたユーリであったが、その様子を見ていたエトが気の毒そうに言う事には……

「――え？　発芽しない？」

「ええまぁ。ペルシェ《ネクタリン》もルップ《スモモ》も美味いですから、自分で種を植え付けて育てようとするやつが必ず出て来るんですけど……」

――なぜか芽を出さないのだという。

エトは哀れむような視線を向けてくるが……ユーリには思い当たる節があった。

（多分だけど……果肉に発芽抑制物質が含まれてるんじゃないかな……）

前世同室であった病棟仲間から、入院生活の徒然《つれづれ》に聞いた事があった。鳥や獣の消化管を通って排出された種子、すなわち母樹から遠くへ運ばれたであろう種子を優先して発芽させる事で、母樹下での稚樹の無意味な競争を避けると同時に、次世代の分散を図るための適応なのだとか。

（そういう種子を植える時は、予め《あらかじ》果肉を綺麗に取り除いてから植える必要があるんだっけ……）

脳裏でユーリがそういう算段を巡らせている間も、エトによる説明は続いていた。

「……そんなんでも、偶《たま》には芽を出すやつがあるそうなんですけど、今度は花を咲かしても実が生《な》らないそうなんですよ」

――こっちもユーリには思い当たる節があった。

（自家不和合性……自分の花粉では受粉しないんじゃないかな）

ならば打開する策はある。複数の系統を購入して、必要なら人工授粉でも行なってやればいい。

幸いにして目の前には、色合いの異なる複数の品種と覚《おぼ》しきものがあるが、エトに拠ればいずれもスモモ《ルップ》であるらしい。ネクタリン《ペルシェ》の方にはそこまでのバリエーションは無いが、仔細《しさい》に見ればこっちにも、多少の差違はあるようだ。

その辺りを考慮して選んだ一山を間違い無く届けてもらえるように、今度も闇魔法の【暗示】と、何なら【威圧】でも使ってやろうかと思っていたのだが……そうするまでも無く、店主は青い顔をして頷《うなず》いている。……どうも以前にユーリがやらかした「壊し屋」の件を目撃していたらしい。

些《いささ》か不本意な部分はあるにせよ、満足すべき結果が得られるのなら、些事《さじ》など一々気にしてはいけない――と、自分を納得させるユーリなのであった。

5．果物だもの

心中密かに期待していた果物や果菜類のほとんどを入手し損ねて、ユーリはガックリと凹む事になった。が――そこに更なる追い討ちがかけられる。

話の流れで果物類の入荷状況を訊ねたユーリは、そこで驚くべき事実を知った。ここ――王国有数の商都であるローレンセンですら、外国産の果物は滅多に入って来ないというのだ。前世の日本では当たり前のように食卓に並んでいた、バナナ・パイナップル・パパイヤ・マンゴー・ドリアン・マンゴスチン・スターフルーツ……などといった綺羅星《きらぼし》のごときトロピカルフルーツたち。あれらはもはや見果てぬ夢と成り果てたのか……


前世では二十一世紀日本人であり、現世では神の恩恵によって【収納】のスキルを与えられ、更には棚牡丹《たなぼた》式の偶然からマジックバッグを拾う事になったユーリはコロリと失念していたが……生鮮食品の鮮度を保ったままに遠距離を輸送するというのは、これは民衆レベルで平易にできる事ではない。マジックバッグのような魔道具を使わない限り、ほぼ不可能である。

そして――マジックバッグを使うなら儲けが確実な品物を選ぶのが、堅実な商人というものだ。そこを推して目新しい果物を持ち込むというのは、余程自分の目利きに自信のある者か、もしくは一発当ててやろうと目論《もくろ》む博奕打《ばくち》ちであろう。そしてそういった博奕打ちが勝負をかけるのは、北市場のような日常的な買いものの場ではなく……

「どっちかって言うと大市でしょうね」

〝大市〟という聞き慣れない言葉に一瞬気を惹かれたユーリであったが、それを訊《たず》ねる前に、

「あ……でも、ドライフルーツとか蜜漬けとしてなら、こっちにも入ってるかもです」

――というエトの台詞《せりふ》に、一気に注意を持って行かれる事になった。

「ドライフルーツに蜜漬け？　……ここってそんなのも売ってるんだ」

「え、まぁ。あまり多くはないですけど。……どうせこのちょっと先ですし、行ってみますか？」

――というエトの言葉に釣られるように、ユーリはそちらへと足を向ける事になった。


ユーリがドライフルーツや蜜漬けに惹かれたのは、単に食欲のせいばかりではない。いや、無視して帰れば煩《うるさ》そうな同居人《マーシャ》の姿が脳裏を掠《かす》めたのは事実であるが、それよりも……

（……確か日本に寧波金柑《にんぽーきんかん》が伝わったのって、砂糖漬けの種を試しに植えたら芽を出したのが始まり――っていう話があったよね……）

キンカンなどの柑橘類《かんきつ》がこちらの世界に伝わっているかどうか、はたまたそれが庶民にまで広まっているのかどうか、その辺りはユーリにとって未知数ではあるが、見に行って悪い事はあるまい。少なくとも同居人《マーシャ》への手土産は増えるわけだし。それに……

（……ドライフルーツとか砂糖漬けなら、南方の果物も入って来る可能性が……無くもないんじゃないかな。尤《もっと》も……）

砂糖漬けにされた種子が芽を出すかどうかは不安要素であるが、実際に寧波金柑《にんぽーきんかん》が芽を出したという先例があるのなら、期待してもいいのではないか。何なら木魔法という手札だってある。組織培養紛《まが》いの事だってできるようだし、種子に拠らない個体の再生も不可能ではあるまい。寧《むし》ろ問題となるのは、発芽もしくは再生後の個体の生育ではないのか。

こちらの世界の大陸分布などは知らないが、気候条件などから考えると、この国は割と高緯度にあるようだ。ヨーロッパと同じような緯度ならば、日本で言えば東北とか北海道に相当する。発芽もしくは再生させる事が可能であったとしても、それを栽培するのは気候的に厳しいかもしれない。

……などと殊勝な考えを抱くユーリではない。気温が低いなら温室を作ればいいじゃないか、などという野望を抱いていた。ただ、現状ではガラスの入手の目処《めど》が立っていないため、凍結状態になっているだけである。来《きた》るべきその栄光の日のために、今のうちから種子の確保に着手するのは、これはユーリ的には至極《しごく》当然の行為であった。

＊＊＊

「干しブドウかぁ……思ったより置いてる店が多いんだね」

前世で乾燥果実《ドライフルーツ》と言えば、まっさきに思い浮かぶのが干しブドウ《レーズン》であったが、その事情はこちらでも同じらしく、店の大半が干しブドウを置いていた。ただし、そこに至る事情はもう少し、ユーリが思っているのよりは複雑だったようで、

「あー……そろそろ期限切れだからって、どこの店も見切りを付けたんでしょうね」

「期限切れ？」

こちらの世界でも前世と同じく「賞味期限」が設定されているのか――と、関心と当惑の相半《あいなか》ばする感興を抱いたユーリであったが、

「ふむ……そういえば、そろそろワインの季節じゃのぅ」

「あぁ、だからかぁ」

「なんですよねぇ」

「…………？」

一人事情が呑み込めていないらしいユーリのために、エトが説明してくれたのは、以下のような事情であった。

実はこちらの世界では、前世の日本ほどにはブドウの生食は普及していない。ブドウは第一にワインの原料として栽培され、次いで保存食としての干しブドウに廻される。果物コーナーにブドウが無かったのはシーズンオフだからとばかり思っていたが、そもそも生のブドウが市場に並ぶ事自体が稀なのだという。

「生のヴァイン《ブドウ》を食べるなんて機会は、祭の時でもないとありませんよ」

「……祭？」

収穫祭や新年祭の事だろうかと一瞬思ったユーリであったが、その前に〝ワイン〟という単語が出ていた事から、これは前世のワイン祭りのようなものではないかと気が付いた。確かあれは新酒のお披露目《ひろめ》のようなものであった筈だが……その頃にはブドウの収穫は終わっているのではないのか？　怪訝《けげん》の色を浮かべるユーリであったが、実はこちらの世界のブドウ祭りというのは、できた新酒のお披露目ではなくて――

「その年のワインを仕込んだ時に、良いワインができる事を願ってお祭りするんですよ」

一種の予祝行事のようなものらしい。その時に、仕込みに使わなかったブドウが参加者に振る舞われるのだという。ただし、それらのブドウはあくまで酒造用なので、生食した場合の味はあまり期待できないそうだ。

マーシャはそんな祭りの事は何も言っていなかったが……と、内心で密かに訝《いぶか》るユーリであったが、これは偏《ひとえ》にマーシャが人間の行事に無関心であったが故の行き違いであった。まぁ、ユーリも大方そんな事だろうと察してはいたが。

ちなみに、ユーリも山ブドウの栽培には着手しているのだが、生憎《あいにく》な事にユーリが——と言うか、正確にはマーシャが——塩辛山の数カ所で自生の山ブドウを発見したのは去年の夏。その中から粒の大きいものや味の良いものを選抜して畑に移植したのがその年の秋。現時点では数を増やすのを最優先にしている状況なので、そろそろワインの時期などという事は、ユーリの脳裏には浮かばなかったというわけである。

で——それが干しブドウの安売りとどう関係するのかと言うと……

「ワインの仕込みに使う他に、干しブドウに加工される分もあるんですよ。そいつらがそろそろ実る頃なんで……」

「あぁ……今年の分が入荷する前に、古い分を売り払おうって？」

「そういう事です。けど……この時期まで売れ残ってるものってのは、やっぱり作りが雑なんで、正直お勧めはできないですね」

「——雑？」

有害なカビでも生えているのか、それとも虫や土でも混じっているのかと、一旦は危険視したユーリであったが、エトの言葉に身を引き締める事になる。

「いえ。種とか取ってないんですよ」

——今　何と　言った？

「……種を……取って……ない？」

「えぇ。やっぱ食感が悪くなるんで、種とかは取っておくもんなんですけど、安かろう悪かろうでそれをしてないものもあるんですよ。大抵はこういう具合に店晒《たなざら》しになるのがオチなんですけど。ま、売れ残るべくして売れ残るって感じですね」

〝残るべくして残る〟……それはつまり、ここで自分と巡り会うのが運命であったという事か？　いや、きっとそうに違い無い。これはあの慈悲深い神様のお引き合わせなのだ。

宿命論的な歓喜の念に囚われたユーリは、嬉々として〝（売れ）残っている〟ブドウの群れに向かおうとして、

「ま、今頃まで売れ残ってるのは、大概が雑な作りの安物ですよ……ヴァイン《ブドウ》に限らず」

――という台詞《せりふ》の後半部分に注意を引かれて足を停める。〝ブドウに限らず〟？　……という事は、ブドウ以外にも「種を残した」ドライフルーツがあるという事か？

改めて周りを見渡せば、干しブドウ以外にもいくつかのドライフルーツらしきものが並べてある。エトの教示に拠ればそれらは、

「アプリ《リンゴ》とクインス《マルメロ》ですね」

「アプリ？」

――はて？　ユーリの村でも野生のリンゴは栽培しているが、あれは「プルア」というのでは？

「あぁ、それは野生のやつですね。ここのとは種類が違うんですよ」

「どう違うの？」

「あー……えーと……」

「ふむ、儂《わし》の方から説明しようかの」

　エトには荷が重いと見て取ったオーデル老人が説明を代わる。それによるとアプリもプルアも、元々はこの地に生えていたものではないらしい。原種に近いプルアが大昔に持ち込まれたが、それは定着する事無く野生化して今に至り、その後に持ち込まれた改良種のアプリが広まったという事のようだ。一般的にはこの両者は〝似てはいるが別種〟という認識らしい。

　ちなみに、「クインス」というのは前世の「マルメロ」に似た種類のようだ。実はマルメロと同様に硬くて酸味や渋みがあるため、そのまま生食するには向かない。そのためか、ドナの関心も今一つのようだが……ユーリにとってそんな事は問題ではない。地球のマルメロと同じなら、ジャムやシロップ漬け・果実酒などに利用できるし、咳止めか何かの薬効もあった筈だ。スルーするなどとんでもない。これだって立派な果物には違い無いのだ。

　以前にも増して嬉々とした様子で、〝雑な作りの《たねののこっている》〟ドライフルーツを選んで買い漁《あさ》るユーリ。エトとドナは呆れ顔であったが、オーデル老人の方はユーリの狙いに気付いたようだ。ふむ――といった様子で頷くと、こっちも種子の残っているものを探し出してユーリに渡していく。〝ドライフルーツの種〟が発芽するものかどうかは疑わしいが、数を試せば一つくらいは、何かの間違いで芽を出さないとも限らない。仮に芽を出さなかったところで、「ドライフルーツ」自体は手に入るのだ。ユーリの滞在中に生のヴァイン《ブドウ》やアプリ《リンゴ》・クインス《マルメロ》が手に入るかどうかが際どい以上、ここで確保を図ろうとするのは間違っていない。

――斯《か》くしてユーリはオーデル老人の協力の下《もと》、新たな果実の入手に成功するのであった。

6．花市場

　ドライフルーツの売り場を後にしたユーリは、気を取り直した様子で歩みを進めていた。予想よりも生鮮果実が手に入らなかったのは残念だが、改めて考えてみればそう悪い結果ではない。モモ《ペルシェ》とスモモ《ルップ》は手に入れたのだし、ブドウ《ヴァイン》にリンゴ《アプリ》とマルメロ《クインス》も――ドライフルーツという形ではあるが――一応は種子を手に入れたのだ。今にして思えば最初の想定が甘かった……と言うか、欲を掻き過ぎていた。今回の成果だけでも充分とするべきだろう。それに……

（まだまだ売り場は残ってるしね）

　何しろ甜菜にサツマイモなどという優良作物――の候補――と巡り会う事ができたのだ。これが神様のご厚意であるとしたら、〝運が好ければひょっとして〟という期待も野望も芽生えようというものだ。古人の教えにも〝二度あることは三度ある〟と言うではないか……

　当てが外れた失望感などどこへやら、一転してフンスフンスと鼻息を荒げて進むユーリ。その姿に一抹の危機感を覚《おぼ》えていたらしき同行者たちであったが、

「わぁ♪」

　やがて現れた光景にドナが歓声を上げると、そんな気分も薄れたようだ。

「へぇ……」

「ほぉ、これはまた何と言うか」

　ユーリたちが足を踏み入れたのは、切り花や鉢植えなど様々な花を扱っている一画であった。

「素敵じゃない？」

色とりどりの花が整然と並べられた様《さま》は、確かに〝見応えある〟の一語に尽きる。しっかり者とは言え多感な年頃のドナが心を奪われるのも、宜《むべ》なるかなと言えるだろう。ただ……ドナはただ綺麗な花として見ているだけだが、ユーリは別の視点からそれらを眺めていた。

――意外に思われるかもしれないが、ユーリの村にも花畑はある。植えている野菜が花を着けるというのではなくて、正真正銘に花を主目的として作られた畑があるのである。その切っ掛けとなったのはお馴染みのマーシャであった。

『こうして見ると今一つ潤いに欠けると言うか……食指の動かない花ばかりよね』

花を見て最初に口にする感想が〝食指〟云々《うんぬん》というのもどうかと思うユーリであったが、その点は敢えて口には出さず、

『〝食指が動かない〟――って、どういう事さ？』

食用花《エディブルフラワー》でも植えろと言うのか、この精霊は。

『そうじゃなくて――』

マーシャが不足を訴えたのは、蜜源としての花であった。精霊は平素花の蜜などを食する事も多いそうだが、それに向いた花が少ないと不満をぶちまけたのである。

マーシャの本分は酒精霊であるからして、酒の原料たり得るもの、すなわち澱粉質や糖質の確保には煩《うるさ》いところがある。まさか花の蜜で酒を造ろうなどとは思うまいが、酒精霊としての本性――あるいは本能――に根ざす衝動のようなものがあるらしい。

思い起こせばユーリも前世で、サルビアの花を摘んでその蜜を吸った記憶がある。量は確かに微々たるものだが、それでも確《しっか》りとした甘味を感じる事ができて、ある種の満足感を覚えたものだ。故にマーシャの言い分も解る。

（それに……蜜と言えば訪花昆虫の誘引源だよね）

ユーリの畑に植わっている作物も、自前で蜜や花粉を提供して訪花昆虫を誘っているが、それ以外の蜜源があっても悪くはないだろう。開花の時期を調整してやれば、一年を通じて訪花昆虫が居着くようにだってなるかもしれない。延《ひ》いては天敵相が充実する事で、害虫の発生をより低く抑える事だってあり得なくはない……

――といった次第で、ユーリの村には充実した花畑もあるのであった。尤《もっと》も、そこはユーリの事だから、単に蜜を出すというだけでは承服せず、食用・ハーブ・薬草などといった役割も併せて求めてはいたが。

そして――そんなユーリが値踏みするような視線を留めた先にあったのは、

《マリゲルト：日当たりと水はけ・風通しの良い場所を好む一年草。栽培は容易で初心者にも育て易い上、開花期が長く四月から十月頃まで途切れる事無く花を咲かせるため人気がある。花はエディブルフラワーとして利用される他、葉も食用になる。また、香料やポプリとしても利用される。異世界チキュウの「マリーゴールド」に相当する園芸植物で、マリーゴールドと同様にネグサレセンチュウなどのドジョウセンチュウに対する忌避効果がある》

「わぁ♪　綺麗な花ね。花着きも良いし」

「おっ、お目が高いね嬢ちゃん。こいつは花の数が多いだけじゃねぇ。四月から十月頃まで、ずぅ～っと花を咲かせて楽しませてくれるって優れもんだ。買ってって損は無《ね》ぇぜ」

「う～ん……でも、それだけ長く花を咲かせるには、一株や二株じゃ足りないんでしょう？」

「いやいや。こいつの良いところは、一株でそれだけの花を着けるってとこだ。日当たりと水はけにちょいと気を付けてやりゃあ育てるのも簡単だし、お薦めだぜ」

「う～ん……」

ドナのみならずユーリとしても、大いに気を惹かれるものがあった。無論、一番のポイントは、〝土壌線虫に対する忌避効果〟という点である。これは優秀なコンパニオンプランツの候補ではないのか？　ここは鉢植えを大尽買いしてでも……と、悪い事を考え始めた矢先に、

「悪いが儂《わし》らはこの辺りの者ではない。遠路鉢植えを持ち帰るというのは、ちと難儀《なんぎ》でのぉ」

――そう割って入ったのがオーデル老人であり、それを耳にしたユーリも、あわやというところで気が付いた。

【収納】すれば荷物にならないと高を括《くく》っていたが、普通の【収納】には生物は収納できないという事をすっかり忘れていた。無理に入れればその時点で、鉢植えは枯れる事になるだろう。ユーリの【収納】には神様謹製の「チルド設定」が追加されていて、生物を仮死状態にして保管できるのだが……そんなチートを明かすわけにいかないのは無論である。況《ま》してユーリは【収納】スキルは持たず、マジックバッグを持ち歩いている事になっている。いや、それすら秘匿《ひとく》しておくようにと、アドンに厳命されているのだ。鉢植えの大尽買いなどできるわけが無い。

「だったら種の方にしとくかい？　さすがに今年は無理だが、来春に種を蒔《ま》いてやりゃあ、夏前に

は花を咲かせるぜ」

「あ……種も置いてるんですか」

だったら持ち運びに悩む事は無い。ユーリが纏《まと》めて購入して、後でドナに一掴《ひとつか》みほどを渡してやればいいだろう。

他に何か――と物色していたユーリの目は、別の種子に惹き付けられる事になった。

《ヘリアンタ：日当たりと水はけの良い場所を好む大型の一年草。栽培は容易で初心者にも育て易いが、大きくなるので敬遠されがち。異世界チキュウのフォア世界では「ヒマワリ」に相当する園芸植物で、ヒマワリと同様に種子は食用にも油脂原料にもなるが、偶《たま》に家禽の飼料として使われる程度で、作物として認識されてはいない。若い葉や茎も食用になるが、やはり食べられてはいない。深根性で、草丈と同じくらいの深さまで根を伸ばし、地中深くにある栄養素を吸い上げるため、緑肥として用いるにも適しているが、こちらもやはり認知されてはいない。色々と不憫《ふびん》なところの多い植物》

無論、こんな有望株をユーリが見逃すわけが無い。これも即行で購入を決める。

〝うまくやった〟――とばかりに内心の喜びを抑えかねて、ニマニマと笑っていたユーリであったが、ドナをはじめとする三人の方は、それを見て警戒の念を強めたようだ。

「……ねぇユーリ君。一体何を買ったのか、ちょっとお姉さんに見せてくれる？」

その声に滲《にじ》んでいるのは、隠し切れない不信と警戒の響き。ユーリとしては心外である。

「……色々と語りたい事、喋りたい事、言いたい事はあるんだけど……何をそんなに気にしてるのかな？　僕は至って平凡な子どもだよ？」

「「「――どこが!?」」」

ユーリ以外の三人の声が綺麗にハモって、北市場に響き渡ったのであった。

幕間　お菓子と癒し《ヒール》

気息奄々《きそくえんえん》となっていたセナ——妹の方——の容態が落ち着いたと聞いたのは、ユーリが姉妹を保護した翌々日の事。思っていたより回復が早かったのは、ユーリのポーションのお蔭らしい
ともあれそう聞いたユーリたちは、セナのお見舞いに参上する事にした。無論、事前にアドンを通して諒解《りょうかい》は取ってある。

部屋に入って来たユーリたちを見て、サヤが何か言いかけたが……その機先を制して口火を切ったのはドナであった。

「あの——毒芋だなんて言ってご免なさい！」

「……？」

意表を衝《つ》かれたサヤがポカンと絶句しているところに、割って入ったオーデル老人が手際良く補足説明をしてのける。ユーリがパパス芋を美味しく調理して見せたのだと。

「あぁ、それで……」

サヤにしてみれば、故郷で自分たちが育てていたパパス芋が正しく評価されただけでも喜ばしい。ついついパパス芋擁護の弁に力が入る。暫《しばら》く姉妹の苦労話に耳を傾けていたユーリたちであったが、適当なところで話の腰を折らせてもらう。今回の目的はそれではないし、更に言えば訪問の目的は——サヤではなくて——セナの見舞いである。

「あ……す、すみません。つい……」

「いやいや、自分が作っておる作物を貶《けな》されて、気を悪くするのは当たり前じゃて。重ねて詫《わ》びを入れさせてもらうよ」

「それはともかく……妹さんはもう大丈夫？　起きられる？」

再び謝罪合戦になりそうなところを、ユーリが――やや強引に――話を引き戻す。

「はい、もうかなり。……まだ完全ではありませんけど」

食欲も一応は戻り、消化の良いものから少しずつ食べていると聞いたところで、ユーリは徐《おもむろ》にそ・・れらを取り出した。

「一応、お医者の先生のお許しが出てからになるだろうけど……これ、お見舞いね」

「あ、ありがとう、おにいちゃん！」

「ありがとうございます」

元気良く返事したセナの視線は、ユーリが取り出したものに注がれている。生憎《あいにく》と瀟洒《しょうしゃ》なガラス瓶ではなく、ユーリ手製の無骨な小壺に入っているが、中身はそう馬鹿にしたものでもない。

「ユーリ君……それ、何なの？」

「うん。素人の手作りで悪いけど、木の実をシロップ……木蜜に漬けたものだよ。あと、これはバラ茶。……（ちゃんとドナの分もあるからね？）」

（「あ、あら……」）

一瞬だけ羨《うらや》ましそうな表情を浮かべたドナを小声で宥《なだ》めた後、ユーリはそれらの小壺を開けていく。壺の中に入っていたのは、

「サクランボとクリの木蜜煮《クリックリッツ》と、こっちは干したナツメの実《ジュバ》。少し消化が悪いかもしれないから、食べる量はお医者さんの指示に従ってね。あと、こっちはノイバラのお茶。仄《ほの》かな酸味があるけど、その分甘いものには能《よ》く合うから」

――前世のユーリこと去来笑有理《いさらいゆうり》は病弱で、人生の後半はほとんど病棟の住人と化していた。故にこそ、入院患者の気持ちは誰よりも能く解る。味気無い病床生活の潤いとなるのは、一にも二にも食べ物なのだ。

……という確固たる信念に基づいて、ユーリが手持ち――実際は全てユーリの【収納】内に仕舞ってある――からピックアップしたのが前記の品々であった。

こんな小洒落《こじゃれ》たスイーツなど、ユーリがどうして知っていたのかと言うと……これも切っ掛けとなったのはマーシャであった。

酒精霊とは言え女の子なのだから、甘いスイーツに目が無いのは同じ……というのも理由の一つなのだろうが、もう一つ、マーシャならではの理由もあった。おやつに酒のつまみっぽいものを出すと、マーシャの機嫌が目に見えて悪くなるのだ。つまみだけ有って肝心の酒が無いというのが、酒精霊の矜持《きょうじ》を甚《いた》く逆撫でするらしい。

ユーリにも酒造りを制限しているという引け目があるだけに、せめてマーシャの心の平穏くらいはと、【鑑定】先生と【田舎暮らし指南】師匠の指導の下《もと》、慣れぬスイーツ作りに精を出した――その成果物がこれらの品々なのであった。

(……まぁ、ドレンチェリーとマロングラッセなら外れは無いだろ。……どっちかって言うと甘露煮だけど……)

前世入院していた病院でも、少しチャラっぽい先生が〝女の子には甘いものを与えておけば大丈夫〟などと口走って、ナースに総スカンを喰らっていた。些《いささ》か不安の残るアドバイスではあるが、現状で他に拠《よ》るべき指針が無いのも事実である。

幸いにも〝女の子は甘いものに目が無い〟というのは——少なくともこの場合は——正解であったようで、お見舞いのドライフルーツその他はセナに甚《いた》く喜ばれた。

それだけでなく、これらのドライフルーツを食べた後は、セナの体調が目に見えて改善していた。

それを聞いたユーリは単に栄養とか薬効成分の働きによるものと考えたが、大人たちは微妙な表情を浮かべていた……追及される事は無かったが。

ともあれ——少女の健康が改善に向かったのは朗報に違いない……筈である。

第二十二章　丸太の高値

1．木挽《こび》きと心材

アドンは頭を悩ませていた――ユーリが持ち込んだ心材を、どこに売れば角が立たないか。

木彫り職人も魔道具職人も魔術師も、誰もが涎《よだれ》を垂らしそうなローゼッドの心材、しかも長いままである。どこに持ち込んでも歓迎され、持ち込まなかったところから非難される……そういう未来が幻視できるだけに、アドンとしても持ち込み先を決めかねていたのである。

……だから、その時のユーリの言葉は福音《ふくいん》にも思えた。

「アドンさん、製材……木挽き職の方をご存じじゃありませんか？」

――よし、提供者の意向を聞いた。持ち込む先はこれで決まった。

＊＊＊

「今向かっているのが、例の木挽き職の方の？」

「木挽きと言うか木工職だけどね。ユーリ君のご希望どおり、丸太を板に挽《ひ》く事もやっているよ」

ユーリの問いに答えたアドンが、今度はユーリに念を押す。

「それよりユーリ君、あの心材だが……持ち込んだのは君だという事を――無論内密にと言質《げんち》を取った上でだが——明かしても構わないんだね？　何しろ相手は木工職人だ。あれやこれやと訊《たず》ねてくるのは目に見えているが、私では答えられないのでね」

　これは昨夜のうちにアドンと——オーデル老人も交えて——相談した事なので、ユーリも頷《うなず》いて承諾の意を示す。

「構いません。と言うか、僕も家の近くの森で拾って来ただけなんですけど」

「……まぁ、それでも向こうは色々と訊《き》きたがるだろう。できる限り答えてやって、対価に色々と吹っ掛けるのが良いよ」

　そんな腹黒い相談をしていると、馬車は目的地に到着した。

＊＊＊

「どうだね……？」

　既に五回目となる質問を放った時、相手はようやく硬直が解けたように顔を上げると、擦《かす》れた声でその問いを放つ。

「……いくらだ？」

「……いくらの値を付ける？」

　意地の悪いアドンの返しに男は唸り声を上げて黙り込むと……やや間を置いて答えを返す。

「金貨八十……いや、百まで出すが、それ以上なら分割にしてくれ。今出せるのは百が限度だ」

　金貨百枚。ユーリの感覚では日本円でざっと一千万円。

日本で銘木の床柱が数十万、場合によっては百万以上の価格で売られていた事は知っている。

また、ユーリが持ち込んだ「心材」が、直径で大体二十五センチ、長さにして十メートル以上ある事も無論承知している。

心材一本から床柱が三本採れるとしても、最大で三百万……金貨三十枚くらいではないのか？

金貨百枚というのは買い被《かぶ》り過ぎなのでは……？

――と驚いていたユーリには構わず、アドンは……

「金貨百五十枚、ただし五十枚は後払いでいい。その代わり、次の入荷時にもお前のところに優先的に廻そう」

傲然《ごうぜん》とも見える態度で言い切ったアドンに、工房主らしき男は目を剥《む》いた。

「……次だと？」

「見れば判るだろう。その材は上下を切ってある。上と下があるのは自明だろう」

「上と下……」

「まぁ、次の入荷は来年になるが……問題はあるまい？」

「……無い。……と言うか、そう立て続けに持ち込まれても困る」

魂の抜けかかったような様子で答える工房主に、アドンは一つ頷きを返し、

「――で、どうする？」

「……解った。その条件でいい。……だが、どこで入手したのかなど、もう少し詳しい事を教えてくれ。こっちも顧客相手に説明せにゃならん」

「産地は塩辛山の山麓だ。詳しい事は当人に訊いてくれ」

「当人……？」

「あぁ、この少年だ」

斯《か》くして、価格に呆然としている少年と、出品者が年端《としは》もゆかない少年だという事に呆然としている工房主が、改めて対面する事になった。

2. 木挽きの業

「なるほど……立ち枯れた木の朽ち残りか。……て事は、まだ手に入るのか？」

「探せば多分。ただ、全てがこれと同じ種類ではないと思いますので、確約はできません」

「それもそうか……」

十やそこらの子どもが塩辛山に住んでいる理由だとか、異常とも思えるマジックバッグの容量とかは気にしない事に決めたらしい工房主――エムスと名告《なの》った――は、彼にとって重要な点だけを訊ねていく。

「枯れた木なので、品質的にどうなのかは僕には判りませんけど」

「いや、それは問題無い。これでもこの商売長いんでな、材の目利きぐらいはできる。魔力の馴染みも良いようだし、間違い無しの一級……いや、特級品だ」

「……魔力？」

訝《いぶか》しげに眉を顰《ひそ》めたユーリを見て、工房主のエムスが説明してくれた。曰《いわ》く、ユーリが持ち込んだ心材はローゼッドと呼ばれる稀少材である事、堅く丈夫なだけでなく、緻密に目が詰んでいて精緻な細工にも適する上に、磨くと非常に美しい木目が現れる事、加えて魔力の通りが非常に良いため、魔術師の杖をはじめとする魔道具の素材としても重要である事、にも拘《かか》わらず出廻っている数が非常に少ないので、端切れでも皆が争うように求める事……

「……え？　じゃあ、コレは……？」

「文字どおり、宝の山だな。坊やに金貨百五十枚を支払っても、充分以上の儲けが出る」

……堅く燃えにくい材だから、寝る前に適量を竈《かまど》に突っ込んでおけば翌朝まで燻《くすぶ》っている。……夜間の暖房代わりに使おうとしたのは拙《まず》かったか？

　黙っておこうと決めたユーリであったが、そんな表情の動きなど目に入らない様子で――

「……いや、そんな事より、ローゼッドの心材を心置き無く使って仕事ができるなんざ、一生に一度有るか無いか。盲亀《もうき》の浮木《ふぼく》か優曇華《うどんげ》の花か、寿限無寿限無《じゅげむじゅげむ》五劫《ごこう》の擦《す》り切《き》れ……」

「いえ……ですから、まだ何本かは……」

「……放って置きたまえ、ユーリ君。聞こえてはいないよ……」

　やがて――どうにか落ち着いた様子のエムスに、自分の事を触れ廻らないように口止めを済ませると、ユーリは自分の用事に取りかかった。

＊＊＊

「木挽きの現場を見たい？　それくらいなら構わないが……？」

不得要領な顔のエムスに、ユーリは自分の事情を――簡単に、若干脚色して――説明していく。山奥に住んでいるため、木自体の入手はともかく、それを挽いて用材にするのが難しいのだと。

言われてエムスも納得する。なるほど、樹木は豊富な塩辛山だが、魔獣を避けて木を伐《き》り出すのは容易ではあるまい。「木材」は不足しているという事か。自作したいというのも解る。

「……ただなぁ……大鋸《おおが》とか結構特殊な道具を使うし……素人の、況《ま》して子ども一人の手に負えるこっちゃねぇぞ？」

「あ、いえ、さすがに年季の入った職人さんたちと同じ事ができるなどと、思い上がった事は考えていません。ただ、少しでも参考になる事は無いか知りたくて。どうせなら腕の良い職人さんの仕事ぶりが見たいと、アドンさんにご無理をお願いしたんです」

「お、おぉ……そういう事かよ」

〝年季の入った〟〝腕の良い〟という形容詞が奏功したのか、年端もゆかないユーリが上目遣いにお願いしたのが良かったのか……ともかく、エムスは丸太から木材を挽く現場を見せてくれて、簡単なコツまで教えてくれた。

風魔法のウィンドカッターで結構な太さの木まで伐り倒すユーリであったが、伐り倒した丸太をきちんと角材や板材にするのは難しかった。どうしても真っ直《す》ぐに切断できず、途中で曲がってしまうのである。

どこが悪いのかアドバイスを貰えないか、駄目なら板を買って帰るか……と考えていたユーリであったが、エムスの作業を見ながら解説を聞いているうちに、自分が思い違いをしていた事に気が付いた。

（ウィンドカッターの威力を上げて、勢いとスピードで切断しようとしてたんだけど……）

生前の記憶から、高速回転する丸鋸《まるのこ》のイメージに囚われていたのが災いしたらしい。なまじ勢いがあるだけに、力の方向を制御するのが難しかったようだ。

（別に、人力で挽く鋸《のこぎり》でも木材は切れるんだよね……）

なら、いっそ無属性魔法で刃を形成して、それを動かすような感じで切る事はできないだろうか。念力《サイコキネシス》のような感じで物体を動かす事はできるし、衝撃を与える事もできる。なら、魔法の刃を作って切断する事もできるんじゃないか？　スピードや勢いは、必ずしも木材の切断に必要ではないようだし……

それで上手くいくかどうかは判らないが、とりあえずの方針は決まった。あとは「村」に帰ってからの事だ。……一応、角材と板材はいくらか買っておこう。

＊＊＊

「……にしても、物凄い値段が付いたんですけど……」

小市民らしく、ブルジョアなお値段に引き気味のユーリに向かって、何の気無しにアドンは告げる。――値段はともかく、鉛筆の反応も似たようなものになる筈だと。

面倒事の臭いを嗅《か》ぎ取ったユーリが、思い切り良く鉛筆の製法をアドンに譲り渡したのは、その直後の事だった。

第二十三章　がっつり買いましょう

1．掘り出しもの

　エムスの工房にローゼッドの心材を売った翌日、濡《ぬ》れ手に粟《あわ》の大儲け――註．ユーリ視点――で思わぬ泡銭《あぶくぜに》を手にしたユーリがエトの案内で訪れたのは、

「旦那様が紹介してくださった店はここですけど」

――商都ローレンセンでも一、二の規模を誇る薬剤店であった。

　ギャンビットグリズリーの胆嚢《きも》をアドンに巻き上げ……売却した際に、〝薬が必要ならローレンセンで売薬を買えばいい〟と言われた事もあって、ユーリにとって薬剤店を訪れるのは既定の方針であった。ちなみにアドンからは、〝何をどれだけ買っても、払いは全て自分が持つ〟という太っ腹な言葉を貰ったのだが、件《くだん》のギャンビットグリズリーの骨と胆嚢の代金だと言って渡されたのが予想外の大金であったため、根が小市民のユーリは謹んでそれを辞退している。まぁ、アドンが認《したた》めてくれた紹介状がある時点で、破格の値段で売ってもらえそうな予感はしているのだが……それくらいの厚意は受け取ってもいいだろう。……あの骨と肝を、アドンは最終的にどれだけの金額で売ったのか、そこは少しばかり気になるが。アドンの太っ腹な台詞《せりふ》から案じるに、相当の高値で売れたのだろうが……ユーリが持っていても、ポーションの備蓄と畑の肥やしにしかならなかったであろう代物だ。深く考える必要はあるまい。今は店での購入が優先である。

今回ユーリには気になるものがいくつかあった。その一つは上級のポーションである。

実は上級ポーションそれ自体は、先日のティランボット討伐の時に、安全確保の名目で冒険者ギルドから一本巻き上げている。ただし巻き上げたそれを【鑑定】したところ、原料の一部は判ったものの、今のユーリには作れない事も判明した。なら出来合いを買った方が早いとばかりに、今回のターゲットに選んだのである。

そしてユーリのもう一つの狙いというのは、ある意味で上級ポーションとは対極に位置するものであった。初級ポーションに使われる薬草である。

実は先日、ユーリは冒険者ギルドの初心者講習を受けたのだが……その応急処置講習に登場した薬草が、悉《ことごと》く自分の知らないものであった事に、強い衝撃を受けたのである。

冷静に考えてみれば、濃密な魔力が渦巻き魔獣の跳梁跋扈《ちょうりょうばっこ》する魔境・塩辛山で得られる薬草が、平穏無事な下界に生育するそれと一線を画すのは寧《むし》ろ当然なのだが……それはともかくユーリとしては、下界で当たり前のように流通している薬草の事を、独り自分だけが知らないというのは大問題であった。これは薬草に限っての話ではなく、野営講習で出て来た虫除《むしよ》けにも知らないものがあったため、ユーリの危機感は弥増《いやま》す事になっていた。

ティランボットの件で貸しを作った冒険者ギルドから、冒険者がギルドに提出した新鮮な薬草を融通してもらう事はできた。こっちは自分の村へ持ち帰って、畑での栽培を試みたいところである。

しかしそれとは別に、他にも自分の知らない、それでいて下界では有り触れた薬草というものがあるのではないか……。知らざる者の不安に囚われたユーリが、初心者向けの薬草購入を目論《もくろ》んだのには、こういった事情があったのである。

期待と野望に胸を高鳴らせて薬店の戸口を潜《くぐ》ったユーリは、何の気無しに辺りを見回して……そこで硬直して足を停める事になった。ローレンセンで入手できるかどうか危ぶんでいた――少なくとも薬屋に売っているとは思わなかったものが、そこに無造作に鎮座していたからである。

（これって……「苦汁《にがり》」だよね……？）

《重曹《ソーダ》：海水から塩を採る際の副産物として得られ、調理や錬金術の様々な工程に使用される。異世界チキュウでエンカマグネシウムと呼ばれているものに相当する》

既に大豆《ソヤまめ》の栽培に成功している元・日本人のユーリは、苦汁さえあれば豆腐が作れる（筈）なのに……と、残念な想いを日々新たにしていた。その苦汁こと塩化マグネシウムがここで手に入るというのは、すぐにでも豆腐の製造に着手せよとの、神様からの啓示ではないのか。

（まさか錬金術の素材として売られてるとは思わなかったよ。それに……）

重曹《ソーダ》の隣には、似て非なるものも置いてあった。白っぽい結晶質の塊を鑑定してみると、

《苦《く》土《ど》石《せき》：白から半透明の結晶体で砕け易く、無味無臭。古くから胃薬（制酸剤）や緩下剤として用いられてきた。異世界チキュウでリョウクドコウやリョウクドセキ、あるいはマグネサイトと呼ばれているものに相当する》

（菱苦《りょうく》土《ど》石《せき》――マグネサイトって、食卓塩に防湿剤として添加されてる炭酸マグネシウムの原料だよね……？）

こちらも錬金術の素材かと思ったら、胸焼けや便秘の薬らしい。だが、そっち方面に悩みの無いユーリにとっては、防湿剤としての効果こそが重要であった。すなわち――これを使えばサラサラ

の食卓塩が、現実のものとなるかもしれないのだ。

その名のとおり塩辛山は、古くから岩塩の産出地として知られていた。故にユーリも塩に不自由する事は無いのだが、ソルトミルなど持たないユーリは、事《こと》ある毎《ごと》に岩塩を砕いて使う事にうんざり……しては別にいなかった。いや、最初のうちは確かに面倒であったのだが、土魔法で粉砕するという手を憶えてからは、それほど苦にはならなかったのである。ただ――それはそれとして、前世で馴染《なじ》んでいたサラサラの食卓塩を恋しく思う時があったのも事実である。

こちらの世界では縁無きものと諦めていたのだが……炭酸マグネシウムが手に入るとなれば話は別である。医薬品としても使えるようだし、これも即座に購入を決める。

（素材としては薬草ぐらいしか置いてないと思ってたけど……これは、案外と掘り出しものがありそうだな……）


期待と気合いが弥《いや》が上にも盛り上がり、ユーリは虎視眈々《こしたんたん》と商品の物色《ぶっしょく》に移る。その甲斐あってか、ユーリは新たに明礬《みょうばん》や石灰岩などの鉱物素材を見つける事ができていた。宝石の筈のブラッドストーンが置いてあったのには首を傾げたが、店員――アドンの紹介で、しかも太客らしいと見てか、応対も丁寧であった――の説明によると、止血・炎症の治療などに効果があるとの事。なるほど、その手のものも扱っているのか――と、ユーリもそれなりに納得する。浄水石というものも置いていて、これは一種の魔道具のようだが、水の中に入れておくとその水を浄化・無害化してくれるというので、薬店で取り扱っているらしい。ユーリはこれも購入しておく事にした。

鉱物系素材に予定外の掘り出しものがあったせいで、そっちに気を奪われはしたが、ユーリとて本来の目的を忘れたわけではない。ポーションの類を一通り購入したのを手始めに、生薬素材のあれこれを次々と物色していく。生憎《あいにく》と、ユーリが密かに期待していたキナの樹皮――もしくはそれに相当するもの。マラリアの特効薬――は無かったが、塩辛山では見た事の無い薬草を多く見つける事ができた。

それらはいずれも乾燥済みであったため、店員やエトたちは〝薬の原料として購入している〟のだと思っているだろうが……

（……マーシャに言わせると、僕の【木魔法】っておかしいそうだしね。核移植とか組織培養みたいな事ができないか――って思ってるんだけど……）

前世では氷漬けのマンモスから細胞を取り出し、クローン個体を再生する事が大真面目《おおまじめ》に論じられていた。ひょっとしてユーリの【木魔法】なら、乾燥した植物組織からクローンを再生する事だってできるかもしれないではないか。……まぁ、正直なところ、ユーリもそれは難しいのではないかと思っていたが、

（仮にできなくたって、調薬の素材としては使えるんだから、無駄にはならないよね）

――できない事が判明したら、それはそれで有益な情報だ。試してみて悪くはないだろう。

2．珍品堂主人

「ここが？」

「はい。ユーリ様ご希望の魔道具屋です」

薬屋で大尽買いをやらかした翌日、ユーリがエトに連れて来てもらったのは魔道具店である。以前から興味はあったのだが、魔道具というのは押し並《おな》べて高価であると聞き、手が届かないだろうと諦めていたのだ。ところがローゼッドの心材が想像以上の高値で売れて、一気に懐が暖かくなった。そこでアドンに相談してみると、良心的で品揃えの良い魔道具店に紹介状を書いてくれた上に、エトを案内人に付けてくれたのである。ちなみに、魔道具と聞いて好奇心を刺激されたドナとオーデル老人も同行している。

「知り合いの婆《ばあ》さんがやってるんですよ、ここ。少し偏屈だけど真っ当な婆さんですから、あくどい真似はしないと思います」

そう言いながら扉を開けたエトであったが……

「聞こえてるよ、小僧。生意気言ってないでさっさと入んな」

肩を竦《すく》めて店に入ったエトに向かって、店主の老婆曰く。

「誰が偏屈だって？　あぁ？」

「だから、真っ当な婆さんだって言ったろう？　今日はお客さんを案内して来たんだ。大事なお客さんだから、失礼な真似はしないでくれよ？」

「お前以上に失礼な真似は、やろうったって中々できやしないよ」

店の中にいたのは小柄な老婆であった。白髪で、少し萎《しな》びた感じはするが、目と声には精気が漲《みなぎ》っている。一頻《ひとしき》りエトとの掛け合いを終えると、老婆はじろりと無遠慮な視線を向けてきた。ただ、無遠慮ではあっても下世話さや無礼さを感じないのは、年の功というものであろうか。

ユーリは名告《なの》ると同時にアドンからの紹介状――とは言っても、名刺の裏に走り書きを認《したた》めただけの簡単なもの――を差し出した。

「ふぅん……アドンの旦那の紹介かい。……最近あちこちで噂になってるのは坊やだろう？」

「噂……ですか？」

「チンピラを半殺しにしたり、あちこちで大尽買いしたり……こないだは薬屋で高級ポーションを根刮《ねこそ》ぎにしたっていうじゃないか」

ユーリは魔道具店《こ》へ来る前に薬剤店にも立ち寄って、高級ポーションを一揃い買い求めていた。身の安全を何より優先するユーリが、この手のポーションを買い揃えないなどあり得ない。

「心外な。根刮ぎになんかしていませんよ。一通りは買いましたけど、ちゃんと町の人たちの分は残しておいた筈です」

「……まぁ、それはともかくとして、何が欲しいんだい？」

そう改めて訊《き》かれると、特に欲しいものがあっての訪問ではない事に気付く。

（……何だろう。魔道具ってだけで舞い上がってたからなぁ……）

ユーリのように冷やかし半分の客も珍しくはないらしく、腕を組んでうんうんと唸り始めたのを見ても、店主の老婆――インバというらしい――は落ち着いたものである。ゆっくり考えな、と言って店番に戻った。

ちなみに、お供の三人――エト・ドナ・オーデル老人――は、ユーリを放って店内をきゃっきゃと見て廻っている。

「ほら見てお祖父《じい》ちゃん。これ、灯《あか》りの魔道具だって」

「ほぉ。雨の夜とか、松明《たいまつ》などが扱いづらい時などには便利じゃのぉ」

「蝋燭《ろうそく》も結構高いものね」

「あ、でも、虫が寄って来るって聞きましたよ」

……薄情な連中である。

しかしユーリはユーリで、同行者たちの事など毫《ごう》も念頭に無く考え込んでいるのだから、お互い様と言えなくもない。


（う～ん……魔道具に期待するのは……第一に、身の安全だよね）

まず、現代日本的な意味でのセキュリティ……いわゆる防犯は考えなくてもいい。何しろユーリの住まう場所には、他に人間は存在しない。仮に近くまで迷い込んだ者がいても、村を囲む塀を突破できるわけが無い。

寧ろユーリに必要なのは、魔獣に対する備えだろう。そうすると……

「魔獣除《よ》けとかありますか？　それか、結界を張るような魔道具は？」

「無くはないね。効果の範囲はどれくらいがお望みだい？　それと、対象の魔獣はどれくらいを考えてるんだい？」

「範囲はできたら村一つ分、最低でも家一軒。対象は……差し当たってドラゴンレベルですか。体長三十メート……メットくらいの」

前世の記憶に引き摺《ひず》られて、つい〝メートル〟と言いかけたのを訂正したが、発言の内容自体はユーリが真面目に検討した結果である。

　グリズリー程度なら、魔道具抜きでもどうにかなる。魔道具が必要な魔獣となると、やはりそれ相応に強力な相手になるだろう。そう思っていたユーリであったが……

「「「…………………」」」

「……あんたね、そんな代物、一介の魔道具屋に扱えると思ってんのかい？」

「……扱ってないんですか？」

「国が発注するような代物だよ。領主だって買うのはきついだろうさ。況《ま》して個人で注文するようなもんじゃないよ」

「あれ？　だったら、皆さんはどうしてるんですか？　ドラゴンとかが出たら困りません？」

「「「…………………」」」

　野犬や猿が彷徨《うろつ》いて困る――というレベルの感覚で、しかも真顔で相談するユーリに、どう答えたものかと頭を抱える店主《インバ》。気のせいか頭痛までしてきたような……

「……あのねユーリ君、ドラゴンなんか出て来たら、普通は着の身着のままで逃げ出すのよ？」

「え～、家を捨てるような真似はしたくないし、やっぱり追い払う道具とか欲しくありません？」

「……とにかく、うちじゃ扱ってないからね。他のものを探しとくれ」

「う～ん……」

　魔獣除けが無理となると、他に欲しいのは……戦力としての機動力だろうか。これなら戦闘以外でも役に立ちそうな気がする。

「だったら飛行具とか、高速移動できる乗り物とかはありますか？　時速七十キロ……キット以上、できたら二百キットか、それ以上のスピードが出せるやつ」

日本での自家用車――と自家用機――と同じ感覚で要望を伝えたのだが……

「「…………」」

「……軍が装備品に採用するレベルだよ。個人でどうこうできるもんじゃないね」

「え～？」

「……ったく……庶民の店に何を望んでるんだい。家の中で使うもんに限定しな」

塩辛山の生活が大変なのは解るが、その尻拭《しりぬぐ》いをこっちへ持ち込まないでほしい。

「う～ん……」

……家の中で使うとなると、生活家電みたいなイメージだろうか？

掃除機と洗濯機……どちらも【浄化《クリーン》】の魔法で何とかなるな。

パソコンやワープロ……うん、無理だね。そもそも活版印刷が、まだ広まってないみたいだし。

水洗便所……魔「道具」ってレベルじゃないよね。普通に「設備」だよ。

電子レンジやＩＨヒーター……これも論外じゃないかな。いや……魔法で同じような事って、できたりしないか？　ちょっと訊いてみたいけど……何と言って説明したらいいんだろう？　……どう説明しても、胡散《うさん》臭く見られそうな気しかしないな。諦めよう。

冷蔵庫は……保存だけなら【収納】で充分か。冷やす必要はそこまで無いね。冷水に浸《つ》けておけばいいし。けど、温度調節の機能は欲しいかも。

温度調節と言えばエアコンだけど……無理かな。仮にあっても、値段が高くて手が出なかったりして。……これも温度調節の仕組みだけ、別途手に入らないかなぁ……

う～むと悩みつつ店内を見て廻っていたユーリであったが、ふと目を遣《や》った片隅に、十把一絡《じっぱひとから》げという感じで置いてあるものに気がついた。

「あぁ、ありゃあ売れ残りさね。ちゃんと動くには動くんだけどね……何と言うか……微妙なものばかりでね……」

――なるほど、確かに微妙なものばかりであった。

自動的に汚れを落とす羽根箒《はねぼうき》……というのは、勝手にゴミを撒《ま》き散らすという事だろうか？　凄いのは凄いのかもしれないが、役に立つかどうかは確かに微妙である。ただ、その中に……

「手袋を温めるための魔道具？」

「あぁ。この箱に手袋を仕舞っておくと、温かくなるっていうんだけどね……」

随分とニッチな道具である。役には立つかもしれないが、大枚支払って求めようとする者がいるとは思えなかった――たった今までは。

（これって要するに、小さな恒温槽だよね？　温度調節機構の付いた。……あれ？　けど……）

箱の中の温度をモニターして調節する仕組みらしい。エアコン代わりに使えないのかと訊いてみたら、魔力効率が悪過ぎるという答えが返って来た。しかし、小さな箱の中の気温を調節するのなら、別に問題は無い筈だ。

……例えば、種麹《たねこうじ》の培養槽とか。

ユーリは嬉々として購入したのであった。

第二十四章　土の器

1．塩入れとティーカップ

インバの魔道具店を襲っ……訪れた翌日、ユーリたち一行はとある雑貨店に足を向けた。言い出しっぺは当然のごとくユーリであるが……そのきっかけとなったのは、前々日に訪れた薬剤店、そこで見つけた炭酸マグネシウムの原材料となる菱苦土石《マグネサイト》であった。前世で食卓塩の防湿剤として使われていた――後に珪酸カルシウムに取って代わられたが――それを見て、サラサラの食卓塩への憧れが一気に噴き出したのである。

食卓塩への加工そのものは、村へ帰ってからじっくりやるとしても……こうなると前世で使っていたような振り出し式の塩入れ――ソルトシェイカーと呼ばれていたような容器が欲しくなる。前に北市場を案内してもらった時には、その手の食器は見当たらなかった。こちらではどうなっているのだろうと、ちょうど出会った執事のヘルマンに訊《き》いてみたところが……

「塩入れ――でございますか？」

アドンの食卓に置いてある塩入れは、前世にもあった砂糖壺を五割方豪勢にしたようなもので、壺の中から小匙《こさじ》で塩を掬《すく》い取るようになっている。

塩辛山でも最初のうちは、小分けにした壺から小匙で掬っていたのだが、やがてそれも面倒になって、無魔法で適量を振りかけるようになった。鵞《が》ペンの先にインクを補給したのと同じ伝《でん》であるが……魔法の、それも幻とまで言われた無属性魔法の使い方としては明らかに間違っている。

ユーリもそれは――漠然と――自覚していたのだが、面倒が違和感を駆逐していた。

しかし――サラサラの食卓塩が手に入るとなれば話は別だ。今のユーリが欲しいのは、片手で持って塩を振り出すタイプの容器、いわゆるソルトシェイカーである。今のユーリの技倆なら、小さな容器を土魔法で作り出す事自体は然《さ》して難しくない。しかし――

（……塩を振り出す中蓋の構造がなぁ……穴の数とか大きさとか、壜《びん》への留め方とか……）

前世で記録魔の尊称を恣《ほしいまま》にしていたユーリであったが、さすがにソルトシェイカーの穴の数までは記録していない。中蓋の留め方も然りであって、樹脂製の中蓋がピッタリ嵌《はま》っていた……という程度の印象しか無い。こちらの世界に似たようなものがあるのなら、是非参考にしたいところである。そう思ってヘルマンに問《よ》うてみたのだが……

「……振り出すというのは能く解りかねますが……片手で持てるようなサイズの容器となると……焼物という事になりましょうか。ポーションに使う小壜のようなものもございますが、あれも焼物でございますし」

「焼物――ですか……」

こちらの世界ではガラスは高価なものなので、庶民や冒険者がおいそれと手を出せるようなものではない。その手の容器には主に焼物が使われていた。しかしその焼物とて、

「そう頻々《ひんぴん》と買い替えるものでもございませんし、市場では扱っていないのかもしれません」

「あぁ……そういう事でしたか……」

市場に置いてなかった理由は判ったが、それではどこへ行けば置いているのか。

「……一応、旦那様とも相談してみますが、当家に出入りしている者でその手の品を扱っている者がおりますので、ご紹介できると存じます」

「宜《よろ》しくお願いします」

――というような経緯《いきさつ》があって、ユーリたちは件《くだん》の雑貨店を訪れているのだが……

＊＊＊

綺麗なティーセットを見てキャッキャウフフと歓声を上げているドナを横目に見ながら、

（う～ん……やっぱりソルトシェイカーは置いてないかぁ……）

案《あん》の定《じょう》目当ての容器が置いてない事に、ユーリは落胆しつつも驚きは無い。相談した時のヘルマンの態度から、ソルトシェイカーが普及していない事は予想できていた。

無ければ自作するしかあるまいと、半ば開き直っていたのだが……

（参ったな……参考になりそうな容器も無しか）

そもそも中蓋を備えた容器というものが、まるで見当たらないのには頭を抱えた。少なくとも、庶民向けの食器としては置いてないようだ。

錬金術師や薬師《くすし》の使う器具にはあるのかもしれないが、ユーリの見たところではそれも怪しい。なまじ魔法が幅を利かせているためか、マジックバッグに保管したり、あるいは【施錠《ロック》】の魔法で封をすれば充分――という認識が罷《まか》り通っているような気がする。況《いわ》んや、〝塩の粒を綺麗に振り出すための穴の開いた中蓋〟など、推して知るべしである。

（……固定に関してはコルクか何かでできるように、考えてみた方が良いか……）

ソルトシェイカーは残念な結果に終わったが、それ以外にも欲しいものは色々とある。さすがに醤油注《しょうゆさ》しは無かったが、参考になりそうなティーポットはあったので購入を決める。

ちなみに、ユーリは自宅ではごく当たり前のように茶を飲んでいる。まぁ、「茶」とは言っても緑茶や紅茶ではなく、麦茶やハーブティーの類《たぐい》なのであるが……それらをどうやって淹《い》れているのかと言うと、鍋で煮出したものを水魔法でカップに移すという、甚《はなは》だ無粋な作法に則っていた。マーシャからは白い目で見られていたが、今回のティーセット――陶製のストレーナー付き――の購入で、少しは見た目も改善されるだろう。

……などと考えていたユーリであったが、卒然としてその意味するところに気が付いた。

（そう言えば、マーシャのカップとかも……どうにかしないと拙《まず》いよね……）

すんでのところで気付いたのはいいが、さすがに商都ローレンセンといえども、精霊用の茶器食器などは置いていまい。

今まではどうしていたのかと言うと、二人してユーリが土魔法で作った食器を使っていたので、不平等感は生じなかったのだ。しかしユーリ一人だけが、今回買い求めた食器を使うとなると……これは話が別である。

〃ふ～ん、確かに素敵な食器ねぇ。……で、あたしの食器はどこなの、ユーリ？〃

にっこりと笑ってそう問いかけるマーシャの姿が、ユーリにはありありと幻視できた。

（つまり……僕が土魔法か何かで、似たような食器を作らなくちゃ――って事だよね……）

何気ない買い物の筈だったものが、ユーリに新たな課題を突き付けようとしていた。

2. 色の白いは……

（落ち着け！　落ち着いて考えるんだ！　マーシャの分をどこで手に入れる⁉）

現世前世の知識と記憶を総浚《そうざら》えして、使えそうな情報を引っ張り出す。確か前世では女の子――と、一部の成人男子――向けに、お人形さんの食器というものがあった筈。こちらでも探せばあるかもしれないが……

（……駄目だ。なぜそんなものを欲しがるのか、説明ができない）

マーシャの事を明かすわけにはいかず、然《さ》りとて前世にいたような特殊な趣味人だと誤解されるのも気が進まずとなれば、この方面での打開策は期待できない。

では代わりに、マーシャのカップに使えそうな小さな器は置いてないだろうか。具体的には、前世の喫茶店でコーヒーに添えて出されていたような、小さなミルクピッチャーとか？

（あれはステンレス製だったけど……いや、材質の問題じゃないか）

そもそもの話、コーヒーも紅茶も普及していなさそうなこの国で、ティーカップにミルクピッチャー――海軍型というらしい――を添えて出すような習慣は……

（無い――よね。パッと見てもそれっぽいものは置いてないし）

そうなると……残された手立ては「自作」しか無い。ユーリの土魔法なら、たとえ精霊用のサイズであろうと、茶器を作る事など造作も無いが……いくつか無視できぬ問題があった。

「あら？　ユーリ君、ティーセットを買うの？」

「え、えぇ。……どれが良いかで少し悩んでるんですけど」

既に候補は一つ選んだが、この際だから他にも予備もいくつか買っておくべきだろうか。

「う～ん……あたしならそっちを選ぶけどな」

「こっちですか？」

ドナが推しているティーセットは、カップ自体が花びらをイメージしたデザインの……何と言うか、女の子以外には向かなそうな……はっきり言えば、むくつけき男どもには似合わなそうなデザインであった。ユーリはマーシャの茶器を作る際の参考にしようと目論《もくろ》んでいるのだが、

（いや……確かにマーシャには似合うかもしれないけど……）

作るのが面倒そうなデザインの上、自分が使う事も考えると、ユーリとしてはできれば遠慮したいデザインである。オーデル老人だって同意見だろう。

「これはちょっと……僕には敷居が高いと言うか……」

「そう？　だったらこっちは？」

「それですか？」

「ユーリ君なら自分で作るかと思っておったがね？」

幾分か不思議そうに問いかけてくるオーデル老人であったが、本音は〝ドナに付き合うだけなら無理して買わなくてもいい〟と言いたいのだろう。ただ、ユーリにも一応の事情があって、

「僕が作ると……何と言うか、洒落《しゃれ》た感じにならないんですよね……」

「あぁ……」

武人の蛮用に耐える事を第一の旨《むね》としたような、無骨上等という感じのものに仕上がるのだ。せめてお手本があれば――というのもまた、ユーリの偽らざる心境であった。嘗《かつ》てユーリの自宅に招かれた際に、ユーリ自作の器を目にした二人も納得顔である。

結局、デザイン的には温和《おとな》しめの、参考にし易そうなものを選んだので、これをお手本にしてマーシャ用のティーカップを作る事はできるだろう。ただし――

（こんな真っ白なティーカップなんて……一体どうやって作ればいいのさ……）

デザインのお手本にと購入したティーセットは、白地に花などの模様を描いたものである。

スキル持ちだとバレないように、店内で【鑑定】を使っていないユーリには判らなかったが、これらの「白色」の焼物は、ユーリが思っているような白磁ではない。硬質陶器に白などの釉薬《ゆうやく》をかけて焼いた、いわゆる施釉《せゆう》・陶器というやつである。あくまで「陶器」であって「磁器」ではない。正真正銘本物の白磁もいくつか置いてあったが、それらはいずれも目の玉が飛び出るような値が付いていた。

技法については判らなかったが、今のユーリの脳裏を占めているのはもっと単純にして根本的な事――すなわち、目映《まばゆ》いばかりの白い色であった。

現在のユーリの土魔法では、製造物の色を変えたりする事はできないらしく、いずれも元の土とほとんど同じ色をしている。実際には作成段階で腐植質が除かれるため、黒っぽさはやや薄れているが、基本的には灰色がかった褐色であった。これはこれで趣《おもむき》があって、ユーリ本人は気に入っているのだが……

（……問題はこっちで買ったカップを見て、マーシャがどう思うかなんだよな……）

色の好みがどうとかよりも、自分だけが仲間外れにされているような不満を覚えるかもしれない。

ユーリにもその心情は能《よ》く解る。

なら――発想を逆転して、土魔法製品と同じような色合いのティーセットを求めてはどうか。寸刻考え込んだユーリであったが、そんな無粋な色のティーセット、ドナが承服するわけが無い。いや、そもそもそれ以前に、そんな色合いの茶器食器など置いてない。恐らくだが客からの受けが悪いのだろう。

つまり……どうにかして白、もしくは白っぽい色合いのティーカップを、マーシャ用に調達する必要がある。既に「ミルクピッチャー」という選択肢を潰されている以上、問題のティーカップは自作するしか無い。

ここで問題は改めて以下の一点に集約される――どうやって白い石器を拵《こしら》えるか？

（土魔法で作ったものって、元の土と同じ色にしかならないからなぁ……ん？　待てよ？）

思い出したのは数日前のローレンセン散策。手持ちが心細くなった魔製石器の補充のため、オーデル老人に土のある場所を案内してもらい、それぞれの土で石器の試作を試みたのだが……

（あの時は、煉瓦《れんが》から作ったものは煉瓦色に、石から作ったものはその石の色になったっけ……）

だったら、白っぽい材料に土魔法を使えば、白っぽいカップが出来上がるのではないか？　そして白っぽいものと言うなら、ここに置いてある食器がまさにそうではないか？

「あの……厚かましいようですけど、一つお願いがあるんですけど」

「……なんでございましょうか？」

目の前の少年についてはアドンから、〃くれぐれも丁重に〃扱うようにと頼まれている。多少の無理なら聞くに吝《やぶさ》かでないが……

「……破片ですか？」

――子どもの願いは予想外のものであった。はてさて、これはどうしたものか。

割れた器を土魔法などで補修するのは能くある事だ。土魔法だけでは耐久性や永続性に劣るため、接着する素材の方に色々と工夫を凝《こ》らすのであるが、どうしても接《つ》いだ箇所が脆《もろ》くなるので、まともな店では扱わないし、補修自体も請け負っていない。この少年はその事を知っているのだろうか？　大金をぽんと出せるこの少年が、そんなケチ臭い真似をする理由がどこにある？

「あの……土魔法を少しだけ使えるんで、その練習用にしたいんです」

「ははぁ、練習用……」

解るようで解らない説明である。土魔法の練習に使うというのはまだ理解できるが、そのための破片をローレンセンで、それもうちのような高級店で、金を出してまで買い求めるのはなぜなのか？　もっと安手の素焼きなどでも充分ではないか？　それくらいなら地元の店でも置いているだろうに。

「僕の住んでいるとこだと、それは少し難しくって……塩辛山の麓なので」

「塩辛山!?」

確かにあんな僻地《へきち》では、おいそれと買いに出るのも難しいだろう。いやそれ以前に、手近な場所に陶磁器店があるかどうかも怪しい。しかし、塩辛山の麓とは一体どの辺りなのか……と、思案し始めたらしい店員であったが、ここでオーデル老人が絶妙のアシストを放つ。

「儂らはエンド村から来ておるのじゃよ」

「エンド村……あぁ、なるほど」

——老人の言葉に嘘は無い。オーデル老人とドナは紛《まぎ》れも無くエンド村の住人である。一人ユーリだけはその先で独居生活を送っているが……店員もまさかユーリのような子どもが山中で独り暮らしをしているとは思わなかったようで、あっさりと誤解してくれたようだ。騙《だま》したなどとは人聞きの悪い。

ともあれ、ユーリは首尾好く焼物の破片を譲ってもらい、上機嫌で帰途に就いたのであった。

……釉薬のせいで表面だけは白く見える、施釉陶器の破片を携《たずさ》えて。

3．骨の白

ユーリが己の勘違いに気付いたのは、アドンの屋敷で部屋に引き取って後の事である。意気揚々と確保してきた破片の割れ口を見て、白いのは釉薬だけである事に気付き、更に【鑑定】先生が、これが「施釉陶器」と呼ばれるものである事を教えてくれたのである。……いや、購入したのが白磁でなくて施釉陶器であった事自体は一向に構わないのだが……

（これって……〝白い〟材料にはならないよね。けど……）

ユーリにはそっちの方が問題であったが、釉薬という手札に気付けたのは大きいとも考えていた。

焼物用の窯《かま》など持ってはいないが、魔製石器だって窯も無しに作り得たのだ。焼物だってどうにかなるかもしれないし、それなら釉薬だってどうにかできる理屈である。

……実際は〝理屈〟にも何もなっていないのだが、切羽《せっぱ》詰まった……と言うか、追い詰められた心境のユーリには、そこに気付くほどのゆとりは無い。

（けど……さすがに釉薬までは、分けてもらえないだろうなぁ……）

各窯の秘伝になっているだろうし、実物は疎《おろ》か話を聞かせてくれるかどうかすら絶望的である。

まぁ、ユーリには前世の知識がある上に、【鑑定】先生と【田舎暮らし指南】師匠という頼もしい指導者も付いているのだが。その両先生がおっしゃるには、

（う～ん……釉薬の原料は石英か長石、もしくはそれらが風化した粘土かぁ……）

粘土自体は塩辛山にもあったが、あれは少し違うような気がする。

（ガラス質は珪砂《けいしゃ》さえあれば何とかなりそうだけど……いや、それだと透明釉になっちゃうのか。欲しいのは白い釉薬なんだから……やっぱり長石か錫《すず》が必要かな）

確か白絵の具にはチタンを含んだものもあった筈だが、チタンなど長石以上に見つけにくいだろう。白色顔料と言うなら鉛もだが、あれは結構な毒性があった筈だ。

〝顔料〟という単語が頭に浮かんだところで、ユーリは釉薬以外の選択肢がある事に気が付いた。白色釉など小難しい事を考えずに、原料となる土に白い絵の具か何かを混ぜて使えば……

（いや……元の土の色を覆い隠すくらいって、どんだけ絵の具を混ぜなきゃなんだよ）

これが濃色に染めるというならまだしも、欲しいのは白い材料なのだ。……いっそ白いティーカップは諦めて、色の濃いものを新たに買い求めるか？

　そんな事まで考えていた時、ふとユーリの脳裏に舞い降りてきた記憶があった。

（……うん？　混ぜて白くする？　……何か、そういった話が無かったっけ？）

　暫《しばら》く考え込んでいたユーリが思い出したのが、

「あ……ボーンチャイナ!!」

　牛の骨灰を混ぜ込む事で、白磁に劣らぬ白さと白磁以上の強度を獲得するに至った、英国産の「ボーンチャイナ」と呼ばれる焼物の事であった。

　幸いにして、魔獣の骨なら有り余っている。出汁《だし》を取った後は砕いて肥料に廻しているくらいなのだ。……アドンが嘆くので、今後の扱いについては少し考え直すつもりだが。

（まぁ、骨粉は骨粉で必要だし……いや、そうじゃなくて……）

　骨ならいくつかユーリの【収納】に仕舞い込んである。気付かれると面倒な事になりそうだし、本格的な製造は帰ってからやるとしても、

（……陶片と骨を粉にして混ぜて、ちゃんとコップが作れそうかどうか……それくらいは今確認しておいた方が良いよね）

　それを確認しておかないと、事によっては明日以降の買い物計画にも影響が出るだろう。

　……という説得力ある口実――自己欺瞞《ぎまん》とも言う――の下《もと》、ユーリは実験に踏み切って、

（おぉ……何かそれっぽいものができた）

　似非《えせ》ボーンチャイナの製造に成功していた。

　絵付けなど解決すべき点はまだ残っているが、一応の打開策は手にしたと言っていいだろう。

幕間　料理長殿、ご執心

「ユーリ君……あのナイフじゃが、もう残ってはおらんかね？」

「はい？」

ローレンセンへ来る途中に、各人に一本ずつ渡した筈だが……それだけでは足りないとでも言うのか、この老人は。欲深には思えないだけに訝《いぶか》しんでいたユーリであったが、

「いや……アドンのやつは口に出さんじゃろうが……実はな……」

と、事情を説明するオーデル老人。

「……料理長さんに、持ってかれちゃったんですか……」

フライドポテトの時の食い付きっぷりを思い出し、あの料理長ならさもありなんと納得するユーリ。きっとナチュラルに借りパクして、そのまま使ってしまうような気がする。料理《しごと》に使うと言われれば、確かにアドンとしても文句は言いづらいだろう。

「あいつは自分が軽はずみだったと諦めておるようじゃが……どうにも不憫《ふびん》でのぅ……」

「はぁ……」

土魔法で造れるとは言え、魔力を馴染ませ魔製石器にまで育てるのは結構手間がかかる。第一、材料からして制限がある。奇妙に聞こえるかもしれないが、普通の土でなくてはならないのだ。

以前ユーリは岩塩坑の近くで粘土層を発見していた。陶器やセラミック製品の知識のあったユーリは、早速その粘土を使ってナイフを造ってみたのだが……これが上手くいかなかったのだ。

いや、ナイフ自体は問題無く造れたし、心持ち硬度も高いようだった。ただ、その後の〝魔力を馴染ませる〟工程が上手くいかなかったのである。

実はここフォア世界では、魔力への親和性は魔素に触れた期間の長さに比例するという大原則が存在している。言い換えると、魔素に触れた事の無い物質には魔力が馴染みにくいという事である。地中深くに堆積していた鉱物や粘土などは、魔素に触れた期間が短くなるため、その分だけ魔力に馴染みにくい。鉄に代表される金属器の多くが魔力に馴染まないのは、これが一因となっている。

翻《ひるがえ》って普通の表土は、普段から魔素を含んだ空気に触れているため、その分だけ魔力への親和性は高い。結果として、地中から掘り出した粘土で造ったナイフは、単なる硬度は普通の土で作ったものに優るのだが、魔力を流した時の切れ味では寧《むし》ろ劣るという結果になったのである。

……と、いうような事までは知らないユーリであるが、魔製石器用の土は表土に如《し》くは無いという事自体は、経験則として承知している。そしてその経験則に鑑《かんが》みるならば、要するに〝いくらでも造れると思われては困る〟のだ。

しかし……とユーリは考える。アドンには色々と世話になっているし、多分今後も世話になるのは間違い無い。また、今後の事を考えると、料理長とも良い関係を築いておきたい。

ユーリは軽く溜息を吐くと、マジックバッグから予備の魔製「庖丁」を取り出すのであった。

＊＊＊

「いや……ユーリ君、大いにすまなかった」

「いえ……ナイフ、返してもらえました？」

「あぁ、君のお蔭だ、助かった。……うちの料理長は、腕の方は良いんだが……思い込みが激しいと言うか……料理の事になると傍《はた》が見えなくなるところがあってね」

地味に危ない性格だな――と思いつつ、アドンに釘を刺しておく。

「まぁ、それはともかく、料理長さんにはしっかり口止めしておいてくださいね？　土魔法で造れるとは言っても、造るのには結構手間が要るんで」

「無論だ。面倒を起こしたら取り上げると言ってあるから、料理長も下手な真似はせん筈だ」

「ならいいんですが」


ユーリもアドンも――なぜかは判らないが――すっかり失念していた事があった。

同じようにナイフを分け与えた冒険者パーティ「幸運の足音」……特に、尋常ならざる食い付きぶりを見せたハーフエルフの二人の事である。

エルフは保有魔力量が多く、また魔力に通暁《つうぎょう》するが故に、魔力と親和性の低い金属器とは相性が悪い。その結果、ナイフなどの武器を装備するのに大いに苦労している。ドラゴンなど魔獣の素材を材料としたものなら装備できるが、それらは押《お》し並《な》べて数が少なく、価格も高い。自助努力で素材を入手したとしても、それを加工するのがまた難物である。その結果エルフたちにとって、使い易い自前の武器の入手は、種族的な課題となっていたのである。

そんなエルフやハーフエルフの間に、ユーリの魔製石器の情報が流れればどうなるか……

ユーリたちはまだその事に気付いていない。

幕間　心地好く秘密めいた村

　九月も中旬に差し掛かった頃、ハンの宿場町を訪れた領主ダーレン男爵は、代官からの報告を受けて当惑していた。

「……エンド村が例年どおりの年貢《ねんぐ》を寄越《よこ》したというのか？」

「はい。と言っても、届けに来たのはアドンの御仁《ごじん》でしたが」

「珍しい事ではないな。今年も作物の買い付けに来たんだろう……待て、エンド村は、いつもどおりアドンに作物を売ったのか？」


　このところの慢性的な食糧不足は、この国《リヴァレーン》にも影を落としている。リヴァレーン自体は凶作だの飢饉だのというほどではないが、隣国ではかなりの難民が出たらしい。その一部がこの国に流れ込んで来ているため、いつもより食糧の消費が増えている。なのに隣国からの食糧輸入がほぼ途絶えているため、店頭に並ぶ食物が少ないのだ。加えて今年は、リヴァレーンでも小麦が不作気味である。野菜や果物などは例年と変わらないので、国民の多くはあまり食糧不足を実感してはいないだろうが……新小麦の値段が上がればそれと気付く筈だ。

　作柄が気になったので領内の村々を見廻って来たが、どこの村でも小麦は不作だった。いつもの量を徴税したら、村人たちが食べる分でかつかつだろう。少しは備蓄があるだろうが、それも充分な量ではない筈だ。なので今年は年貢を減らすと決めており、各村にもそれを通達して来た。

なのに、エンド村は平年どおりの年貢を納めた上、余剰分を商人に売った……？

エンド村の村人たちが無理をしているのではないかと心配した領主ダーレン男爵は、予定を少し変更して、自ら村へ赴《おもむ》く事を決めた。

＊＊＊

「ほぅ……これが、ダグの実から採れたというのか？」

代官からの報告を受けてから四日後、エンド村を訪れたダーレン男爵が試食しているのは、村人たちから供されたダグの実の澱粉《でんぷん》、それを団子に丸めたものであった。澱粉自体の味をみるために、敢えて何も付けずに食べてみたところ、少しエグ味のようなものはあるが、決して食べられないものではない。味付け次第では無理なく食卓に並べられよう。さすがに毎食これだときついかもしれないが、パンの合間に食べるくらいなら、却《かえ》って変化があって好ましいかもしれぬ。

「ふむ……ダグやシカの実はエグ味があって、食べられたものではないと思っていたが……」

実は男爵も子どもの頃、好奇心から囓《かじ》ってみた憶えがある。

「へぇ。ですが、潰して水に暫《しばら》く晒《さら》して、アク抜きをしたらこのとおりで」

ダグにしろシカにしろ、実りの本番はまだ先であるが、これらの実が食べられるかどうかは早めに試しておいた方が良い。そう考えた村人たちは、八月の終わり頃から実り始めたこれらのドングリを、まだ青いうちに収穫・水晒しして試食したところ好感触を得た。以来実が熟すのを一日千秋の想いで待ち続け、つい先日走りの実を収穫して、澱粉を採ったばかりだったのである。

「むぅ……大変な知恵のように思えるが……これは誰が発見したのだ？」

領主の訊《たず》ねに村人たちは顔を見合わせる。この方法はユーリから伝えられたものだが、それを領主に教えていいものだろうか。村の恩人とも言える少年を困らせるような真似は、たとえそれが殿様の命令であってもしたくない……

村人たちは困ったように口を噤《つぐ》み、その様子を見た領主は、何か理由があるのだろうと察しを付ける。別に発案者の身柄をどうこうしようと言うのではない。詳しい話を訊《き》きたいだけだ。そう言葉を重ねて説得する領主に折れて、村長が事情を話したのはその後であった――発案者の不利益になるような事は、貴族の名誉に誓ってしないとの確約を取った上で。

「すると……その少年は……五年間も……ただ一人で……」

村長から聞かされた話は、実際に目撃した者――オッタが村に残っていた――からの証言無しでは、到底信じられないような話であった。酒場で聞いたら法螺《ほら》噺《ばなし》だと笑い飛ばしたであろう。だが、その少年が教えてくれたという水晒しの技法は、確かにここに存在している。この方法を他の村に伝える事ができれば、今年の食糧事情は大分《だいぶ》改善されるかもしれぬ。

……と考えていた男爵は、これが今年だけの話ではない事に気が付いた。

このアク抜きの技術があれば、今まで利用できなかったものが食材として利用できる。あのリコラの根ですら食べられるというではないか。その恩恵はいかほどのものになるか。今年のように不作でなくとも、食材のバリエーションが増えるというのは、吉報以外の何物でもない。この技術は広めるべきであろう。

ただ……それがここダーレン領から始まって何が悪い？　ダーレン領はリヴァレーン王国北部の小領だ。農産物以外に目立つ特産は無く、他領と較べて抜きん出たところは無い。しかし、この技術を領内に広める事ができれば、そしてそれを秘匿する事ができれば……これは大きなアドバンテージになり得る。

「村長、収穫前で大変だとは思うが、このアク抜きの技術を身につけた者を数名、他の村に派遣する事はできないだろうか？　できればこの技術は他の村にも伝えたい」

「へぇ……それは構いませんですが……」

「無論、彼《か》の少年の事は話す必要は無い。いや、寧《むし》ろ話してもらっては困る。このアク抜きの技術ともども、他領の者には話す事を禁じる」

「……少々お待ちを……」

村長は暫《しば》し村人たちと協議していたが、別段問題は無かろうという結論に達した。元々彼らはそのつもりでいたし、アク抜きについてはアドンにも教えていない。宴《うたげ》の席ではあったが、一応ユーリにも口止めしてある。領主優先という話を聞いて、ユーリもなるほどと納得していた。

アク抜きの技術を領内に広める手筈は整えたものの、それで領主の悩みが解決されたわけではない……いや、不作に関する悩みは解決しつつあるが、新たな悩みが出て来たのである。

(件《くだん》の少年はローレンセンへ行ったというが……後を追うべきであろうか……？)

待っていればいずれ戻るだろうが……それまでにアク抜きの事を触れ廻られたら……。一応口止めはしたらしいが、海千山千の凄腕商人が跋扈《ばっこ》するのが商都ローレンセンだ。子どもの口を割らせるなど、あの連中にとっては赤子の手を捻《ひね》るよりも容易《たやす》かろう。

然《さ》りとて、自分がアドンの屋敷を訪問するのも不自然な話だ。アドン商会はエンド村をはじめとする村々の交易相手ではあるが、自領の御用商人というわけではない。何より、アドンが商会を構えているローレンセンは、自領ではなく隣の領内にある。自分が唐突に訪ねて行けば、必ずや人目を引くだろう。それは何よりも避けたい事だ……

男爵は人知れず悩むのであった。

第二十五章　大いなる？遺産

1．商業ギルドにて

「ここが商業ギルドですか……」

「そう。内部の造りは冒険者ギルドと大差無いだろう？」

「でも、集まっている人たちの様子と……雰囲気は全然違いますね。……酒場もありませんし」

「ははは、ギルドに酒場が併設されてるのは、世間広しと言えども冒険者ギルドぐらいだよ。他所《よそ》で騒ぎを起こされるくらいなら、目の届くところで飲ませておこうという事らしいけどね」

——という会話から判るように、現在ユーリがいるのは商業ギルドの建物内である。後学のために見ておいたらどうかというアドンの勧めに従って、商都ローレンセンの商業ギルドを見学にやって来たところであった。

冒険者ギルドとの違いに興味を惹かれてキョロキョロと辺りを見回していたユーリであったが、冒険者ギルドなら依頼票が貼ってある辺りに、やはり何やら貼られているのに気が付いた。

「アドンさん、あそこに貼ってあるのは……？」

「うん？　……あぁ、あそこは掲示板だよ。ギルドの会員に報《しら》せたい事などが貼ってある場所だ」

「見ても構わないでしょうか？」

「構わんだろう。ここには商人以外の者も結構立ち寄るし、見られて困るようなものは貼ってない筈だ」

――というアドンからの回答を貰って、ユーリは掲示板に近寄って行った。人員募集や飲み会のお報せなどが貼られているのを面白そうに眺めていたユーリであったが、その報せを見た途端に、軽く息を呑んで硬直した。

「……どうかしたかね？　ユーリ君」

「アドンさん……これって……？」

ユーリが指差した張り紙を見たアドンは……

「うん？　……なるほど、遺品整理の入札か。これはあれだよ、身寄りの無い者が死んだんで、その遺品を整理しようというやつさ。競売にかける前に、こうして商業ギルドに報せが来るのだよ。欲しいものがあったら入札できるように」

「……もう、入札は終わってるんですか？」

「いや、ここに貼られているという事は、まだ入札者がいないんだろう。……こんな田舎の村に燻《くすぶ》っていたような下級錬金術師の遺品じゃ、大したものは無いだろうからね」

――そう。それこそがユーリを釘付けにした理由であった。

錬金術師の遺品を、その道具を、丸々一揃いを、手に入れる機会が、目の前に転がっているのだ。これを黙って見過ごすなどラノベ読者の名折れだろうし、そうでなくともユーリには看過できない事情があった。

「……アドンさん……これですけど、ギルド員でない僕が応札する事はできますか？　できれば全部を一括して」

「ユーリ君が？　それは別に問題無いと思うが……ユーリ君は錬金術の心得があるのかね？」

狩りの腕に魔法、農業技術ときて、その上に錬金術とは欲張り過ぎだろうと言いたげなアドンであったが……

「いえ、スキルは持ってません。けど、スキル無しでも作業はできますよね？　その程度の真似事でも、できるとできないとでは大違いなんです」

――と、納得できるようなできないような、そんな答えが返って来た。

「錬金術師の遺品が纏《まと》まって手に入る機会なんて、そうそうあるものでもないでしょう？　僕としては、千載一遇の機会を逃すわけにはいきませんよ」

「しかし……小さな村の名も無き錬金術師だよ？」

高名な錬金術師の遺品というならまだ解るのだが――と、言いたげなアドンに向かって、しかしユーリは力強く反論する。

「いえ、だからこそ――ですよ」

「？？？」

わけが解らないという顔のアドンに向かって、ユーリは自説を開陳する。

「小さな村の錬金術師という事は、村人から色々な雑事を持ち込まれていたと思うんですよ」

「まぁ……そうだろうね」

「そういう様々な雑用を、恐らくですが然《さ》して豊かでもない錬金術師が熟《こな》していくには、色々な工夫があったと思うんです。その工夫は、僕にとって喉から手が出るほどに貴重です」

ユーリは名工名匠になる気などさらさら無い。とりあえずで充分だが幅広く対応できる、鍛冶で言えば野鍛冶のような何でも屋こそが理想であった。そして、半端仕事で食い繋《つな》いでいた下っ端錬金術師なら、そういうノウハウも豊富な筈だ。依頼を選ぶ余裕などは無かっただろうから。

「勿論、生きている錬金術師に師事する事ができればそれに越した事はありませんが、だからと言って今回の機会を見逃す事はできません」

――そう力説するユーリに、なるほどなぁという眼を向けるアドン。

〝喉から手が出る〟――の辺りで密かに聞き耳を立てていた周りの商人たちも、納得できたという表情である。

「まぁ、一筆書いてあげるから入手の方は大丈夫だろうが……ただ、ユーリ君はこの村の位置を知らんだろう？　私が同行できればいいんだが、残念ながら今は時間を取れなくてね」

この町を離れられない理由の一つが、ユーリの持ち込んだ商品の処理である。

それを知っているユーリは寸刻考え込んだ様子であったが……

「冒険者ギルドに護衛と案内の依頼を出すというのはどうでしょう？」

斯《か》くして、名も無き錬金術師の遺品を手に入れるため、ユーリはその小さな村へ向かう仕儀と相成ったのである。

2. 村へ

小さな村――その名もチッポ村――へと続く鄙《ひな》びた道をガタゴトと走っている馬車。御者台に座っているのは獣人の斥候、フライである。

そう、ユーリの依頼を引き受けたのは、他でもない「幸運の足音」であった。

〝ユーリには色々と世話になってるから、これくらいしないと罰が当たる〟という、当のユーリには今一つ理解できない理由から、彼らはこの依頼を無償で引き受けたのである。さすがにそれはと難色を示したユーリが、せめて宿代と食費を持つという事で話が纏まり、馬車の方はアドンが用立ててくれたのである。

「へぇ……皆さんは一時他の町へ行ってらしたんですか」

「あぁ。帰って来た早々に、あの熊公の討伐に駆り出されたってわけだ」

「ま、俺たちの事はいいやな。それよりユーリこそ、俺たちが留守している間に、大立ち廻りをやらかしたそうじゃないか」

「当たり屋のチンピラを虐《いじ》めたって聞いてるんだけど？」

「やだなぁ、虐めただなんて人聞きの悪い。大人のくせして少々おイタが過ぎたから、少しだけお仕置きしただけですよ」

「大の大人が泣き喚くほどのお仕置きかよ……」

「お仕置きって、本来そういうものですよね？」

真顔で問い返すユーリに、何とも言えない表情で、しかし頷《うなず》くしかない一同。確かに、それこそがお仕置きの本質ではある。

「ま、ユーリの事だから、その後にも何かやらかしてるんじゃないのか？」

「失礼だなぁ」

などという掛け合いを交《まじ》えつつ、これまでの事を話していくユーリ。身を乗り出して聞いていた一同であったが、アドンの屋敷の料理長マンドが魔製石器を借りパクしようとした一件の辺りから、カトラとダリア二人のハーフエルフの挙動がおかしくなった。

「……そういえば、皆さんにも石器をお分けしていましたよね」

役に立ってますか——と、訊こうとしたところで、ハーフエルフ二人がビクッと身を震わせる。

目敏《めざと》くそれを認めたユーリが、嫌な予感を覚《おぼ》えて二人に問いを発する。

「……あの……ナイフの事は、あまり触れ廻らないでほしいんですけど……？」

「御免なさいっ！」

「村への手紙に書いちゃった！」

——ハーフエルフ二人の話を纏めると、こういう事になる。

まず大前提として、エルフは保有魔力量が多く、また魔力に通暁《つうぎょう》するが故に、魔力と親和性の低い金属器とは相性が悪い。その結果、ナイフなどの武器を装備するのに大いに苦労している——という現状がある。ドラゴンなど魔獣の素材を材料としたものなら装備できるが、それらは押《お》し並《な》べて数が少なく、加えて価格も加工賃も高い。

ところがユーリの「魔製石器」は、金属でないためにエルフやハーフエルフが装備しても問題は生ぜず、しかも魔力と親和性が高いという、ある意味でエルフのために生み出されたような代物である。刃物類の確保に難儀しているエルフたちが、これに食い付かないわけが無かった。ならばエルフたち自らの手で造り出せばいいのではないかと言うと、事はそれほど単純ではない。

まず、エルフたちは確かに魔法は達者だが、使える魔法は木属性・水属性・風属性・光属性にほぼ限られており、火属性・土属性・闇属性の魔法を使える者はごく僅かであった。このうち火属性については、エルフたちの住まう森の中だと練習するのがほぼ不可能――と言うか厳禁――なので、仮に素質があっても上達しないという事情がある。一方で土魔法と闇魔法については種族的なものらしく、素質のある者がほとんど生まれない。ハーフエルフの場合は、片親である人間族の影響が大きいのか、火魔法以下の三魔法を使える者――身近な例では、カトラが火魔法を使える――も生まれてはくるが、やはり土魔法と闇魔法に熟達する者はほとんどいない。つまるところ……

「ユーリ君が造ったような『石器』は、あたしたちには作れないのよ」

「喉から手が出るほど欲しいのに、自分たちでは造れないの。解る？」

「つまり……僕の石器に物凄く食い付く可能性が高い……そういうわけですか？」

「可能性じゃなくて、確定ね」

不吉な未来を幻視して頭を抱えたユーリに、情け容赦の無い追い討ちがかかる。エルフでなくても魔術師なら、こんな代物を見て食い付かないわけが無い――と。

「何たって新しい魔道具だしね、そりゃ食い付くわよ」

「魔道具!?」

「あら？　ユーリ君、自分で作ってて気付かなかった？　歴《れっき》とした魔道具よ、これ」

「魔石を付けたら魔力持ちでなくても使えるんじゃない？」

予想外の展開に唖然《あぜん》としているユーリであったが、ここでクドルたちが参戦する。

「いや、このナイフ、魔力なんか無くても上々の切れ味だぞ?」

「確かにユーリ君の言うとおり、獲物の解体には持って来いだしね」

「えーと……解体はまだしも、戦闘には使わないでくださいね?」

「ん? なぜだ?」

「硬いのは確かに硬いんですけど、その分粘りが無いと思うんですよ。荒っぽく使ってると、折れたりする危険性があるんで」

生前の日本で見たセラミック庖丁の事を思い出しながら、ユーリはその欠点を挙げていく。セラミック庖丁と完全には同じでないとは言え、気を付けておくに越した事は無い。戦闘中に折れたりしたら命取りである。

だが、そう述べているユーリに御者台から声が届いた。

「――けど、使ってみた感じじゃそんな心配は無さそうだったぜ?」

声の主は獣人の斥候役、フライである。獣人特有の耳の良さで、車内の会話は漏れなく聞いていたらしい。

「使ってみた……って、フライさん……使っちゃったんですか?」

「あぁ。どんな感じだろうと思ってな。フォレストベアが相手だったんだが、別段何も問題は無かったぜ?」

「それは……すぐに折れたりはしないと思いますけど……さっきも言ったように硬度はともかく、靭性《じんせい》に劣る可能性があるんです。過信しないでくださいね」

「解った。けどなユーリ、俺の見るところ、粘りも鉄剣に引けを取らない感じだったぜ?」

「そうなんですか？」

ユーリは気付いていないが、「魔」製石器は単なるセラミックではなく、ユーリの魔力で強化された逸品である。【鑑定】で「魔製石器」と表示されるようになった段階で、普通のセラミック庖丁とは一線を画して、鉄器並みの靱性を獲得しているのであった。知らぬはユーリばかりである。

一方、ユーリとフライが魔製石器の性能について議論している頃、馬車の中では「幸運の足音」のリーダーであるクドルが、ハーフエルフの二人を問い詰めていた。

「……お前ら、まさかとは思うがユーリの個人情報を……」

「あ、さすがにそこまでは漏らしてないわよ」

「然《さ》る伝手《つて》から凄いナイフを手に入れたってだけ。……土魔法で作ったっていうのもだけど」

「あたしたち以外に誰が持ってる——とか、そもそも何本あるのかとかも明かしてないから」

「まぁ……それならいいが……」


……よくはない。

ローレンセンへ戻り次第、アドンと善後策を協議しよう。ユーリは固く決意するのであった。

3. 錬金術師の遺品

「ここですよ。彼が寝泊まりしていたのは」

そう言って、商業ギルドから派遣された男はユーリたちを一軒の小屋に導いた。決して小さいとは言えない小屋だが、中に雑然と置かれたあれこれのせいで、実際以上に狭く感じる。

「ここに、その方が住んでらしたんですか……」

感《かん》に堪《た》えない様子のユーリを見て、案内の男は複雑な表情である。村の者から聞いた限りでは、ここに住んでいたのは決して腕が良いとは言えない三流の錬金術師。〝その方〟呼ばわりされるほどの人物ではなかった筈だ。歳も歳だったし、風邪が元で呆気《あっけ》なく死んでしまったのだという。

身寄りの無かったらしい老錬金術師の遺品を整理するべく派遣されて来たのだが……想像以上にガラクタばかりで、競売《たたきうり》にかけても葬式代が出るかどうかと危ぶんでいた。そこにローレンセンの有力商人の紹介状を携《たずさ》えた子どもがやって来て、遺品の一切合財《いっさいがっさい》を引き取りたいという。何かの裏があるのではないかとも思うが、それは自分の知った事ではない。ギルドからも別段新たな指示は来ていないし、自分としてはガラクタを厄介払いできればそれでいい。

「代金は頂戴しましたので、全てお好きになさって構いません。ご不要のものがありましたら、そのまま残して置いて下されば、こちらで処分いたしますので」

「解りました。ご案内、ありがとうございます」

「いえ、これが仕事ですから」

一礼して職員の男と別れると、ユーリは今や自分のものとなった「お宝」に期待の目を向ける。

「ね、ねぇユーリ君、あたしが口を挟む事じゃないし、今更だとも思うんだけど……ここにあるのって、本当にガラクタばかりに思えるんだけど……」

「本当に今更だな……」

「金を払う前に言うもんだろ、そういう事は……」

「うるさいわね！　言う前にユーリ君が代金を支払ったんだから、しょうがないでしょ！」

そう。ユーリは村の役場に着くや否や、商業ギルドから派遣されて来た職員の男にアドンからの紹介状を差し出し、そのまま即金で全てを買い取ったのである。交渉や助言の割り込む隙など、どこにも無かった。

「いえ、これは僕には宝の山ですよ。そもそも錬金術に使う道具とか素材が何なのかすら僕には判りませんし。でも、ここには一通りの道具も素材も、それに教本も揃っているようですし」

「教本？」

ユーリの視線が向いている先には、「錬金術提要」「錬金術の要諦」「貴方にもできる錬金術」「これで君も錬金術師だ！」などという表題の書物があった。

この世界、活版印刷が未発達な事もあって、書物と言えば全て手書きの写本であり、従ってそれなりに高価である。これらの書物は、筆跡が全て同じところを見ると、恐らくこの小屋の住人が筆写したものであるらしい。ただし全てボロボロに擦り切れており、他の錬金術師が興味を引かれるかどうか……有《あ》り体《てい》に言えば売れるかどうかは微妙なところである。

「ユーリは錬金術師になるつもりなのか？」

「まさか。そんな気があったら素直に弟子入り先を探しますよ。僕に興味があるのは独学でできる程度の事です。そんな程度の事でも、知っているといないとじゃ大違いですから」

「でもよ、それだけのためにあれだけの金を支払うってのは、勿体なくねぇか？」

疑わしげに訊《き》いてくるフライに向かって、ユーリはきっぱりと首を振る。

「僕の村の辺りだと、小さな技術の一つ一つが生きていく上で不可欠なんです。他からの援助を期待できる立地条件じゃありませんし」

なるほど、塩辛山なら確かに――と、心の底から納得する「幸運の足音」。普通ならそんな場所はさっさと見切りを付けるのだろうが、ユーリが持ち込んだ品々から察するに、見切りを付けるには惜しい場所なのも事実らしい。

「払えない額じゃありませんし、命より高いものなんかありませんよ」

というユーリの言葉にも、一同頷かざるを得ない。確かに真似事程度の錬金術でも、役に立つ場合は少なくない。それに……

（「何たって、ユーリの事だからな……」）

（「……あの自作ポーション、物凄い効き目だったわよね……」）

（「ほとんど死にかけてた『赤い砂塵』の連中が、ピンシャン生き返ったからなぁ……」）

（「錬金術だって何とか究めちゃいそうよね……斜め上の方向に……」）

（「あぁ、斜め上にな……」）

4．錬金術素材の採集

チッポ村で一泊した翌朝、宿の食堂で朝食を摂《と》っていたクドルたちに、ユーリが怖《お》ず怖《お》ずとお伺いを立てる。

「あの、クドルさん。帰る途中に寄り道ってできますか？　勿論、追加の料金はお支払いします」

「ん？　別に追加料金なんざ貰うつもりは無いが……どこに寄るんだ？」

「あ、はい。昨夜ブンザさんの遺稿を読んでたら、少し離れた森で素材を採ってたらしたみたいで」

「なるほど、錬金術の素材か……」

故人ブンザはユーリと同様の記録魔であったらしく、書き付けの山を遺《のこ》していた。身の回りの出来事や仕事上の工夫、錬金術素材のあれこれなどを、内容ごとに分類して書き残していたのである。

この時点でユーリは故人に強い共感と感謝を覚えていたが、それはともかく――昨夜のうちに作業日誌を調べていたユーリは、看過できない記述に目を留める事になった。

それは、故人《ブンザ》が雑貨店に頼まれてガラス壜《びん》の作製を請け負っていたという事実であり、原料となる珪砂《けいしゃ》を村から少し離れた山麓で採集していたという事実であった。その採集場所が、ちょうどローレンセンへの帰路に当たっている事から、ユーリは帰りの寄り道を申し出たのであった。

「……あぁ、確かにそこなら大した寄り道にもならんだろう。今日のうちに帰り着ける筈だし、構わんと思うが？」

クドルから視線を向けられた他のメンバーも、うち揃って頷き同意を示す。

「じゃあ、お手数ですけど、お願いしますね」

斯《か》くいった次第でユーリたち一行は、帰路に問題の小さな森へと立ち寄る事にしたのだが……

＊＊＊

目的地へ向けて田舎道をひた走る馬車。その脇を軽快に伴走しつつ、結構な頻度で素材を採集しているのはユーリである。息も切らさず馬車に追走するだけでも大したものなのに、走りながら目《め》敏《ざと》く素材を見つけては手早く採集していく。もはや手際が良いとかいうレベルではない。何か特別なスキルでも持っているのか？

「いえ、何となく憶えただけですよ。これくらいできなきゃ田舎暮らしは務まりませんし」

本職の方には叶《かな》いませんよ、と謙遜するユーリであったが……

（「……そうなのか？」）

（「ううん……あれは素人《しろうと》の真似事ってレベルじゃないわよ……」）

（「けど、手早く採集しないと駄目というのは解る気がする。場所が場所だし」）

（「塩辛山か……」）

（「確かに、それはあるかも……」）

――と、クドルたちを唸《うな》らせた採集芸であるが、種を明かせば【探査】スキルである。素材として使えるものを視野に表示させ、それを片端から採集しているわけだが、ユーリはここで一手間加えていた。すなわち、過去の採集記録に照らし合わせて、塩辛山の周辺では採れないものだけが表示されるようにしていたのである。

まぁ手品の種はどうあれ、クドルたちを驚かせた採集技術であったが、あまり時間をかけ過ぎても拙《まず》かろうと、少しずつ控えめにしていった。やがて見えてきた小さな広場に馬車を駐《と》めると、ユーリは徐《おもむろ》に小さな踏み分け径《みち》へ入り込み、クドルたちが慌てて後を蹤《つ》いて行く。踏み分け道を少し進むと、小さな崩落跡地へと出た。剥《む》き出《だ》しになった土砂の質を確認すると、ユーリは麻袋――ローレンセンで大量買いしたもの――を取り出して土を詰め始めた。

「おいユーリ、この土が素材なのか？」

「はい。珪砂ですね。ガラスを造る時の原料ですよ」

「ガラスだと？」

「えぇ。故人は壜を造っては納品していたみたいですね」

そう喋《しゃべ》っている間にも、ユーリは土魔法で珪砂を……正確には、石英質を多く含む山砂を袋詰めしてはマジックバッグに収納していく。あっという間に三十袋ほどを詰め込むと、とりあえずはこんなもんだろうと腰を上げた。

「じゃあ、そろそろ帰りましょうか」

＊＊＊

一通りの素材を回収し終えたユーリは、今度は温和《おとな》しく馬車に乗って帰途に就いている。他愛無いお喋りを楽しんでいたところで、ふと思い付いたようにクドルがユーリに問いかけた。

「なぁ……ユーリはガラスを造れるのか？」

「まさか。故人の遺した資料を基に独学でやってみるつもりですから、資料に書いてある素材は確保しておきたいだけですよ」

「でも……それらしい砂なら、あの小屋にもあったじゃない？」

「どれだけ失敗するか判りませんからね。原料は多いに越した事が無いです。それに、今回採った土にしても、そのままでは原料になりませんから」

「あれ？　そうなのかい？」

「えぇ。最初に使える部分を選《よ》り分ける必要があるんですよ。小屋に残っていたのは、選り分けた後の珪砂ですね」

それは結構大変なんじゃないかと言うクドルたちに、

「冬の間の仕事ができました」

――と、けろりとして答えるユーリ。そう答えた事で思い付いたらしく、
雪が積もると狩りも移動も難しくなるのではないか？　そう懸念したユーリが質問する。

「そういえば、クドルさんたちは、冬はどうするんですか？」

「あぁ、他の連中だと、南下して少し暖かい町へ行く者も多いんだがな」

「うちらはそうもいかないし」

「？」

不得要領な顔のユーリに、クドルたちが説明してくれる。C級以上の冒険者は、勝手に町を離れられないのだと。万一の場合の防衛戦力としてカウントされているかららしい。その分、ギルドから幾許《いくばく》かの手当が出るとの話であった。

「ま、ローレンセンは商都だしな。冬も結構護衛依頼はあるから、それをやって食《く》い繋《つな》ぐさ」

第二十六章　魔製石器顛末

である。

「あの石器の作り方を教える？」

「ユーリ君、本気かね？」

「ええ。尤《もっと》も、再現性……上手く教えられるかどうかは解りませんけど」

ユーリとアドン、オーデル老人の三名が何を話しているのかというと、魔製石器の製法について

チッポ村への道すがら、「幸運の足音」のハーフエルフ二人から魔製石器が引き起こしそうな面倒事のあれこれを聞いたユーリは、自分の平穏な生活を守るために、魔製石器の製法を公表しようと決意した。魔製石器を求めるエルフや魔術師が大挙して自分を訪れるなど、引き籠もり体質で微コミュ障のユーリにとっては悪夢でしかない。しかしながら、ハーフエルフの二人が既に村への手紙に書いた以上、魔製石器の事を隠し通す事はできない。いずれは自分の事も明るみに出るだろう。

だが、魔製石器の事を隠すのは無理でも、製造販売を他人に任せておけば、自分は騒ぎに巻き込まれずに済むのではないか。

「しかし……だとしても、見切りが早過ぎないかね？」

「そのお嬢さん方の話では、まだユーリ君の事は漏れておらんのじゃろう？」

「僕の国には、転ばぬ先の杖という諺《ことわざ》があるんですよ。情報が漏れてからでは遅いんです」

きっぱりと言い切るユーリを見て、商人《じぶん》との相違を自覚するアドン。一端《いっぱし》の商人であれば、儲けのためなら多少のリスクは覚悟するものだが、この少年は、リスク回避のためなら莫大《ばくだい》な利益を投げ捨てて、恬《てん》としていられる手合いらしい。

……とは言え、確かに事が公になれば……

「……大騒ぎになりかねんの……」

「あぁ、エルフや魔術師、冒険者、それに料理人などが、挙《こぞ》って求めに走るだろうな」

「あの……他はまだ解るんですけど……料理人というのは……？」

訝《いぶか》しげなユーリに対して、アドンが事情を説明する。

「要するに、金属臭がしないんだよ、あれは。食材が金気《かなけ》臭くならないと言って、料理長《マンド》が絶賛していた。それはもう、口を極めて」

そんな効能もあったっけと、些《いささ》か暗くなりながら納得するユーリ。我ながら便利な刃物を造ったものだと思うが、今はその便利さが恨めしい。

「アレが大っぴらになったら、確かに関係各方面が血眼になって探すだろうな……それを考えると、早めに動き出しておいた方が無難か……」

「じゃな。仮に全員が口を噤《つぐ》んでいたところで、使っていれば人目を引かずにはおかんじゃろう」

「それを考えると……そうだな、ユーリ君の言うとおり、早めに動き出して主導権を確保しておくのが上策か……」

暫《しば》し考え込んでいたアドンは、不意に顔を上げると、ユーリを鋭い目で見つめた。

「ユーリ君、本当に構わないのかね？」

「ええ。他のあれこれで既に充分な利益を得ています。これ以上は……」

「……確かに、他のあれこれで色々と目立っておるのぅ……」

「目立ち過ぎるな……確かに……」

魔製石器がもたらす利権は莫大だが、その分追及も厳しいものになるだろう。未成年のユーリをそれに曝《さら》すのは、一人の年長者としても同意しかねる。

「ユーリ君、この話を私にしたという事は……」

「僕は他の魔術師の方に伝手《つて》がありません。例外は『幸運の足音』のカトラさんですが、彼女は土魔法を持ちませんから、石器の作製には関われません。信頼できそうな土魔法使いの方を探すには、アドンさんのお力を借りるしか思い浮かばないんです」

そこまで言って一息吐《つ》くと、ユーリは続きを口に出す。

「土魔法使いの方が見つかったら、できるだけ詳しく造り方をお伝えします。その後の流通その他については、お手数ですがアドンさんにお任せしたいと」

――掛け値無しの大仕事である。

それだけの利権をあっさりと手放すユーリは、どれだけ平穏に執着するのか……と、思っていたのだが、ここへきてアドンは妙な違和感に囚われていた。何というか……自分たちとユーリの認識に、何か根本的な齟齬《そご》があるような、ちぐはぐな印象が拭えないのである。

アドンが感じた違和感は、ユーリの誤解――己に対する過小評価――が原因である。ユーリの方は〝最底辺の自分にできる事なのだから、コツさえ掴めば誰にでもできるだろう〟と、妙な確信を抱いており……そのせいで鉛筆にも魔製石器にもさほどの固執を抱かないのであった。

加えてユーリは引っ込み思案のプチ・コミュ障である。自分の平穏が最優先。金も名誉も地位も不要。何なら山奥に引き籠もる事も視野のうち。実際に塩辛山の山腹で、それ用の土地を物色していた。イメージとしては、前世地球のシェルターとか秘密基地のつもりである――この世界だとダンジョン扱いされるかもしれないが。結界の魔道具だって、見本として一応購入済みである。これを参考にすれば、憧れのバリアーだって張れるかもしれないではないか。

男とは、いくつになっても――十二歳だが――少年の心を忘れない生き物なのだ。

第二十七章　紙さまざまの話～異世界紙事情～

1. 雑貨店にて

「……文具店？」

不可解そうに問い返したアドンの様子を見て、どうやらこちらの世界では通じない単語らしいと気付くユーリ。

「えぇと……紙とか筆記具とか……そういうのを纏《まと》めて取り扱っている店の事ですけど……」

ユーリの説明を聞いて、ふむ、という感じに考え込むアドン。やがて顔を上げると、そういうものだけを専門的に取り扱っている店は無いが、その手のものを置いている店ならあると言う。

「ちょうど注文に行く予定がある筈だから、ついでに案内するように言っておこう」


——という遣《や》り取《と》りの後、ユーリはアドン邸の執事であるヘルマンとともに馬車に乗っていた。

ちなみに、筆記具なんか見ても面白くないという理由で、ドナとオーデル老人は不参加を表明している。記録魔のユーリからすれば甚《はなは》だ寂しい反応であったが、書物や紙の流通量が少ない事情に鑑《かんが》みれば、無理からぬ反応でもあった。

「日用品の買い出しに、態々《わざわざ》ヘルマンさんが出られるんですか？」

そういうのはもっと格下の、下男とかメイドとかの役目ではないのかと言いたげなユーリに対して、執事《ヘルマン》は生真面目《きまじめ》に返答する。

「この手のものの目利きができる者が、他におりませんので」

食品や衣料品の品質くらいなら、判る者は他にもいる。酒や木炭も何とかなるだろう。しかし、さすがにインクや紙類の目利きとなると、他の使用人には荷が重い。という理由で、執事自らが発注に出向くという事になるらしい。

「最初に雑貨を商う店に参ります。そこはペンやインクなども扱っておりますので、ユーリ様のご希望に添えるかと存じます」

「あ、はい。どうもありがとうございます」

年長者に丁寧語で話しかけられるのはどうも落ち着かないな――と思いつつ、ユーリは本日の予定を確認する。最初に雑貨店でペンやインク、木炭などを注文して、次に廻るのが書店という事であった。この国では紙はそれほど普及しておらず、書店が片手間に扱う程度の流通量らしい。

話し込んでいるうちに馬車が雑貨店に到着したので、ユーリはヘルマンとともに店内に入った。

（う～ん……やっぱりこの世界の筆記具、主流は鵞《が》ペンかぁ……）

元いた世界では、紀元一世紀には万年筆――の原型？――が発明されていたとか聞き囓《かじ》った憶えがある。しかしこちらの世界では、筆記具は未だに鵞鳥《がちょう》の羽ペンが主流らしい。思えば初心者講習の時に、アドンが用意してくれたのもこれだった。筆は存在している筈だが、あくまで画材の扱いで、筆記具として使われる事は無いようだ。

また、ざっと見た限りでは金属製のペン先も置いてない。これだけ大きな雑貨商にペン先が置いてないという事は、万年筆どころか付けペンすら普及していないのかもしれない。なるほど、アドンが鉛筆に食い付くわけだ。

その鉛筆――正確にはチャコールペンシル――であるが、アドンが手配した粘土だか陶土だかが揃ったので、一通りのチェックを済ませておいた。粘土というより細かな砂のようなものもあったが、それ以外ではどれを使っても大差無いような気がする。土の種類や産地よりも、どれだけ細かな粘土を使うかの方が重要なようだ。この点は既にアドンに伝えておいた。ちなみに、木炭や粘土の微粉化作業に当たって呼吸器に障害が出る可能性と、それを回避するためのマスクの着用に関しても、既にアドンに伝えてある。早ければこの冬にも試作品が出来上がる筈だ。

商品化された鉛筆の使い心地が好ければ、自分でも購入するか……などと考えながらあれこれと商品を見ていたが、ヘルマンの用事が済んだようなので、ユーリも店を出る事にした。

2. 書店にて

雑貨店での発注を済ませたヘルマンがちらりとユーリの方を見遣《みや》ると、それと悟ったユーリが店内見物を終えて店を出て行った。一足先に馬車に乗っているだろう。ヘルマンは、今朝方の主人との遣り取りを思い出していた。

〝は？　ユーリ様を雑貨店と本屋にお連れするのでございますか？〟

〝そうだ。お前も気付いているとは思うが、どうにもあの少年は社会常識というものに欠ける、いや、欠け過ぎる〟

〝それはまぁ……〟

〝聞けば物心付いてからは祖父と二人暮らしで、祖父亡き後は塩辛山の廃村に引き籠もっていたそうだが……それを考慮しても、あそこまで現状認識がおかしいのは、本人に何らかの欠陥があるのではないかと疑いたくなる〟

〝そこまでおっしゃるのもどうかとは存じますが……心情的には旦那様を支持いたします〟

〝だろう？　大体、スラストボアやグリードウルフを害獣扱いして、モノコーンベアやギャンビットグリズリーをポーションの材料扱いするような子どもだぞ？　まぁ、そっちの方は冒険者ギルドが頭を痛めれば済む事だが〟

〝正直、彼らには少し同情いたしますな。冒険者でもない唯の子どもが、B級の魔獣を討伐するのでございますから〟

〝それはそれとしてだ、商人である我々からすれば、彼が使っている筆記用具と紙は何としても欲しい。しかしその前に、彼には自分が使っている道具が世間一般の水準とかけ離れている事を自覚してもらわねばならん〟

〝……いつもの調子でばら撒《ま》かれたりしては、大事《おおごと》でございますな〟

〝そのとおりだ。幸いに、彼の方から紙と筆記具の事について訊《たず》ねられた。これを機に、世間に流通している一般的な紙とペンの水準を知ってもらうべきだと思う〟

……という経緯《いきさつ》を合間々々に思い返しながら、ヘルマンはユーリの質問に答えていた。そうこうするうちに、馬車は目的の書店へと近づいて行く。

「紙って、本と一緒に売られてるんですね……」

この国の者なら常識とも言える事を訊き直すユーリに不審を抱いたが、考えてみればこの少年は、場所もあろうに塩辛山に一人で籠もっていた世捨て人だ。いっそ異国人に対するように接した方が良いかもしれぬ――と、考え直したヘルマンが、その辺りの事情を――噛んで含めるように――説明したのだが……要はこういう事であった。

まず、この世界ではまだ活版印刷が普及していない――多分、発明もされていない――事もあって、書物の需要や流通量は大きくない。従って、紙はまだ高級品の位置付けであって、日用品にはなっていない。日用品でない紙の出番はどこかと言うと、やはり記録用が多く、次いで原稿用という事になる。では、そんな紙がなぜ書店で商われているのか。

最初に記録用としての紙であるが、こちらの世界――あるいは国――で日記や備忘録として使われるものは、いずれも革装釘したぶ厚い――解り易く言えばハードカバーの本と同じ見かけの――「日記帳」である。文字が書かれていないだけで、体裁《ていさい》は普通の本と全く同じなのだから、書店が取り扱うのに不思議は無い。

次いで原稿用としての紙であるが、活版印刷が普及していないこの世界では、書物は基本的に自筆もしくは写本である。最初から装釘済みの「日記帳」のようなものに書き写す場合もあるが、紙に書いたものを後で製本する場合も珍しくはない。そういう場合のために、綴じていない紙そのものも書店に置いてあるのだった。

それ以外のケースとしては、契約書などの用紙がある。国の公式文書などには羊皮紙が使われているが、羊皮紙では書き損じた部分を削り取る事で修正が可能であり、言い換えると内容の改竄《かいざん》が可能である。これを嫌って、商取引の契約書などは羊皮紙ではなく紙に書いたものへの置き換えが進んでいる。紙の場合、インクを消そうとしても消した跡が残り、改竄が困難なためである。ちなみに、修正液だのインク消しだのといった便利な代物は無い。

そんな契約書の用紙も、他に適当な店が無いからと、これも書店が扱っているらしい。

「……なるほど、能《よ》く解りました」

「つい長広舌《ちょうこうぜつ》になってしまいました。申し訳ございません」

「いえ、色々と教えて戴いて助かりましたから」

「それでは、ちょうど着いたようですし、店に入るといたしましょうか」

店主に案内されて、書店に置いてある紙製品――革装幀の日記帳とばら売りの紙――を見せてもらったユーリは、内心でその品質の悪さに呆れ果てていた。

高級紙の品質はそれなりであるが、普及品の品質は――前世の日本での基準に照らせば――お世辞にも合格とは言えない。

(アドンさんが僕の日記を見て驚いていた理由が判ったな……変にくすんだような色合いだし……これって、着色してるんじゃないよね……?)

店主に製法を聞いたところで納得した。これらの紙は木材パルプでなく、ボロ布を原料として作られていたのだ。

(そういえば……地球でも昔の紙は、ボロ布を醗酵させたり叩解《こうかい》したりして作っていたんだっけ……日本にいた頃、本で読んだよ……）

　こちらの世界の製紙技術も、未だそのレベルに留まっているらしい。ならば高級品は別として、普及品の紙が黄ばんでいるのも無理からぬ事か。

（確か……黄色がかった紙には補色である青系の染料を混ぜる事で、白く見せる事が可能だって書いてあったけど……そういう技術も知られてないのかな？　それとも、コスト的な理由でやってないのかな？）

　確かめてみたい気はしたが、迂闊《うかつ》な事を口走って退っ引《のぴ》きならない羽目に陥るのは避けたい。ここは沈黙の一手だろうと、素知らぬ顔で製品を見ていく。

　見た限りでは、紙は白……と言うか生成《きな》りのものばかりで、着色された紙は無いようだ。高級紙の場合、漉《す》く時に白色顔料のようなものは加えているのかもしれないが。

（……折り紙とか千代紙とかは知られてないのかな？　記録媒体として以外の紙の用途って、あまり広まってないのかもしれないな……）

　色紙《いろがみ》の類《たぐい》はともかく、メモ用紙の購入を考えていたユーリとしては、当てが外れた格好である。

（……と言うか……肝心のメモ帳が置いてないんだよな……）

　前述したとおり、この世界の書写材と言えるものは革装幀の「日記帳」くらいであり、気軽にメモを取るような習慣は無い。必然的に、ユーリが求めるようなメモ帳だの手帳だのといった品物も存在しない。

　その理由としては第一に、使い捨てのようなメモを取るには、紙というのは高過ぎるのである。

　そして第二に、手に持ったままの用紙に手軽に文字を書けるような筆記具が無い――もしくは少ない――事が挙げられる。地球と相似的な歴史を歩んでいるのなら、万年筆くらい発明されていてもいいのではないか――地球で万年筆の原型が誕生したのは紀元一世紀のエジプト――と思うが、現実にそのようなものは――さっき訪れた雑貨店でも――見当たらなかった。鵞ペンだとペン先を一々インク壺に浸す必要があるので、立ったまま記録するには不向きである。筆と矢立くらいならあってもおかしくない気がするが、なぜか筆記用具とは見做《みな》されていないようだった。無論、この事に関しても黙秘を貫いておく。口は災いのもと。余計な事は口走らないに限る。

（う～ん……僕の紙より品質が悪いのは気になるけど……中級品の紙を纏め買いしておくかな。毎回紙を漉くのも大変だし……。裁断して綴じればメモ程度には使えるよね。それに……）

今回ユーリが紙を求めにやって来たのは、メモ帳以外の必要にも駆られての事であった。紙袋用の紙を買って来いと、マーシャに厳命されていたのである。

今更改めて述べるまでも無いが、マーシャの本分は酒精霊。故に酒造原料についても一家言《いっかげん》ある。その原料候補の最右翼たる山ブドウの仕上がりが、どうにも思わしくないのである。――とは言っても、別にブドウの品質が悪いとかではなくて……雨水などによって感染する病気や虫害によって、一部が損なわれるのが気に入らないのであった。ユーリはさほど気にしていない……と言うか諦めていたのだが、酒と酒造原料の擁護者を以《もっ》て自ら任じているマーシャにとっては、酒精霊たる自分への挑戦にも思えるらしい。袋かけという技術で病虫害を防ぐ事ができると聞かされたマーシャは、その実行を強くユーリに要請したのであったが、紙袋に廻すような紙の余裕は無いと素気《すげ》無《な》く断られる始末。ならば今回のローレンセン行きでは、紙袋用の紙も買って来い――と、マーシャからのご託宣《たくせん》が下っていたのであった。

（まぁ……他に欲しいものもあったしね）

紙袋用の紙は別としても、ユーリはそろそろ厚紙も欲しくなっていたのだが、またしても当てが外れた事に、この店にはそれらしきものは置いてない。この国有数の商都ローレンセンの、それも指折りの店に置いてないのであれば、この国で厚紙を入手できる確率は低いだろう。そうすると自作するしか無いが、製紙原料をそちらに廻せば記録用の紙が割を食う事になる。その分は——些《いささ》か品質に思うところはあるが——ここで購入する紙を充てるしかないだろう。

こういった判断の下《もと》に、ユーリは中級紙と（紙袋用の）下級紙などを大量に纏め買いしたのであった。店主は当然好奇心を刺激されたが、上客であるアドンの知人らしい少年の事を詮索するような下世話な真似はせず、また、この事を触れて廻るほど浅はかではなかった。その辺りを考慮して、アドンもユーリの同行を認めたのであったが。

3. 紙細工

「うん、こんなものかな」

アドンの屋敷へ戻ったユーリが、フーフーと息を吹きかけている先にあるのは風車《かざぐるま》。細い柄の先に取り付けた小さな羽根車に、風を当ててくるくると回す玩具《おもちゃ》である。書店で色々と大人買いした紙の中に、少し厚めで丈夫なものがあったので、針と木の枝を使って作ってみたのだ。

メイド見習いとして雇われているサヤの妹、セナへのお土産である。

飢饉《ききん》のために姉妹二人で故郷を離れざるを得なくなったのだが、まだ七歳のセナには食うや食わずの旅暮らしは無理があったと見え、慢性的な栄養失調と過労が祟《たた》って、今も寝たり起きたりの生活をしている。それを許しているアドンも好人物だが、彼の場合はこの先隣国の難民からパパス芋に関する情報を得るために、同国人の幼い姉妹を利用しようという目論見《もくろみ》もある。ちなみに入れ知恵したのはユーリであった。姉であるサヤはメイド見習いとして仕事を憶えている最中なので、幼いセナはそこまで気を使う必要も無いのでは……と、ユーリ辺りは思ってしまうが、当人としては申し訳無いという気持ちの方が強いようだ。

そんな屈託を溜め込んだセナの気晴らしになるかと思って作ってみたのだが……

「うん、やっぱり色が付いてると、ぐっと見映えも良くなるな」

書店で取り扱っていた紙は生成《きな》りのものばかりで、色の付いた紙は置いていなかった。ではどうしたのかと言うと……先日購入した魔道具を使ったのである。

インバという老婆が営む魔道具店を訪れたユーリは、そこでいくつかの魔道具を購入していた。十把一絡《じっぱひとから》げで売られていた中に、ハンカチを染めるための魔道具というニッチな代物があったのだ。ハンカチ程度の大きさの布を綺麗に染めるという触れ込みであったが、その程度の事に一々魔道具を使う物好きもいないわけで、哀れ店の隅で埃《ほこり》を被っていた。出来合いを買った方が早いし安い。製作者は何を考えて作ったのかと言いたくなるが、そういう妙なものも置いているというので、定期的に店を訪れる物好きな常連客もいるようだ。妙なものを作った職人もそこそこの利益を得る事ができるので、魔道具職人の育成と地域経済を回す事には貢献しているらしい。

ともあれ、その微妙魔道具を購入したユーリが試しに紙に使ってみると、綺麗に斑《むら》無く染める事ができたのである。

「……うん。風車《かざぐるま》だけじゃ寂しいし、折り紙でも作って持って行くか」

自慢にならない話であるが、前世のユーリは入院生活が長かった。安静を余儀なくされる入院生活では、退屈を紛《まぎ》らわせる手段は必要不可欠である。女子には手芸などをする者が多かったが、折り紙は性別年齢に拘《かか》わらず人気《にんき》であった。なのでユーリも一通り以上のものは折れる自信がある。

まぁ、いきなり気合いの入ったものを持ち込んで引かれてもアレなので、折り鶴をはじめ基本的なものをいくつか折って持ち込んだのだが……

＊＊＊

「ユーリ君、これはっ⁉」

うん……アドンさんが凄い勢いなんだけど……ひょっとして、折り紙は拙《まず》かったのかな？

「えぇと……折り紙……正方形の紙を折って作る……玩具《おもちゃ》というか、子供の遊びというか……」

「子どもの遊び⁉」

「とてもそうとは思えんのぅ……」

食い付きそうなアドンさんとげんなりした様子のオーデルさんの後ろでは、セナたちがまったりと遊んでいる。うん……折り紙も風車も気に入ってもらえたみたいだね。……あぁ、エトは紙鉄砲がお気に入りかぁ……

「ただ、紙を折るだけで、これほどの工芸品を作れるのか……」

「ユーリ君や、それは儂《わし》らでも作れるもんなのかのぉ……無論、修行は必要じゃろうが……」

「……修行？」

「いえ？　修行も何も、すぐにできる筈ですよ？」

「「え？」」


ユニゾンで間抜けな声を上げた二人をそのままに、ユーリは後ろの少年少女四人――サヤ・セナ姉妹、エト、ドナ――を呼び寄せる。一緒に折り紙を折らないかと。


「そうそう、綺麗に角を揃えて折らないと、出来上がりが汚くなるから」

「う～ん……結構難しいわね……」

「おねぇちゃん、ここやって」

「あぁほら、そこは、こう……」

「むぅ……どうもこういう細かい細工は……」

「お互い歳を取ると難儀じゃのぅ……」

「こうですか？　ユーリ様」

「そうそう、そこを持って力強く振ると」

エトの作った紙鉄砲が、パンッという音を鳴らして開く。

「おっ！　やった！」

「わぁ～、エトおにぃちゃん、上手ぅ～」

「むぅ……先を越されたか……」

　ユーリが教えたのは折り紙の基本。折り鶴から始めて兜《かぶと》・蛙《かえる》・紙風船・紙鉄砲・紙飛行機など、ごく初歩的なものばかりであったが、実際に自分で作ったものを見て、紛《まご》う事無く紙で折ったという事実を、そして、紙一枚を折るだけで斯《か》くも立体的な造形が可能なのだという事実を再認識する一同。

「ふぅむ……これは……」

「ただの紙ではちと寂《さみ》しいが、ユーリ君のように色の付いた紙を使えば、ちょっとした飾りなんかに使えはせんか？」

「あ、食卓の隅にでも飾っておいたりですか？」

　ユーリが何の気無しに漏らした〝食卓の飾り〟という一言が、アドンの何かを刺激したらしい。ゆっくりと振り返ると、ユーリに向けて問いかける。

「ユーリ君、ものは相談だが……」

「はい？」

第二十八章　蒸しのいろいろ

1．アドンからの相談

「貴族受けしそうな料理……ですか？」

「そう。ユーリ君なら何か知らないかと思ってね」

十二歳の引き籠もりに無茶振りをしているのは、この屋敷の主人アドンである。尤《もっと》も、無茶振りなのは本人も自覚しているらしく、問い詰めるような気配は無い。あくまで〝何か出てくれば儲けもの〟――という程度の感じである。

「冬が社交シーズンなんですね」

「積雪のせいで道が閉ざされると、どうしても商取引などは下火になるからね。特にここローレンセンは商都だから、その傾向も強い。まぁ、他領や他国との往き来が途絶えるため、貴族様方も暇になるのは同じらしくて、王都でもパーティ三昧《ざんまい》らしいよ」

「それで、パーティ向けの料理ですか」

「そう。商人にとってパーティの場は戦場も同じだ。どれだけ相手の度肝を抜けるかに懸かっていると言ってもいい。ただ、料理の方はどうしても代わり映えしなくてね」

「なるほど……」

「例のパパス芋が使えれば良いんだが、さすがに手配が間に合わなくてね。料理長は早く手に入れろとせっついているんだが」

「マンドさんが？」

「あぁ。君が作った揚げ芋が気に入ったみたいで、他の材料でも色々と試しているようだがね」

「あれ？　だったら、揚げ物でいいんじゃ……？」

「悪くはないんだが……どうしても見映えがね」

「あー……なるほど」

　肉も魚も野菜も、衣を付けて揚げてしまえば、どれもこれも同じに見える。茶色いフライが並んでいるだけでは、見た目が地味になるのは避けられない――とユーリも納得の体《てい》であった。

　……尤も、〝衣を付けて揚げる〟などと考えているのはユーリだけで、揚げ物初挑戦のマンドが試みているのは、何も付けない素揚げである。ユーリはそこまで気が廻らなかったが。

「う～ん……ソースで彩りを添える手もありますけど……それでも五十歩百歩でしょうね」

「マンドも色々と試していたようだけどね。ユーリ君、何か面白いソースを知らないかね？」

「生卵を使ったソースの事を祖父から聞いた事はありますが……怖くて作れないんですよね」

「あ～……生卵かぁ……ちょっと怖いね」

　生卵を使ったマヨネーズやタルタルソースは、生卵がサルモネラ菌などに汚染されていると、食中毒を起こす危険性が高まる。汚染されていないと【鑑定】で確認できれば良いのだろうが、ここローレンセンで汚染されていない生卵が手に入るかどうかは怪しい。商人として、危険なものは避けるべきであろう。

「う～ん……」

パーティ料理となると、美味しい事は言うに及ばず、見た目の美しさやインパクトも重要になる。例えば挽肉《ひきにく》を使ったハンバーグステーキなどは、屑肉《くずにく》料理だと誤解されかねない。家庭料理としては一押しでも、パーティ料理には向かない可能性があるのだ。それに、地球だとこの時代に既にミートローフが存在していたし、目新しさの点でもインパクトは小さいだろう。ロールキャベツはまだ知られていないかもしれないが、これもどちらかと言えば素朴な家庭料理である。レシピを教えるに吝《やぶさ》かではないが、アドンの要求からは微妙に外れている気がする。

なら、オムレツはどうか。フランス料理の花形とも言えるオムレツだが、見た目はどれもこれも同じようなものだ。鮮やかで柔らかな黄色は確かに目にも美しいが、インパクトの点ではどうなのか。ケチャップでもあれば、赤と黄色のコントラストが目を奪うだろうが……

（確かケチャップは……と言うより、ケチャップに必須のトマトが知られていないんじゃないかな。ペピットなら使えるかもしれないけど、現状で多数を提供するのは不自然だし……）

一応候補には挙げておくとして、他には……

（う〜ん……ステーキやシチューは似たようなものがあるだろうし、煮物や焼き物ではインパクトが弱いかな。揚げ物はさっき言ったような欠点があるし……魚料理も材料の入手に不安があるしね。刺身系は珍味と言うより下手物《げてもの》扱いされそうだし……チーズや酒は手配が間に合わないかな。菓子系は……生クリームがネックになりそうだし、チョコレートは入手不可か。どのみち砂糖を大量に使うけど、この国だと砂糖はあまり使われずに蜂蜜とメープルシロップなんだよな……味の違いがどうなるか、僕だと能《よ》く判らないし……）

無茶振りが過ぎたかとオロオロしているアドンを尻目に、散々悩んでいたユーリであったが、やがて蒸し料理──虫料理も悪くはないが、少しハードルが高いだろう──はどうなのかと思い付いた。思い返せばここへ来てから、蒸し物系の料理を食べた事が無いような気がする。台所には天火《オーブン》があったから、できないわけではないだろうが、意外にレシピが乏しいのかもしれない。

とは言え、蒸《ふ》かし芋などはあまりにも単純過ぎて……いや、逆にウケるかもしれないが、とりあえず候補から外すとして、茶碗蒸しは出汁《だし》がネックになるだろう。残るは餃子《ギョウザ》や焼売《シュウマイ》、中華饅頭《ちゅうかまんじゅう》……。野菜の蒸し物は彩りには良いか。他には……

「アドンさん。奉書《ほうしょ》焼きとか塩釜《しおがま》焼きって、ご存じですか？」

2. 塩釜焼き

「ホウショ焼きにシオガマ焼き……？　いや、寡聞《かぶん》にして聞いた事が無いが……？」

「奉書焼きは主に魚に使われる料理法ですね。塩を振った魚を濡《ぬ》らした紙で包む、あるいは紙で包んだ後にたっぷりと霧を吹いて濡らす。その後で天火《オーブン》に入れて焼くんですよ。皿に載った紙を破ると、中から蒸し焼きになった魚が出て来るというわけです」

「ほう……演出としては面白そうだが……魚でなくてはいかんのかね？　この辺りで手に入るのは川魚が主で、海の魚は干物ぐらいなんだが」

「あ〜……川魚はあまり好まれませんか」

「どうしても泥臭くてね。以前に食した海の魚は美味かったが」

「紙に包むという料理法なんで、平たい食材の方が向いてるんですよね。あと、魚の場合は一尾丸々お出しできるんで」

——なるほど、とアドンが考え込む。

確かにユーリの言うとおり、肉の切れっ端を包んで出しても、あまり見映えはしないだろう。魚の方が向いているのは確かなようだ。しかし、川魚ではどうしても臭みが残るし、第一受けが宜《よろ》しくあるまい。ここはやはり海の魚か。とは言っても、今の時期だと……

「あ〜……海辺の町まで人を遣《や》るには、季節が悪過ぎますか……」

「マジックバッグを持つ商人に頼めば、新鮮な海の魚も入手できなくはないがね」

——そうすると、やはり本命にお出まし戴くしか無いか。

「なら、やっぱり塩釜焼きになりますね。これは、簡単に言えば肉なんかを塩で覆って蒸し焼きにする方法です。塩の塊にしか見えないものを叩き割ると、中から好い具合に蒸し上がった肉が出て来るという」

「ほほぉ……それはまた、演出としても面白そうだが……」

興味を惹かれたらしいアドンのために、料理長《マンド》にレシピを教えて作ってもらう事にした。

＊＊＊

「へぃ、お待ちどぉ」

そう言って、何やらニヤニヤ笑っている料理長《マンド》が持って来たのは、少し焦げ目の付いた塩の塊であった。高級感溢れる皿の上に、無骨《ぶこつ》な塩の塊が無愛想《ぶあいそう》にデンと載っているのが、些《いささ》か無粋《ぶすい》で奇妙である。

「ユーリ君……これが？」

「はい。塩を卵白と混ぜたもので覆ってあります。卵白を使わないレシピもあるそうなんですけど、今回は卵白を混ぜて」

「これ……このまま食べるの……？」

些か引き気味のドナであったが、

「まさか。それじゃあマンドさん、お願いします」

「あいよ」

楽しげにマンドが取り出したのは木槌《きづち》。普通なら食卓に持ち出されるようなものではない。

「今回はありものの木槌を使いますけど、パーティでは特別な木槌っぽく飾るとかしても良いかもしれません」

「ふむ……」

話し込んでいる二人をよそにマンドが木槌で塩釜を叩き割ると、中からぷぅんと良い匂いが立《た》ち上《のぼ》る。

「まぁ……」

「ほほぉ……」

「これがそうか……」

切り分けられた肉を前に余計な講釈は無粋と、説明は後に廻すユーリ。一同は心置き無く料理に舌鼓を打つ事にした。

すっかり満足したところで、アドンがユーリの方に頭《こうべ》を廻《めぐ》らせる。

「ユーリ君、説明してもらえるかな？」

一瞬マンドと目配せし合ったユーリであったが、事前に話がついていたのか、すぐにユーリが説明を始める。

「解りました。肉を塩釜に包む時には、いくつかの方法があります。そのまま包む、香草《ハーブ》や葉野菜で覆ってから包む、薄い紙で覆った上から塩で包む、などです。肉が塩釜に直に触れると、どうしても塩がきつくなり過ぎるので。塩釜《きょうざ》を割った後でその部分をさっと拭き取ってもいいんですが、お客様の前でそれをやるのも少し興醒めかと思いますので、今回は香りの良い葉野菜で包んでみました。手頃な紙があれば、それで包んでも良いと思います」

今回は使えそうな紙が無かったのだと、ユーリはアドンに説明するが、料理に紙を使うという発想は無かったらしく、アドンは随分と驚いていた。奉書《ほうしょ》焼きの時にも説明したのだが、あれは特殊な例だと思っていたらしい。

「だったら、商人さんがお客様の場合は、敢えて紙を使ってみるのも面白いかもしれませんね」

「誰が商売のネタを商売敵《しょうばいがたき》に渡すものかね。そういうのは、うちが手を着けた後からだよ」

強《したた》かだなぁと感心したユーリであったが、何となくテーブルを見ているうちに、もう一つ思い出した事があった。

「アドンさん、さっきお見せした折り紙ですけど……」

「うん？」

「テーブルナプキンを使って同じような事ができるのをご存じですか？」

テーブルナプキンを立体的に折り畳んで、薔薇《ばら》だの王冠だの兎《うさぎ》だのの形を作り出す事は、小洒落《こじゃれ》たパーティなどでは時折目にする事がある。入院生活の長かったユーリは、長期入院患児の誕生パーティなど――生前の去来笑有理《いさらいゆうり》が入院していた病院では、小児科病棟で時々やっていた――でそういう折り方を披露して、子どもたちに喜んでもらっていた。そういう――生前の――経験があるので、ナプキンの折り方なら色々と知っている。

ものはついでとばかりに、ユーリはそれらの折り方についてもアドンに教える事にしたのである。

……アドンの目の色が変わったのは、これはもう仕方のない事であったろう。

第二十九章　浮かれのワイン

1．樽

　この任務《ミッション》の成否はタイミングにかかっている。妨害者《ジャマー》たちの注意を如何《いか》に逸《そ》らすか、その動きを如何《いか》にして封じるか。すべてはそれに左右されると言ってもよい。

　だから――目標《ターゲット》がその時その言葉をかけてくれたのは、まさしく天の配剤に他ならなかった。

「今日のワインはユーリ君の口に合わなかったかな？」

「あ、いえ。そうじゃなくて……甘いな――と思いまして」

　この国の気候は比較的涼しく、醗酵に適した気温は長続きしない。低温のために酵母の活動が抑制される結果、果汁中の糖分が消費されずに残るため、度数が低く甘口のワインができるのだ。

「……これだけ甘いと、調味料の代わりにも使えそうですね」

「そうだね。実際そういう使い方もしているよ」

「あぁ、やっぱり」

　――この時点ではこれで充分。不用意に話を進めると、善意の妨害者たち《ドナとオーデル》が気付くかもしれぬ。

　ユーリが密かに温めている計画に。

後刻、オーデル老人とドナがいない状況でヘルマン執事の姿を見かけたユーリは、何気ない風を装って話しかける。

「――は？　当家がワインを仕入れている店でございますか？」

「えぇ。そうは言っても飲むんじゃなくて、料理の味付けとかに使いたいんです」

「あぁ、なるほど」

食事時の会話の内容が伝わっていたらしく、ヘルマンも合点《がてん》のいった表情であるが……そう、ユーリはワインの入手を目論《もくろ》んでいたのである。

ただしその理由の筆頭は――ドナ辺りが恐らく危惧するであろうように――酒として飲むためではない。そうではなくて、酒造用酵母の入手にある。

アドンの屋敷や市場で何度かワインを――こっそりと――【鑑定】する機会に恵まれたユーリは、それらのワインが火入れ処理《パスチュアリゼーション》を施されていない事に気付いていた。ならひょっとして酒樽《さかだる》の中には、酵母が生きたまま封入されている可能性もあるのでは？　卓上のピッチャーに入っているワインは、どうも樽から注《つ》ぎ分ける時に澱《おり》を濾《こ》し取っているらしいが、酒樽――こちらではまだ壜《びん》売りのワインは普及していない――に入っている分ならワンチャンあるかもしれない。

生憎《あいにく》と現在のユーリの【鑑定】では、樽の中に酵母の澱が含まれているかどうかまでは判らない。況《ま》してその酵母が死んでいるのか生きているのか、あるいは仮死状態で休眠中なのかなど、外から見るだけでは知りようが無い。

（つまり……できるだけ多くのワインを樽買いする必要があるって事だよね）

年端もいかないユーリがワインを樽買いするというのは不自然かもしれないが、そこは塩辛山の僻地性が理由になってくれるだろう。それに第一、酒場というのがそもそも無い以上、樽で買うしか無いではないか。

こういった思惑《おもわく》の下《もと》に、ユーリはヘルマンに接近を図ったのであったが、

「……ご主人様にお伺いする必要がございますが……なんでしたら今から参りましょうか？」

「え、いいんですか？」

「ちょうどご主人様のお部屋へ伺う途中でございましたから」

ヘルマンに蹤《つ》いてアドンの私室を訪れたユーリは、そこで想定外の事実を聞かされる。

「え……？　無いんですか？　ワイン」

「今はちょうど新酒の仕込みの直前だからね。言い換えると、去年仕込んだ分はほとんど底を突いてる筈だ。売り渡せるような樽があるかどうか……」

そういえば……エトも北市場でそんな事を言っていたような……

少量でいいなら分けてやれるとアドンは言うが、そこまで迷惑をかけるつもりは無い。どうしたものかと思案しているユーリに、アドンが思いがけない提案をしてきた。

「ユーリ君さえよければ、一緒に醸造所《ワイナリー》に行ってみるかね？」

2．果実《かみ》とのめぐりあい

ここローレンセンは王国有数の商都であるが、農業はそれほど盛んではない。ブドウやワインでもそれは同じであって、売られているワインも他所《よそ》から運ばれて来たものがほとんどである。ただ

し、ローレンセン産のワインというのも無いわけではない。

「ワインは長距離を運ぶと品質が落ちるからね。それくらいならここで造った方が早いのだよ」

前世で二十一世紀日本人であったユーリには能《よ》く解らないが、アドンが言うからにはそうなのだろう。ともあれ、ユーリはその醸造所《ワイナリー》とやらに案内され……


「いや、ありがとう。無理を言ってすまなかった」

「いえ、生憎と大樽はございませんが……」

「なに、調味料として使うのなら、これくらいでも大丈夫だろう？」

「そうですね……はい、どうもありがとうございます」

「大型のマジックバッグに保管していたそうだから、品質の点では保証付きだよ」

「はい……重ね々々ありがとうございました」

……首尾《しゅび》好《よ》く甘口のワイン確保には成功していた。大容量のマジックバッグに保管されていたため、品質の劣化は心配無用と太鼓判を押されたが……

（それって、収納の時点で微生物が死滅したからだよね……）

マジックバッグには生物を生きたまま【収納】する事はできないという制約がある。つまりこのワインがマジックバッグに収納された段階で、澱の中に含まれていたかもしれない酵母も死滅したわけだ。酒造酵母の入手を目論んでいたユーリとしては、当てが外れた格好である。

（……まぁ、調味料用の甘口ワインは手に入ったから、空振りってわけじゃないし……）

マーシャにはこれで何とか納得してもらおう……と、思っていたところで、

「畑の様子をご覧になりますか？　宜《よろ》しければそちらのお客様も？」

「うむ、見せてもらおう。ユーリ君もどうだね？」

「はい？　……畑？」

怪訝《けげん》な表情のユーリが案内されたのは、

「わぁ……」

「ほほぅ。中々の出来のようだね」

「恐れ入ります」

——枝もたわわに実を着けた、一面のブドウの畑であった。全体的にはまだ未熟だが、いくつかは熟した実を着けている。

怖《お》ず怖《お》ずと試食を願い出たユーリに、蔵主《オーナー》は快く許可を出してくれた。尤《もっと》も、ここで栽培しているのは酒造用のブドウなので、味は保証しないとも言われたが。

ユーリはいくつかの粒を口に入れ……るふりをして、その一部をチルド設定の【収納】に取り込む。酵母菌は期待できないだろうが、種子が確保できただけでも良しとすべきだろう。

＊＊＊

想定していたのとは違った形になったが、少なくともブドウの実は手に入った。リンゴ酒《シードル》も一応手に入れる事ができたし、まずは上々の結果だろうと密かに満足していたユーリであったが、

「パリーの出来は？」

「まず、満足のいく出来映えかと」

――というアドンと蔵主の会話を耳にして、首を傾《かし》げる事になる。

「あの……パリーって何ですか？」

「あぁ、ユーリ君は知らなかったか。パリーというのは……」

二人が交々《こもごも》に説明してくれたところによると、パリーというのはやはり前世地球のペリー――別名ペアサイダー――に相当するもので、ナシを醗酵させて造った酒だという。ただしナシとは言っても食用の品種ではなく、渋みの強い原種に近い種類らしい。こちらではパーラと呼んでいるようだが。食用の品種でも造れはするが、そのまま食用として売る方が手っ取り早いという事のようだ。

生憎と既に仕込みは終わっており、果実の現物を見る事は叶わなかったが、

（……あそこに捨ててあるのって、その搾《しぼ》り滓《かす》じゃないのかな……？）

確認してみるとそのとおりで、家畜の餌に廻すのだという。後学のためにという口実で、ユーリはその搾り滓を間近で観察する……ふりをして、素早く一掴《ひとつか》みほど【収納】する。

（……確かナシの実には天然酵母が付着していて、そのまま放って置くだけで醗酵した筈だよね。種子も回収できてる筈だし、村で栽培する事だってできるかも）

マーシャの口から聞いた事が無いのが少し不思議だが、それは帰ってから確かめればいい。

（ブドウ《ヴァイン》には振られたけど、代わりにナシ《パーラ》に出会えたわけか。……差詰《さしづ》め、〃捨てる果実《かみ》あれば拾う果実《かみ》あり〃――ってところかな？）

エピローグ　家路～北へ還《かえ》れ～

1．その前夜

明日にはユーリたちがローレンセンを発《た》つという夜、屋敷の主人であるアドンは旧友であるオーデル老人と別れの盃を傾けていた。

「随分と長居をしてしもうたのぅ」

「お前は長居と言うがな、私にとってはまだ足りぬというのが本音だぞ？」

「お主はそうかもしれんが、ユーリ君にも儂《わし》らにも畑の世話というものがある。これ以上の長居は無理じゃ」

「それが解っているから止めはせんよ。だが……近いうちに、できれば冬明け早々にでも、再び会いたいものだな」

「ふむ……このところ何やら動いておったようじゃが……例のナイフの件かの？」

「そっちの方は、土魔法使いが確保できん事には話が進まん。どちらかと言うと、鉛筆とかいう筆記具の方だな……鉛を使わんのに、なんで『鉛』筆と言うのか解らんが……」

「まぁ、名前は売り出す時に改めて決めればいいじゃろう。で、そっちの方は進んでおるのか？」

「ユーリ君から情報秘匿のためのあれこれを教えてもらってから、まだやっと十日だぞ？　そう簡単にできるわけが無いだろうが」

「確かに……部署を敢えて分断させるというのじゃからなぁ……」

鉛筆――正しくはチャコールペンシル――の利権が大きなものになる以上、その秘密を探り出そうとする動きも熾烈《しれつ》になるだろうと聞いて、ユーリは情報秘匿のために、製造に関する部署を敢えて複数に分割し、それぞれの作業を他の部署に知らせないという方法を提案した。

鉛筆の製造は大まかに、

1. 黒鉛（今回は炭の粉）と粘土の精製
2. 両者を適切な比率で混合
3. 芯押し機で細い穴から押し出すようにして成型
4. 芯の焼成
5. 焼きあがった芯を、書き味を滑らかにする目的で、油などに保管
6. 板状の軸木に彫った溝に芯を入れ、膠《にかわ》などで固定・圧着
7. 軸木を切り分けて整形

――という手順で行なわれる。

ユーリはこれらの工程を別々の場所で行ない、加えて各部署の従業員が互いに往き来しないようにする事で、製造の全体像を把握させない方法を提案した。

無論こんな事をすれば、製造の効率は極端に低下する。しかし、例えば2・4・5の過程を秘匿するだけで、同じグレードの製品を作る事は困難になるのではないかと示唆したのである。それをどこまで受け容れるかは、事業者であるアドンの判断になる。

ちなみに、削り過ぎて短くなった鉛筆を挿して使うためのホルダーも、ユーリはアドンに教えている。また、鉛筆の芯には本来黒鉛を使うもので、木炭を使用したのは苦肉の策である事も、やはりアドンに教えている。これらの情報がアドンにとってどれだけ有益なものであるか、きちんと理解した上での教示であった。

「今はまだ製造場所の確保すら終わっておらん。それとは別に少量の試作を進めようとしているのだが……年明け頃に試作品ができれば御《おん》の字《じ》だろう」

「ふむ……来年早くにユーリ君に会いたいというのは、そういう事か」

「一つにはな。その頃には、例のナイフの方も少しは進展しているだろう」

老人二人は互いに無言で乾杯する。やや間を置いて口を開いたのは、オーデル老人の方だった。

「随分と力を入れておるようじゃが……それほどの利益が見込めるのか？」

「さてな」

思いがけない友人の答えに、オーデル老人は片眉を上げて疑問の意を表した。

「いや……本音を言えば、それほど早く利益が上がるとは思っておらん。と言うか、直接の利益など、すぐに上がらなくても構わん」

「……どういう事じゃ？」

「すぐにではなくとも、この鉛筆は、いずれ必ず世界を変える。その時に、わが商会が主導権を握っている事が重要なのだ」

「ふむ……先の先を見越してというやつか。……機密保持に気を配っておるのもそのせいか？」

「まぁな……とは言え、これもユーリ君のお蔭で何とかなりそうだが……」

「お主、ユーリ君には頭が上がらんのではないか？」

オーデル老人の問いかけに、アドンはむぅと唸ったきり答えない。やがて返って来た答えは、

「オーデルよ……市場でユーリ君が興味を示したのは、どのような品だ？」

急に話題を変えた友人《アドン》をジロリと一瞥《いちべつ》して、オーデル老人は記憶を辿《たど》る。

「さぁてのぅ……あの子の住んでおる場所では金貨など意味は無いし、使いもせんじゃろう。買い求めておったのは……金属器はかなり買い込んでおったな」

「武器とかか？」

「ではのぅて、普通の庖丁やら鑿《のみ》やら鋸《のこぎり》やらじゃ。一通り買い揃えたようじゃから、もう要らんのではないか？」

「……他には？」

「そうさのぅ……綿や布、糸などはそこそこ買っておったが……アドンよ、お主、あのティランボットとかいう魔獣の毛織物より上等な布を手配できるか？」

「……無理だな。他には？」

「薬の類《たぐい》と魔道具は熱心に見ておったな。じゃが、これも住んでおる場所を考えたら、当然と言えるのではないか？」

「むぅ……塩辛山か……」

「ただのぅ……薬にせよ魔道具にせよ、目玉の飛び出しそうな大金を、ポンと思い切り良く払っておった。あれは……何じゃな、価値が解っていて買い込んだ、そういう顔じゃったな」

幼い頃祖父と死に別れてからずっと塩辛山に引き籠もっていたせいで、金銭感覚がおかしいのか。必要と判断したら、高いかどうかなど全く気にせず支払ったらしい。いや……普通の金銭感覚を持たないからこそ、値段の高い安いではなく、必要かどうかだけを判断して購入したのか？

困惑しているアドンを尻目に、オーデル老人は言葉を続けていく。

「他には……野菜や果物などには相応に興味があるようじゃったが……おぉ、そうじゃ、調味料の事をあれこれ訊《き》き込んでおったのぅ」

「食材か……確かに、色々な食物や食べ方を知っているようだったが……」

「自分の村で育てられるかどうかという点にも、関心があったようじゃぞ」

うむぅと唸っていたアドンが、やがてポツリと呟いた。

「これは……やはりマンドの策に乗るのが賢明か」

2. また会う日まで

「長々とお世話になりました」

「とんでもない。こちらこそ、この一月《ひとつき》ほどはユーリ君の世話になりっぱなしだった」

「あはは、まさかそんな事はありませんよ」

コロコロと笑うユーリであったが、その彼を見つめる周囲の目は生温かい。善《よ》くも悪《あ》しくも、ユーリが無自覚に色々とやらかしているのを、身に沁《し》みて解っている者の視線である。

「ユーリ君、できれば年明けにもう一度会いたいのだが」

「あ、はい。そうですね。ただ、僕の方も畑仕事があるので……」

農作業のスケジュールを思い浮かべて、いつ頃であれば問題無いかを思案していると、その道のベテランであるオーデル老人から助けが入る。

「畑仕事が忙しくなるのは、四月の半ばを過ぎてからじゃろう。その前なら、そう慌てんでもいいのではないかね？」

「でもその頃って、雪がまだ残ってて、往き来が難しくありません？」

――というユーリの疑問に答えたのは、「幸運の足音」のリーダー・クドルであった。彼らは今回もエンド村までの護衛を請け負う事になったのである――主に、ユーリの秘密を知る者は少ない方が良いという判断で。そのクドルが言うには、

「いや、三月頃なら、確かに雪は残っちゃいるが、街道の雪はあらかた融《と》けている。少しばかり泥濘《ぬか》《る》んじゃいるが、それさえ気にしなけりゃ問題は無い」

「あ、そうなんですか」

「三月と言えばちょうど大市の時期でもあるし、来てみて損は無いと思うよ」

アドンの言葉に小さくピクリと反応したのはドナであったが、ユーリの方はキョトンとした表情である。

「大市……ですか？」

「おや……そうか、ユーリ君は知らなかったか……」

と言ってアドンが――何食わぬ顔で――説明する。この辺りの国々では、三月頃にあちこちの町で、大規模な市が立つのだと。近郷近在は言うに及ばず、遠く離れた町からも商隊《キャラバン》がやって来て、

地元の人間や他所《よそ》の町の商人たちと、商取引を繰り広げるのだそうだ。

「農民相手に作物の苗なども売られるし、他にも平素なら手に入らない品が色々と持ち込まれるのでね、楽しみにしている者は多いんだよ」

「へぇ……作物の苗や、他所《よそ》の町の産物が……」

狙いどおりに食い付いたユーリを見て、してやったりと内心でほくそ笑むアドン。実はこれ、マンドの献策によるものであった。


救荒作物はまだしも、家畜の餌を嬉々として買っていた――という報告をエトから受け、ユーリの平素の食生活が心配になったマンドは、ユーリに頼んで普段食べている食材を見せてもらったのだが……危うく嗚咽《おえつ》を漏らしそうになっていた。何しろそのほとんどが、マンドの基準では「作物」とは言えないもの――平たく言えば「山菜」――であったのだ。

目の前の少年の健康状態を見れば、栄養的な問題は無いのだと解る。だがしかし、食事とは栄養さえ足りていればいいという、そんな無味乾燥なものではない筈だ。魔獣の肉は別として、木の葉や蔓草・水草などで飢えを凌ぐ生活など、人として如何《いかが》なものなのか。この不遇な少年に「食」の楽しさ素晴らしさを教えてやるにはどうすれば……

――その〝不遇な少年〟が、つい先日には斬新な料理法をマンドに伝授したのだという事は、この時のマンドの脳裏からはすっかり抜け落ちていた。

ともあれ、多少誤解も混じっているとは言え、ユーリの境遇に甚《いた》く同情したマンドは、せめて調味料だけでもという思いから、自分の裁量下にあるハーブの苗をユーリに提供した。のみならず、ユーリに野菜やその苗を得させるべく、春の大市に誘ってはどうかと進言したのである。

ユーリを誘《おび》き寄せ……誘う口実に苦慮していたアドンは即座にこの献策を容れ、そしてこの場で使ったのであった。

そんな旧友に、呆れ半分咎《とが》め半分の視線を向けるオーデル老人。そして――早くも春の大市に想いを馳《は》せているユーリとドナ。そんな光景も長続きはせず、馬車の支度ができたという声に、全員揃って我に返る。

「それではね、ユーリ君」

「はい、来年の春、またお会いしましょう」

＊＊＊

ローレンセンの町を発ってから三日後、ユーリたち一行は――往《ゆ》きと違って何のアクシデントも無く――無事エンド村へ帰り着いていた。

そしてその日の夜、村では三人――ユーリも含む――が無事戻って来た事を祝うと同時に、ここまで三人を送り届けてくれた御者と護衛を労《ねぎら》うという名目で、例のごとく宴会が開かれていた。村の連中が飲みたい騒ぎたいがための名目という事が解っているので、ユーリも無粋に断るような真似はしない。それどころか、こんな事もあろうかとローレンセンで買っておいた酒を提供して、村人たちの喝采を浴びていた。

「気を遣わせてすまんのぅ、ユーリ君」

「いえ、これくらいは。オーデルさんの忠告のお蔭で、泡銭《あぶくぜに》も手に入りましたし」

見かけはどうあれ、ユーリの中身は三十七歳——プラス五歳——のおっさんなのだ。気配りは日本の大人の素養です。況《ま》して——

「野菜の苗と種も戴きましたし」

ユーリはエンド村でキャベツ《キャビット》の苗、それにタマネギ《セパ》とホウレンソウ《スピナ》の種子を入手していた。村人たちからの感謝の印だそうだが、ユーリにとってはありがたい贈り物である。

「……そういえばユーリ君、新年祭はどうするの？」

「新年祭？」

「えぇ。新しい年を祝って、どこの村でもお祝いをするんだけど……」

「あ〜……お誘いはありがたいけど……雪の中を出て来るのも……」

「あの山裾《やますそ》ではのぉ……積雪も酷いじゃろう」

「村中の雪掻《か》きと屋根の雪下ろしを……一人でやらなきゃならないので……」

「うわぁ……」

「……手伝いに来ようか？」

「うぅん。そもそも、僕の村へ来る道自体が雪に埋まってるし……」

「そうなのよね……」

「今まで一人で何とかやってきたから、大丈夫だよ」

——と言うか、ユーリ一人なら風魔法や無魔法で雪を吹っ飛ばせば済むのだが、下手に外部の者がやって来ると、魔法が使えない分だけ却《かえ》って手間取る虞《おそれ》があるのであった。

「まぁ、新年はいつもどおり、一人でお祝いするよ」

……実際には酒精霊《マーシャ》という同居人がいるのだが。

「何かあったら村に下りて来るのよ？」

「うん、ありがとう、ドナ」

ここまで下りて来る時に何か起きるという可能性には思い至らない少女《ドナ》。そして、そんな子ども《ドナ》を微笑ましい目付きで眺める子ども《ユーリ》。

「あ、村長さんがこっちに来てる。何かユーリに話があるみたいだったから、その事じゃないかな」

「へぇ？　何だろう」

村長の話は、領主がアク抜きの事でユーリに会いたがっていたという話であった。間の悪い事に、領主は王都に用事があって出向く事になり、ユーリと会う事はできなくなったという。

「え〜と……僕に王都に来いという話でしょうか？」

だとしたら願い下げだと思ったが、そこまでする必要は無いらしい。これから収穫の時期で忙しいだろうというのは領主も理解しており、冬になれば雪に閉ざされる場所だという事も解っている。なので、領主からの伝言は二つ。

一つは、当面はアク抜きの技術を広めないでほしいという事であり、もしローレンセンで誰かに話したのなら、話した相手を教えてほしいというものであった。もう一つは、来春時間が取れれば、一度会いたいというものであった。

ユーリとしても納得のいく話——正直、領主などに会いたくはなかったが——ではあったので、頷《うなず》いて了承しておいた。

＊＊＊

そんなこんなで飲み明かした翌日、ユーリは村人たちに別れを告げて、自分の家に帰って来た。


『おかえり　ユーリ』

『おかえり』

『ただいま』

馴染みの小鳥たちの出迎えを受け、帰宅の挨拶《あいさつ》を交わすユーリ。そしてその前に現れたのは、

『や——っと帰って来たのね薄情者。もうお茶もポーションも底を突きそうよ』

『あはは……御免』

当たり前のような顔をして出迎えてくれた同居人《マーシャ》であったが、ふと見ればその服装は……

『あれ？　マーシャ、服を替えたんだ』

『ふふ～ん』

女性の服とか髪型の変化には、気付いたらすぐに指摘しておく事。そしてできれば具体的に褒《ほ》めておく事。……前世の有理《ゆうり》が——実地と入院仲間からの教えによって——学んだ生活の知恵であったが……それはここでも真理であったらしい。マーシャの機嫌は目に見えて好くなった。

『どう？　この服』

――と、訊かれた場合に、決して『服だけ』を褒めてはならない。その服を身に着けた「女性本人」を――好意的に――評価しなくてはならない。……前世で同室であった莚田《むしろだ》さんから、耳に胼《た》胝《こ》ができるほど聞かされたものだ。ユーリはその教えに従った。

『うん、暖かそうだし、今からの季節には好いんじゃない？　マーシャの髪色とも好い感じに合ってるし……ルッカの羽毛で作ったの？』

――服が似合っているかは素《もと》より、その服を誂《あつら》えた理由の整合性にも言及しておく事。こちらは看護師だった原口《はらぐち》さん（男性）からの助言である。前世では活かす事ができなかったが、よもや転生後にお世話になろうとは……

（勉強って、いつどこで何の役に立つのか判らないなぁ……）

寸刻遠い目をしたユーリであったが、念のため、気になった点を確認しておく。仕立ての代価には何を当てたのか。

『何って……羽毛の残りよ？　あとは、あたしの分のポーションとか』

『あ、ポーションを渡したんだ』

『そ。お蔭で残りが心許《こころもと》なくなっちゃって』

それもあって、ユーリの帰りを待ち侘《まわ》びていたらしい。密かに懸念していたように、大事な大事な農作物を、勝手に取引材料にされたりはしていなかった。内心で胸を撫で下ろすユーリであったが……実のところはルッカの羽毛の残部だけで、充分過ぎるほどの対価となっていた。ルッカの素材などという稀少品、精霊といえどもそう易々と手に入るものではないのである。……ユーリの価値観がおかしいだけだ。

マーシャとの対話が一段落付いたと見て取った小鳥たちが、ここで徐《おもむろ》に畑の様子を報告する。これも本来ならマーシャの仕事である筈だが、当のマーシャにその気は無いようだし。……女性《マーシャ》のファッション談義の最中《さなか》に割って入るような愚は、小鳥たちとて冒す気は無かったようだ。

『もう　そばとか　みがなってるよ』

『うわぁ……サボってた分を取り戻さなきゃ……』


そう。ユーリは帰って来たのだ。

自分の村、自分の家に。

そして――自分の日常に。

『新しくやらなきゃいけない事もあるし……当分は大車輪だな、これは』


――いつもの生活が、始まる。

あとがき

初めましての方は初めまして、お見知りおきの方は今後ともよろしく。「小説家になろう」出身の片隅作家、唖鳴蝉《あめいぜん》と申します。

一巻に引き続きこの本をお手に取って下さり、ありがとうございます。

本書は「小説家になろう」で連載中の「転生者は世間知らず」、その第二部を中心に纏《まと》めたものです。

一巻でヒロイン（?）役を張った酒精霊のマーシャは、今回はお留守番という事で（あまり）登場しませんが、代わりに三人の女の子が登場します。一巻から引き続いて参加の、エンド村の少女ドナ。そして、この巻から登場するサヤとセナの姉妹です。

これら三人の少女と縁を結んだ主人公ユーリが意気揚々と赴《おもむ》く先は……主に「店」です。えぇ、ロマンチックな名所でも好い雰囲気の喫茶店でもなく、食糧品や雑貨を扱う質実剛健な商店です。

塩辛山では手に入りにくいあれこれを確保せんものと、ユーリは軛《くびき》の外れた猛獣の如《ごと》く、大人買い・爆買いに邁進《まいしん》します。何しろ本人の欲望に加え、廃村で留守番を務めている酒精霊マーシャからの注文もありますから……それはもう、お目付役として付けられた料理人見習いの少年エトをはじめとする周りの者たちがドン引きする勢いで、傍目《はため》には買う意味の解らないものから解るものまで、全部引《ひ》っ括《くる》めて買い漁るわけです。

買い漁りの筆頭は作物や果実ですが、ユーリの野望はそれだけに留まりません。様々な店を訪れては、自重《じちょう》などどこ吹く風とばかりに買い込んでいきます。

その結果、各方面で様々な誤解や波紋を生み出すわけですが……それについては作中でご確認ください。

それ以外にも、ユーリは安定の無自覚と世間知らずを遺憾無く発揮して、ローレンセンの住人たちを引っ掻き回したり魔獣討伐に同行したりと、八面六臂《はちめんろっぴ》の大活躍を見せてくれます。……例によってユーリ本人は少しも気付いていませんが。

一巻でヒロイン役を務めた酒精霊のマーシャも、今回は留守番役とはいえ、決して温和《おとな》しくはしていません。ユーリ不在の廃村を管理するだけでなく、個人的な理由と需要から、とある精霊を廃村に招きます。それがどういう結果を引き起こすのかは……これも本文でご確認ください。

今回もストーリーの展開は「なろう」版の流れをほぼ踏襲しておりますので、「なろう」版から来られた方も、戸惑う事無くお読みになれると思います。

本作は小説投稿サイト「小説家になろう」でも連載を続けておりますと同時に、本書で書けなかった部分についても、書き下ろしとして公開する予定です。

それでは、今後とも「転生者は世間知らず」をよろしくお願いします。

BKブックス

転生者は世間知らず

～特典スキルでスロ－ライフ！
……嵐の中心は静か――って、どういう意味？～ 2

2023年11月20日　初版第一刷発行

著　者　唖鳴蝉《あめいぜん》

イラストレーター　たき

発行人　今 晴美

発行所　株式会社ぶんか社
〒102-8405　東京都千代田区一番町29-6
TEL 03-3222-5150（編集部）
TEL 03-3222-5115（出版営業部）
www.bknet.jp

装　丁　AFTERGLOW

編　集　株式会社 パルプライド

印刷所　大日本印刷株式会社

ISBN978-4-8211-4675-8

Printed in Japan